苹果，苹果

王秋杨与西藏的十年慈善故事

杜文娟〔著〕

漓江出版社

写在前面的话

王秋杨

熟悉我的朋友们都知道，我从来都不是一个纠结的人，但是在拿到这本书稿之前，我一直在担忧两个问题。

而这两个问题是相反的——

一个问题是，苹果基金会这一路走来，十多年的时光，经历了太多的事，遇到了太多的人，有太多值得珍藏的点点滴滴，有太多应当郑重表达的谢意、敬意与爱意，怎么可能将之收纳在封面和封底之间，这三百多页的文字与图片中？

另一个问题却是，如以公益事业而论，苹果基金会所做的这一切，也许只是沧海一粟，也许只是繁星中的一点。而像我们一样投身于公益事业，将自己的时间、精力、财富、资源甚至生命用于善事义举的朋友们却是越来越多，他们每一个人的故事、每一件事的前因后果、每一个和我们相似的机构的发展历程，都同样感人，同样值得书写和传播。与此同时，公益做得越久，我就越深地感觉到我们还可以做得更多更好，也应该做得更多更好。那么，过去的十几年，我们所做的那些，是否真的值得被这样写下来，又有多少传播价值？

关于后一个问题，在与最初策划这本书的符红霞老师，和作者杜文娟老师的反复沟通中，以及在看到最终的书稿时，我想，我大概是终于有了答案。

古人说：勿以善小而不为。过去我一直以为，这个“为”就是“做”的意思，不管是大事小事，只要是发心、从善、有价值、有意义，那么沉下心来，踏踏实实地就尽全力去做，这也是苹果基金会一直以来所秉持的做事方式。

但现在，我意识到，这个“为”除了“做”的意思之外，或许还有树立、传播、使之发扬光大的意思。就像是人心中的一点烛光、生命里的一点炭火，每一个人所发出的光和热或许都是有限的，每一个公益机构、每一场公益事业，所发出的光和热也有其辐射的边际。但是，如果我们能够把这光和热传播开去，点燃更多的光芒与温暖，就像这样薪火相传，就像这样光明相继，那么，不仅我们的“做”有了价值意义，我们的“说”也有了价值和意义，这才是真正的“勿以善小而不为”。

那么，就让这本记载着苹果基金会过去十几年历程中若干光芒和热力的书，也成为一点火种，一点光源。惟愿与之相呼应的光芒，能照亮更广袤的土地，温暖更多的心与灵魂。

然而，我的第一个问题，在读完书稿之后，却仍然没有得到解答。这实在是因为在过去的十几年的历程中，苹果基金会应该感谢的人和机构，实在是太多太多了；我们的每一点进步、每一点成就，都凝聚着太多人的艰辛付出，凝聚着太多的善意与热情、心血与汗水。

我很想在这里，将书中未及提到，也未及感谢的人，一一列出，并对每一个人，用我最真诚的态度，好好地鞠躬致谢。但是我也知道，这是一个不可能完成的任务，如果真的开列出来，那将是一个太长太长的名单；尽管所有的名字和容颜，其实都深藏在我的心中和脑海里，但我却无法在这里，把你们一一喊出。

所以，我只能在这里，对每一个人，每一个为苹果基金会奔波过操劳过思虑过付出过的人，致以此生最深最真的谢意——

谢谢！

谢谢！

好人一生平安！

扎西德勒！

“苹果”熟了

冯仑

有朋友拿来一本书，名字叫《苹果，苹果》。我看到这本书的时候就突然想到：这本书会和秋杨有关系吗？果然，朋友告诉我说，这本书是关于秋杨的，讲的是她做公益慈善时非常感人的故事。

我所了解的秋杨，是商场上的同行，是私下里户外运动时结伴而行的朋友，包括在她登顶珠峰回来之后写的书里那些点点滴滴动人的故事，都给我留下了非常深刻、非常特别的印象。

记得第一次看见秋杨矫健的身影，是在前往秘鲁马丘比丘遗址的途中。打那以后，她和我们一些伙伴还有中国登山队一起，以一个女性企业家独特而坚韧的脚步，陆陆续续征服了七大洲最高的山峰。而且，她还带着她的两个儿子，在登顶乞力马扎罗山和厄尔布鲁士峰的过程中言传身教，实在是令人感动，而且非常励志。

实际上，这些非常女汉子的特质并不能概括完整的秋杨。我通过《苹果，苹果》这本书中那些催人泪下的故事，还有一些细微的点滴，似乎感受了到秋杨那种更为绵长久远的爱心。

我知道“苹果基金会”是十年前成立的一个非公募基金会，以前只知道它在西藏地区做一些公益活动，除此之外，具体了解得并不多。但是通过这本书，我看到在这十年的过程中，秋杨所领导的“苹果基金会”为西藏阿里地区的教育文化作出了广泛、细致而坚实的投入，光是资金就已经过亿。这些公益慈善的项目，对当地的儿童和家庭都起到了非常重要的作用，也很好地推动了当地的经济、文化。

看完这本书，我满脑子只有一个画面：一只红透了的苹果被捧在手心里。苹果熟了。

十年并不长，但也不短。一个常年在高海拔地区坚持公益的人，她的心就像这颗苹果，酝酿了十年，终于散发出一种成熟之后踏实而绵长的芬芳，让我们感觉到她对公益慈善事业是真爱。

其实，“苹果基金会”是这十年以来中国民间公益慈善事业的一个缩影。

差不多也是在十年前，比尔盖茨和巴菲特不远万里来到中国，他们希望中国的企业家也能够以大爱之心，捐出自己一半的财产。记得那一次，他们的讲话引起了轩然大波，整个晚宴现场几乎被媒体包围了。

洋人来中国“劝捐”，产生的效果异常复杂。当时媒体普遍的反应就是“批评”，批评中国的民间创业者、企业家这些先富的人群对社会的慈善事业不够关注，对社会公益缺乏认识。企业家们也确实警醒过来，意识到民营企业的健康发展一定要照顾到社会上的利益相关者。这实际上就是要履行我们现在强调的“企业公民”的角色。

2004 年，政府出台了第一个《基金会管理条例》。从那时开始，非公募基金会就陆续成立起来了，“苹果基金会”是其中成立较早的一个。到目前为止，中国民间公益基金会的数量已经占到了所有基金会的三分之二，并且以平均每天两家的速度在快速增长。经过这十年的积累，每年募集的公益善款已经超过了一千亿人民币，其中 80% 来源于民营企业和普通民众。

我曾经和一些企业家去美国、欧洲和其他亚洲地区考察过他们公益慈善事业的发展。到美国洛克菲勒庄园的时候，我了解到，对美国的创业者来说，他们一百多年前的“创一代”主要是赚钱，第二代就开始有了做公益慈善的意识，到了第三代，有一部分人就专注做公益慈善事业了。

而我们中国的民营企业历史这么短，大部分从第一代就开始做公益慈善，也就是说，很多企业只做了十几年甚至五六年就开始捐钱。

所以，中国的民营企业家要更辛苦、更不容易，因为他们同时要做三件事：赚钱、捐钱、花钱。而且主要的工作就是赚钱和捐钱，花钱安顿自己的生活，反而排到了第三位。中国三千多个非公募基金会，绝大部分都是民营企业家亲自参与管理和运作的，像牛根生、曹德旺这些优秀的企业家，他们几乎把 90% 以上的精力都投入到公益慈善事业中，成为一种新型的慈善家。

那些已经成长起来的、特别优秀的公益基金，已经能够和国际上最好的公益基金来进行对话、共同发展了。

比如说“华夏爱佑慈善基金会”，它已经是全球最大的关注儿童心脏病的基金会。它救助的先天性心脏病儿童已经超过 2 万人，每年救助的对象占到当年病患儿童的一半左右，并由此带动了政策的调整，促使政府调动资源来覆盖有这方面需求的人群——这又是一个民间公益组织和政府机构互动解决社会问题的案例。

另外，“壹基金”已经成为中国民间最大的救灾公益基金会。在灾害频发的地区，我们都可以看到“壹基金”的身影，他们的响应速度和救援团队的专业性都已经达到了一个很高的水平。

“阿拉善 SEE 生态协会”是中国民间最大的环保机构，目前已经有 500

多位企业家参与，用企业家精神留住碧水蓝天已经成为民营企业的共同心愿。阿拉善每年公益基金的支出占到国内所有环保公益基金支出的 50% 以上。同时，它还资助了其余三分之二的民间草根环保组织。

在北京，有一所由民营企业发起、由前政府官员管理的公益研究院；同时成立了一个管理公益基金会的自律组织，定期披露公益组织的运作情况，每年进行专业的研讨；在深圳，有一所企业家领衔建立的国际公益研究院。

这些特别了不起的贡献，就拼成了民营企业发展的另一个重要的侧面。这些进步有力地回应了大家在十年前的担忧，充分证明民营企业能在发展过程中不断进行自我更新，提升“企业公民”这种角色的自我认知。同时，社会对民营企业做公益的批评声音也少了很多，更多的是认可和支持。

这是一种企业和社会、利益和道德的良性互动。

中国民营企业不仅是市场经济转型升级的主力，同时，在与社会各种群体的互动和互惠发展中，得以用一种更强有力的姿态找到更广阔的发展空间，成为经济社会发展中一股积极的主流力量。

苹果熟了。经过风尘仆仆的十年，秋杨把一只熟了的苹果放到我们眼前，我们为之欣喜、为之骄傲。但我们并不满足于这一只苹果，希望能有第二只、第三只，有更多的苹果能散发出成熟的香气，让我们的社会能充满欢笑。

一灯照隅，万灯照国

徐俐

第一次见到秋杨，是在三亚红树林。那天她穿一条裁剪简单但做工精致的红色连衣裙，身姿挺拔修长，顺直长发披落在肩，脸上展露着浅浅的笑意，迎来送往。

虽然站在聚光灯下，但不戴饰品，没有浓妆，简简单单，清清爽爽。朴素，现代，洒脱，自然。

那时跟她不熟，但却有种一见相知的相似与相近。人大概如此，生命有千万过客，只看你接纳哪一人的停留。

秋杨登上过世界七大高峰，堪称壮丽。壮丽之下的秋杨其实特别质朴自然，也许亲近自然的人大多如此，有着更加朴素的生命特质。我格外欣赏秋杨的质朴，秋杨的质朴不仅在她的为人处世，言谈举止，更在她对弱小与贫苦的天然同情与扶助，这种天然感决定了一个人的质地，这种质地的核心就是与生俱来的善良。

2003 年的进藏，很多的弱小与贫苦导致了秋杨苹果基金会的诞生。建学校，扶助农村医疗，开发职业教育，件件落到实处，件件予当地百姓于福祉。如今十年过去，说到苹果在西藏的影响，不善言谈的秋杨也抑制不住高兴：在阿里，如果你迷路了，只要说你是苹果的人，人人都会帮你！

这就是人心换人心吧。

作为一个成功的企业家，秋杨的事业让很多人知道红树林，知道苹果社区，但很少人知道在西藏阿里还有个响当当的苹果基金。秋杨的朴素会让她响亮的善举变得平淡，她不断表达：没必要说，做就是了。而对于这次的说，她也总是跟作者强调：一定求实，一定不能有任何的渲染，我会不舒服的。不是扭捏，不是刻意低调，而是一个朴素的人的内心最本真的状态。

打开“苹果，苹果”，你会看到善行者的善心与善心的坚持，你会觉得世界真的因此而美好。一灯照隅，万灯照国，出版者红霞对我说：我们说服秋杨接受写这本书，就是想让她一灯照隅的行动，能感染点亮更多人的心灯。好吧，打开这本书，让我们接受苹果的照耀吧。

短短文字，表达我对秋杨的敬意，是为序。

2016 年 5 月 13 日

目录

保健人员培训
TAKE

引子

这是一个非公募公益慈善基金会十余年发展过程中，点点滴滴的故事。

苹果基金会，中国最大的面向藏区的非公募公益慈善基金会，十余年的时间，它扎根西藏阿里，在这片距离天空最近的大地上，从基础教育开始，到职业和定向教育、医疗卫生、文化生活、环境保护、历史遗存和传统文化的保护、继承与发扬……十余年来，“苹果”成为了一种象征，象征着温暖和善意，象征着希望和热情，以及对这片土地深沉的热爱与殷切的期盼。

自2003年创立之初，苹果基金会就设立了“苹果教育工程”和“苹果赤脚医生工程”两大公益慈善项目体系，并通过“军地民三方共建”这一切合当地实际情况的创新模式，在教育、医疗、文化、环保等公益慈善项目中投入了一亿三千多万元。其中直接投入西藏阿里地区的项目资金8000余万元，抗震救灾500余万元，扶持电影和当代艺术3300余万元。2008年，“苹果赤脚医生工程”被国家民政部授予“2008中华慈善大奖·最具影响力慈善项目”。2009年，基金会创始人、理事长王秋杨女士获得民政部颁发的“十大慈善家”称号。越来越多的人通过苹果基金会了解西藏、关注阿里，参与践行苹果基金会的理念——奉献爱心，分享成果，传递幸福。

收录在书中的这些小故事也许看起来都是那么的微不足道，放之在全中国民间公益力量觉醒和成长的这十几年间，犹如沧海一粟。但他们足够真实，足够鲜活。故事里的人，是真正经历并见证着中国民间慈善公益力量的发展，付出、收获、抉择……的人们。其中，有苹果基金会的工作人员，有来自四面八方的志愿者们，有深受其益的当地百姓，更有从一开始就积极为慈善事业提供无私帮助的当地政府与部队官兵。

苹果基金会作为中国最早一批注册成立的非公募公益慈善基金会，也正如所有从无到有、在探索中发展的事业一样，在中国民间慈善公益事业的发展历程中，从感性到理性，从自发到自觉，从热情冲动到审慎经营……就这样一步一步，走过了十年，走到了今天。

十年，足以使一个蹒跚学步的孩子，成长为阳光灿烂的少年；也足以在人们年轻的面容上，刻下岁月的痕迹。同样，对于一个慈善基金会来说，十年，也足以用爱心和耐心，浸润一片土地、一个领域。

然而，十年，仅仅是开端，未来的路还很长。

尤其是对于民间慈善公益这种新生事业来说，十年，仅仅是一支乐曲奏响了最初的序章，一本大书翻开了扉页，还有更长的路，更广阔的领域，需要用更多的爱心与智慧，付出更多的心血和汗水，去探索发展。

路，是一步一步走出来的。既然决定了开始，就会一直走下去。而谁能想到，苹果基金会的起点，始于一件看似并不相关的事情。

01 为爱出发

2003年5月

十二郎 摄

2003年，一场突如其来的天灾席卷中国大地。非典期间，人人戒备，没人敢出门。王秋杨和很多国人一样，放假在家，百无聊赖，只能窝在沙发里看电视，也算忙忙碌碌的生活里少有的体验。她拿起遥控器胡乱地调着台，突然，荧屏上一幅绝美的画面吸引住了她：那是圣洁的、洁净到有些晃眼的珠穆朗玛峰。几乎是一眼看到，她就再也挪不开视线了！

为了纪念人类登顶珠穆朗玛峰50周年，这是2003年的5月11日至17日中央电视台第一次在现场直播攀登珠峰的全过程。在为期7天的直播过程中，摄像镜头跟随着登山队员们一起，向普通人展示登山的全过程。这支队伍由国家登山队队长王勇峰、时任万科集团董事长的王石等国内著名登山人组成。

那时候，虽然王秋杨并不知道自己以后也将成为登顶珠峰的勇士中的一员，并将成为第一个到达地球三极（登顶珠峰、徒步南北极点）、第一个完成“7+2”（登顶七大洲最高峰、徒步南北极点）的中国女性，但是自幼生长在海边的大山里，从小就对更广阔辽远的世界满怀憧憬的她，却一直守在电视机前，不错眼珠地盯着这支队伍的攀登。

最后，终于，这支队伍登顶了！

珠穆朗玛峰，世界之巅，无限壮丽的美景在镜头前徐徐展开，王秋杨随之心潮澎湃。而就在这时，一位名叫陈俊池的队员，举着展开的五星红旗，对着镜头露出邻家男孩一样阳光灿烂的笑容，激动地说："感谢我的妈妈。"

那一瞬间，王秋杨的眼泪夺眶而出。

仅仅透过电视屏幕，她都能感觉到一种难以言喻的神秘的召唤，珠峰、西藏，那块土地那么遥远，那么神秘，却又那么亲切，她几乎是立刻决定——我也要去西藏！

说去就去！不过到底怎么个走法，王秋杨并不是个打无准备之仗的人。"密谋"着查好了路线，带足了干粮、救急物资，她只悄悄地把行程告诉了先生张宝全一个人。

张宝全一听她要独闯西藏那么远，吓了一大跳，忙问她："你过去做什么？目的是什么？"

王秋杨早就很认真地思考过这个问题，望着在外面"疯跑"的两个孩子，她心中最柔软的母性散发出来。最后，她和张宝全商量的结果是：她要去考察一下西藏的教育环境！

朋友任伟杰一听她的出行计划，同样兴奋，二话没说就收拾好行李："咱们一起去。"

于是王秋杨买了许多文具和礼品、日用品，临走还印了些"西藏教育原生态考察员"的名片。两人约定了出发的时间，几乎是在极短的几天之内就准备好了一切，整装待发了。

出发的那天清晨，她一样样检查装备：GPS、卫星电话、对讲机、笔记本电脑，甚至锅碗瓢盆、燃气、大米、毯子、睡袋、登山杖、水桶、软管、绳子、电警棍、刀子等等，单子上列了几百项，车被塞得满满的，这样心里才踏实。

尽量表现得像往常一样，悄悄地走到车门前，并没有特意地和家人告别。没想到，老妈还是发现了她的异常。也难怪，她大包小包地装车，又是GPS又是锅碗瓢盆的，怎么看也不像是要去上班的样子啊。

“哼，这是又要去哪儿啊？”熟知女儿脾性的老太太一开口就这么问。

王秋杨开始还试图瞒着：“就去郊外走走。”

老太太摇头：“我才不信呢。你就蒙我吧！”又叹了口气，“不管去哪儿，要注意安全！记着你可是上有老下有小的啊，疯丫头。”

王秋杨当母亲这是在夸她，把母亲拉到一边叮嘱：“千万别告诉我爸，他问起，就说我去兰州转几天。”

过了父母那一关，先生和儿子就不是问题。王秋杨的两个儿子一直对喜爱登山探险、户外运动的她崇拜有加，小儿子多多甚至说妈妈是“超级无敌妈妈”。

就这样，王秋杨和任伟杰离开了北京。刚到了怀来、张家口一带，就发现路的两边几乎是一片荒漠的景象，岩石的山都风化了——严重的沙化现象。两个人忍不住感慨：这会儿可真的知道为什么北京那么大的风沙了。想想这里离北京的距离，想想北京将变

藏区随处可见的彩虹

成沙漠的说法，真的不是危言耸听。上路以来，她们的心情第一次感到了沉重。

两个人为节省时间，午饭就在车上吃自己用保温杯焖的粥。这种粥的做法也颇简单有趣，很值得给忙碌的上班族推广：

把适量的米倒进保温杯，再注入开水。立即盖上保温杯盖子，拧紧。焖上 4 个钟头以上。就是这么简单。打开以后，一壶美味营养的焖烧粥就做好了！出门在外吃好睡好很重要！

从河北坝上一路开到内蒙古包头，又依着贺兰山，沿黄河逆流而上。沿途经过各式各样的非典检查站，接受了风格不同、繁简不一的检查，一路到了兰州。

在兰州，她们见到了特地飞来的张宝全，然后住进西北宾馆，吃完饭已是凌晨 2:30。一天车开下来，人居然会很兴奋，不觉得

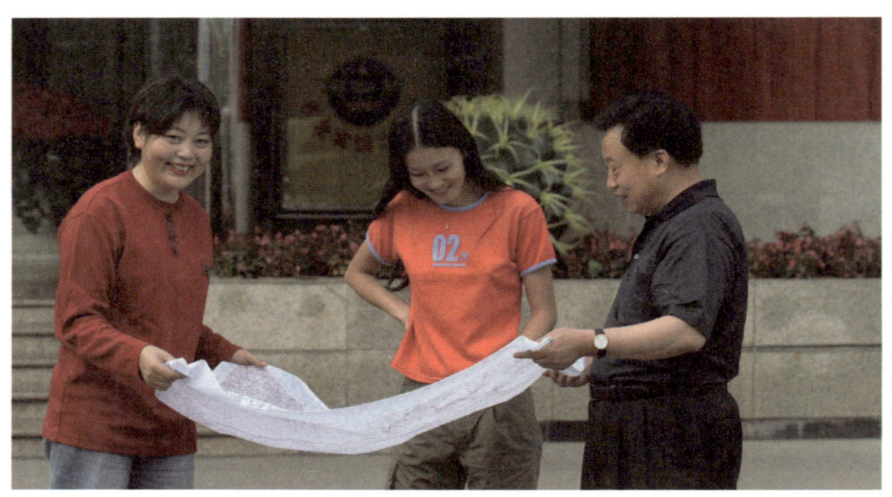

首次进藏前，王秋杨得到了兰州军区李乾元司令员的鼎力相助。开启了和部队十几年的军民共建之路

累。这种感觉很有意思。

早饭时，兰州军区的李乾元司令员在听完了她俩的汇报后，送了一张地图给她们，这是一张专门收录西藏、新疆和青海三省全貌的地图，而且是布制的。王秋杨知道：她收到了这一路中最有用的宝物。李司令员还很专业地给了她们许多具体的意见。原来李司令员也曾进过阿里，这让两个跃跃欲试的“女将”对他肃然起敬。

从这里再向前行，就进了青海。途中，她们去了趟塔尔寺，寺里的活佛赛赤·确吉洛智嘉措为她们摸顶赐福，还为她们戴上了象征平安吉祥的洁白哈达。从这时起，王秋杨才真正地感觉到了踏实，日后回忆起来，她总是说，这里才是她西行的真正起点。就在塔尔寺，她的心静了下来，那是一种隐约的归属感，宁静而平和。

于是，从这个“真正的起点”再往前去，仿佛风景也都变了。黄沙、巨石、大山……这些都变成了壮丽的风光而不是折磨人的戈壁荒滩。

青海湖——中国最大的咸水湖。其实近年来因为气候、开发等原因，面积已经缩减了很多。但这片辽阔的水域依然静静地敞开怀抱，为她的儿女洗尘。

一路上，她们几乎很难碰到民用车。偶尔路过的几乎都是军队的运输车辆——在那个年代，距离今天仅仅十几年前的2003年，进出西藏的车辆还几乎看不见民用车。王秋杨她们的车需要加油也都是提前算好了行程和油量，到了兵站加好再走的。不过，这些事对于已经跑过了千山万水的人来说，并不算什么。作为野战部队子弟出身的王秋杨，对艰苦的生活早已经习惯了。

此刻，王秋杨已经连续开了10来个小时的车了，亟需休整，虽说她至今从没发生过什么高原反应，但还是谨慎地让自己略微放空数分钟，看看蓝到不像话的天，看看各式各样的石头，看看来来往往的人……

一个回族小男孩吸引了她的注意。“小男孩10岁，长得很可爱，我记得很清楚。”王秋杨回忆道。

小男孩名叫亚古拜，看起来很聪明，也非常快乐。王秋杨随口问他：“你上几年级了？成绩怎么样？”可亚古拜却告诉她，附近没有学校，他上不了学。

城里司空见惯的“义务教育”，在这里却变成了一句“没有学

2003 年王秋杨在阿里路遇失学男孩亚古拜

校”。王秋杨一下子忽然觉得自己很没有礼貌，竟问了个这样讨厌的问题。她顿住了，不知道该说些什么接下去。

可亚古拜看来并没有介意，他骄傲地说：“我会写自己的名字。”说着他蹲下来，在沙土地上划出两行字，一行汉文、一行回文。王秋杨赶忙也在他身边蹲下，认真地看他写字，由衷地称赞他的聪明——一个没有学上的孩子竟能写出回汉两种文字的名字，怎么能不聪明呢。孩子一听，更来了精神，又写下两行，那是他的出生日。王秋杨好像发现新大陆一样，继续鼓励他，从包里翻找出纸笔递给他：“再写点。”没想到，就在这时，孩子停下了，说：“我就会写这些。”

王秋杨拿着纸笔的手，停在了半空。

小男孩继续在地上反复划着那几行字，名字、出生日。当他趴在地上满脸认真地努力书写时，王秋杨感到她的心被震颤着！这个叫亚古拜的小男孩，让她来到这里的“使命”忽然清晰起来，她是发自内心地想要好好地看看西藏的孩子们是在怎样学习，怎样生活着的。甚至开始隐约地想到：我，是不是能为这些孩子们做点什么呢？

6月9日，王秋杨要出发去都兰了。而一直送她到这里的张宝全要返回西宁，继而飞回北京了。两人默默地、不约而同地选择了相互轻轻地拥抱。后来，王秋杨在车上虽然不停地说笑着，但眼睛却湿了。

过了都兰，路况很好，沿途的沙漠中除了骆驼草却没有看到别的任何植物。

不知是幸运还是不幸，冰雹、大雨、雷鸣闪电、龙卷风都在路上遇到了。大大小小的龙卷风在旷野上游荡着。王秋杨她们在一次横穿马路时，从风暴中心穿过，那一瞬间，噼啪乱响的砂石、草根伴随着车身的剧烈晃动，就觉得“轰”的一下过去了。好在风速是小的。事后问起她，她只说：“并不好玩！”再问，就说：“沙漠中的闪电很美！”

那是2003年，因为在修可可西里铁路的原因，路很不好走，全部都是翻浆路。不管是晴是雨，天好天坏，她们的越野车都好像拖拉机似的，车身、车窗上甩得全是大泥巴。路上偶尔遇到一辆车，也都是部队上的供给卡车，几乎没有民用车进藏。而且，即使是供给车也要分季节开，到了封山季节，什么车都是不允许出入的。

在109国道的2810公里处，王秋杨她们看到一个石碑，写着“昆仑一线天”，她们下车顺着石阶向下，再回头，只见很近的两山悬崖之间被一座小小的公路桥连接着，桥上写着“昆仑桥”三个大字，很高很高，小桥就像被举在天上，激流从峡谷间涌过发出巨大的响声，那是她们刚通过的地方。

或者，开着开着，发现山边的一个角没了，只能把轮子的一个边贴着峭壁过去，然后发现自己还活着。

甚至有一次，在红柳滩，她们平地开着车，突然前面路上就陷下去一个洞，当时就爆胎了。回头想想，还好是在平路上。如果是在山上，悬崖峭壁之间，这一下两个人就再也回不来了。

类似这样惊险的遭遇数不胜数。为了赶时间，她们常常整夜都在赶路。有时早上回头一望，原来昨晚走过的路，一面是断崖，一

当年跋山涉水的进藏路

面是峭壁，仅容一个车身通行，略微歪一点，后果不堪设想。

一路上，她们常常看到路边断崖下倒挂着些残破的运输车辆，历经风吹日晒，已不知过了多久，俨然成了运输车坟场。当时她们刚刚进藏，还不清楚那是怎么回事。

王秋杨后来多次进出阿里，才终于了解：这一条路上到底有多危险。有多少运输车就是“一不小心”翻下山沟，从此葬身山谷。在阿里地区，民众常常是买一件大物件，比如电视机，总是交了全款要等上一年以上才能见到实物。一旦运输车翻下山沟，他们的电视机自然也就永远拿不到手了。对此，他们永远都有心理准备，从来不会去追讨。

所以，兰州军区的人常说：“我们是上过山的，是真正有驾照的人。”言下之意就是指：当你真的进过西藏高原，深入过那样艰险的山区之后，再看天下路，真是如一马平川，什么路都不在乎了。

每天十几个小时的疯狂行车，只用了 2 天时间过了昆仑山口，到了五道梁兵站。加油的时候，王秋杨和住在兵站后面烧锅炉的工人一家聊了起来。这家有个特别爱笑的小女孩，名叫措姆，10 岁，可看上去只有 7 岁的样子。经过了几天的旅行，王秋杨已经大致了解了藏区人们的生活水平，知道这里的孩子普遍发育确实赶不上内地的孩子们。她想起家里那两个小淘气，高高大大结结实实的，再看看眼前这个一头纠结乱发瘦小枯干的措姆，内心忍不住揪得紧紧的。

措姆的眼睛很大，眼神极清澈，好像高原的湖水一样。她的汉语不是很好，但能交流，王秋杨看着她的眼睛，就忍不住想多和她

渴望上学的藏族女孩措姆

再说几句话。她想了解真正的西藏，她不想做个走马观花的行者，她想实实在在地为孩子们做点什么。

措姆说，她家就住锅炉房边上。王秋杨赶忙要求她带自己过去。走过去一看，果然不远。这是王秋杨第一次走进藏民的家，简单的一间房子，很小，中间有个炉子，几件藏式家具让她觉得很漂亮，但同时看得出小姑娘家很穷。

措姆的妈妈就在家里。看见来了远客，赶忙起来招待。藏人就是这么热情好客，令王秋杨十分感动。可是，和措姆的妈妈交谈很费劲，她几乎不通汉语。此刻，小小的措姆竟然承担起了翻译的重任。措姆时不时为了找不到合适的字句流露出着急的神情，让王秋杨的心变得特别柔软。她每说完一句，都耐心地等着，听措姆翻译完，或者用肢体语言表达完，慢慢地和她聊天，让她带着自己四处参观。

在兵站的楼里她扒着个门缝让王秋杨和她一起往里看。王秋杨一看里面空空的，什么也没有，措姆却说这里曾经是个学校，有过十几个孩子。

王秋杨知道兵站是不可能有资质办学校的，但小女孩很坚持。她说她不认字，现在没地方上学了，说最后这句话时，她的那张小脸上竟然是一副很难堪的表情，让王秋杨很难过！

是的，王秋杨知道，这个世界上有很多很多的希望工程，她自己也曾经参与过很多，投入过很多。她清楚地记得自己曾经在报纸上看见过一个小男孩的事迹，就流着泪按照地址冲过去，捐了钱。但是，现在她看着措姆，突然又想起了报纸上的那个小男孩：他后来怎么样了？是啊，他后来怎么样了呢？

王秋杨如醍醐灌顶。

临走时，王秋杨给措姆一家拍了全家福，认真记下地址，再三承诺一定把照片给她寄去，并送给措姆一些文具。她在心里祈祷着，但愿能有那么一天，措姆能用上这些文具。

此刻的她，心里终于明确，她到底是为了什么来到西藏。或者说，之前到底是什么样强烈的感觉在呼唤着她。她终于弄清楚了。

带着这样明确但沉重的心情上路，再苦的路途也不在话下了。

上了高原后，因为气压的关系，她们的“用保温杯煮粥法”已经不管用了。日常就啃些饼干之类的干粮，夜晚就睡在大车店里。

这种店里的环境别说舒适，能保证卫生都算是奇迹。假如她们遇到个有灯的店，那就是当地不错的酒店了。门没有锁，两人睡觉时，用桌子堵着门。被子不知是哪一年的了，上面还写着人民公社，早就看不出本来的颜色了。因为天气太冷了，根本脱不下衣服，还得在身上再摞上好几床被子。而这种条件，已经算是相当不错的了。王秋杨她们遇到这种环境时，已经是可以大睡一觉，好好休整的时刻了。

更有一次，两人睡到半夜，突然听见一声异响，惊醒一看：墙裂了！

但是难道打道回府么？不会的。他们的任务还没有完成。

越往高走，人越稀少，或者说，根本一天也看不见什么人。两个人互相开玩笑说：上厕所倒是方便，不用找不用躲，随便就解决了。真是请个牦牛来看你都没地方找去！更何况，真正实际的问题是：在那种环境下，“找条路都找不着，还找厕所呢。”

现在铁路进去了，西藏就已经不是原来的样子了。可是在当时，阿里地区只有 6 万人口。加上流动人口超不过十万。却有着那样广袤的土地。王秋杨她们后来断定：有牦牛就一定是有人。她们太希望遇到人，可是即使能远远地看见，真的等到那人来到跟前，只怕也要等上半天。

就在这种孤寂的行走中，她们终于抵达了昆布拉哨所。

就在喜马拉雅山呼啸的山风中，远远地就看见官兵们全体正站在大风中默默地等着。那场面，实在是太感人了。

王秋杨发现哨所的发电机坏了。这里全靠柴油发电，那么冷、那么高的地方，没有电可怎么得了？她当机立断，为哨所捐赠了一台发电机。可是一问，发电机只有拉萨才有货。于是，为了等发电

当年进藏走过的山路，在今天看起来仍心有余悸

两年未与家人联系的小战士，在喊了一声“妈”之后，泪流满脸

机，她决定，在这里和战士们多待一天。

昆布拉哨所是部队常年驻守的海拔最高的地区之一，并且和尼泊尔交界，地理位置相当重要。但也正因为这里太险峻了，上面的战士文娱活动很少。王秋杨觉得这样不利于连队战士身心健康啊！赶忙又捐赠了录像机、光盘、电视机。

在战士们的宿舍里，大家点着牛粪炉子，围坐在一起聊天。闲聊中提起，一个新兵的女朋友竟然是王秋杨的师妹，也是“北广”的。王秋杨随口逗他：“你想她么？”结果，刚刚还很兴奋的新兵忽然不吭声了，王秋杨又问大家是不是想家了，结果是所有的人都沉默了。

战士们排着队，轮流给家里打电话

昆布拉哨所的通信极不发达，基本上是1～2年一次，至于通讯，几乎可以说没有。家里人要一两年才能看见自己儿子的一封信，何况听听声音见见面？这在我们资讯发达的现代人眼里，几乎是无法想象的。

王秋杨一时不知该说点什么，忽然想起了随车带来的卫星电话，于是问大家：要不要给家里打个电话？

开始，大家都有些将信将疑，又都有些期许。于是，王秋杨带着大家，一起走到大风中的车旁。

先是那个新兵，电话很顺利地拨了出去，可他运气不好，女朋友的手机欠费停机了。看着他那满脸的沮丧，那位在这里干了十多年的副连长提醒他："给家里打一个吧。"

电话拨通了，当听到他在电话的这一头声音很大地喊了一声"妈"的时候，他的身后一下子就站了齐齐的一排眼巴巴瞅着王秋杨的新兵。

昆布拉哨所有句话：缺氧不缺精神。在这里，有北广女生的男友，也有山西武装部长的儿子，可他们来到高原上，驻守在这里，几年都无法跟家里联系。爱情、亲情……都只能靠一年一封的书信维系。这需要多么坚定的信念和精神！有个战士说："两年了，没听过家里人的声音。"说着，就流下泪来。这不是软弱，这是期盼。

战士们排着队，轮流给家里打电话。最后每个战士都达成了心愿。

高原需要他们。

王秋杨怀着这样的心情上路，一路上再不怕什么红柳滩，什么死人沟。

在喀喇昆仑山，明明是夏天，却遇到了大暴雪封路。当时的气温应该是不算很低的，但是体感温度却很可怕。因为伴随着雪而来的，还有风，雪都是斜着飞过来的。听说那一次，还有人冻死在那边。更有人说，当年孔繁森就是在这里发生了车祸去世的。

进出阿里的通道是单边的，也就是说，一面出来车后，封路，对面再走。为了等排通车时间，王秋杨她们只能多等了 9 天。

在 219 国道，正常的天可以看着车辙印走，天气不好就根本没有路了。看见前面是雨水，什么都没多想就开进去了，真的进去了，又怕车熄火。在水里又蹦又跳地过去了。过去她们就开始盘山，在半山腰才注意到，有五六辆车像一队小蚂蚁，也在走她们刚刚走过的路。

直等到她们休整的时候，突然冲过来一群人，冲着她们又是竖大拇指又是握手的。两个人先是吓了一跳，后来才闹明白：原来刚才她们趟过的地方，是很多老司机都不敢乱穿的一条说深不深说浅不浅的河沟。经由她俩这么一趟，大家才纷纷跟着她们的路线，跑了过来。

这一路像这样的艰辛坎坷，实在多得数也数不清了。如今王秋杨都拿出来当笑话讲。但当时在现场的凶险，却只有当事人自己才能体会了。

乃至，她们回到平原后，出现了“醉氧”现象，感觉高速路太好开了，一不留神就开错路了。

废墟中的红旗

2003年5月

王秋杨进藏之前就去了西安的援藏学校考察。在内地，当时共有 27 所援藏学校，各地都有。进藏之后，她们一路走过很多学校。只要听说这里是个村、镇或者地区，就会问“这个地区有没有学校？”“学校是什么情况？”“可不可以带我们去看看？”就这样一路寻访着走下来。

最后找到最艰难困苦的地区，正是阿里地区。当时也有困惑：为什么就没有人到这里来？因为她们实际跑下来，发现确实没有人过来。

一路上，王秋杨看到了太多的孩子，了解了太多当地的民俗和学校的情况。她从家里带来的半车文具、玩具、书都沿途发光了之后，又在拉萨买了许多补充了进来。可是，还没有哪一座学校，能像巴嘎乡完小一样把她震撼到窒息。

那是一天的中午，王秋杨她们开车路过这里，看见到处都是大坑和山包。想着这里应该早就没有人了吧？

这里就是巴嘎乡，距离神山仅仅 20 多公里，当年确实已经近于废弃。实际上，当时王秋杨她们已经得知，整个巴嘎乡已经搬迁去了塔尔钦，这里正随着居民的逐渐迁徙而慢慢地荒废掉。

王秋杨他们开着车大概转了半圈，正准备转弯开走，突然，远远的，山顶的另一边，一面红旗探头伸了出来，开始迎风飘扬。

这可是件奇怪的事！偌大一片荒山，一个像是被原子弹炸过一样的废墟村子，明明到处是残垣断壁，没有一棵树也没有一棵草。但在这片废墟里，竟然有一面国旗一直在飘扬着！

出于好奇，他们决定把车开过去探个究竟。

走到跟前她们才发现，飘扬着国旗的地方，竟是一座学校。很难想象，在全乡都已经下撤的情况下，这座学校还坚强地挺立在这里。那是废墟中唯一一座还勉强支撑着的建筑，灰灰土土的墙面显然已经有许多年没有翻修过了。擦洗洁净的白色名牌上端端正正地写着：巴嘎乡完全小学。

抬起头，迎风飘扬的国旗成了这片瓦砾废墟一样的乡镇中唯一的一抹亮色。王秋杨的心，紧紧地揪了起来。

学校门口，有几个小孩跑来跑去。并不像内地的学校那样戒备森严，面对外来人，孩子们也并不十分在意。王秋杨他们琢磨着：既然没有人出来问话，那就径直“闯”进去找人吧。

找了一会儿，才看到一个几乎可以说是蓬头垢面的成年男人，正抱着一个小孩子，在灶前生火做饭。

王秋杨俯下身去，问：“你们校长呢？”

男人抬头，很迷茫地看着一群陌生人。

于是王秋杨又问了一遍：“你们校长呢？能不能请你们校长过来一下。”

男人这才站起来：“我就是校长。”

巴嘎乡完小校长益西久美

巴嘎乡完小的校长益西久美，这就是王秋杨和他的第一次见面。王秋杨后来每次回忆起这一段，那种深深的震撼还是挥之不去。“太惭愧了。”她总是说，“找不到别的什么词儿。就是觉得惭愧。”

但是益西久美的记忆是另一种样子。

在他的记忆里，王秋杨他们突然降临，突然递上来一张写着“西藏教育原生态考察员”的名片——虽然他并不知道具体是什么意思，但这个女人的爽朗和热忱让他印象深刻，几乎是一种直觉，他觉得学校和孩子们的命运，或许将因为这个午后而改变。

因为“突然袭击”，学校没有准备，王秋杨直击了孩子们最真实的生活环境。之前，她也见过孩子们凑不齐礼服的鼓乐队，但从没想到，窘迫、穷困、脏乱……这才是孩子们的真实生活。

益西久美校长非常激动，王秋杨她们的到来，让他看到了希望。他领着他们一行人走进了一个满是柴草和废旧物品的小院——那是他的家兼办公室。在这里，王秋杨看到了可能是整个学校甚至方圆几十里内唯一的几棵绿色植物——窗台上被种在压缩饼干桶里的花。那花并不如何挺拔华美，而是单薄纤瘦，甚至有些羸弱，但它们却努力焕发着生机，点缀在这一片荒原之中，是如此的鲜艳动人。窗外的风吹过，小花看起来随时要被摧毁的样子。王秋杨恨不得扑上去用双臂护住它们。

就在这一瞬间，她心里忽然涌出一份感动，为生命的顽强挣扎而感动。也就是在那一刻，她意识到这个“仪容不整”、看上去不像校长的校长，是怎样坚强地支撑着这个废墟中的学校。

校长告诉她，这个镇子一年前就搬迁了，镇政府搬到了塔尔钦，乡民们也早已随之迁走，只有学校一直没有搬迁经费，所以只能在这片废墟中坚持和等待着。

这些事，有些王秋杨已经知道，有些她刚刚才知晓。看着窗台上颤抖的小花，她不知道该回些什么话才好。

随后，他们又去了学生宿舍，正是学生们午睡的时候。孩子们大多来自牧区，吃住都集中在这里，父母把孩子放下之后，就随着羊群远去了，很多孩子，一年才能回家一次。

午睡的孩子们，棉被显然不够，只能几个人挤在一条棉被里，使劲儿缩起来取暖，露出一个个小头顶，粘结的头发表明他们已经

十一郎　摄

很久没洗过澡了。床底下一堆小鞋子，王秋杨一只只看过去，都是破洞和开线，竟然没有一只是完好的。

王秋杨强忍着一阵阵涌上来的眼泪，想找点其他的话题，就问："孩子们有活动室吗？"

"有！有！"校长热情地带她过去。那是一间空荡荡的四面透风的屋子，屋子里只有一张课桌。桌上有几条磨损严重的跳绳和几个沙锤。这，就是孩子们全部的"活动器材"。

眼看王秋杨快要忍不住眼泪了，校长忙说："去看看我们的教室吧！"

"对，对，教室还没看。"从北京过来，一路上都叽里呱啦的任伟杰，进了学校后就沉默了，这是她说的第一句话。这个总是大大咧咧的典型"女汉子"，已经在悄悄地擦眼睛了。

教室确实是整个学校最好的地方了。虽然也破败，但很整洁。墙上挂着香港回归的宣传海报，以及不知是哪一年的上海高速列车宣传画。对王秋杨来说，这几幅画十分刺眼，那些城里孩子们熟悉得都无视了的风景，与这里太不协调了。

没及时擦的黑板上赫然大大地写着唐朝杜牧的诗句——

远上寒山石径斜，
白云深处有人家。
停车坐爱枫林晚，
霜叶红于二月花。

巴嘎乡完小的学生宿舍，小鞋子没有一双不是破的

王秋杨不知道，这里的孩子们，是如何理解这首诗中的意境的。

她突然有种莫名的冲动，想把这几行很寻常的课本里的诗句从黑板上擦掉。为什么要擦？她说不清。擦掉以后写些什么？她不知道。她只是觉得这样的诗句衬着这样的环境很荒谬。

孩子们已经集结在大风大太阳的一小块空地上——那是孩子们的操场。王秋杨站在孩子们的面前，试图安慰孩子们，眼泪却淌了满脸。

“孩子们，”她说，“你们很棒！虽然环境很艰苦，但是你们还是很努力。其实，你们不知道，我小时候比你们还艰苦呢。你看，你们这里至少不用打伞上课……”

王秋杨的童年，基本都是随军度过的。小学时，住在莆田，上学还在离家“不太远”的地方。一、二年级的时候人还小，不懂事也没有时间观念，走路去上学，总是边走边玩。一路上抓青蛙、捕麻雀。到了收麦子的季节，就用麦丁做笛子，收麻杆的季节就用麻杆做高棍。有什么玩什么。等走到学校，居然已经放学了。她就大咧咧地跟着大部队再往回走。

那时候，班上有个非常好的老师，是被打成“右派”下放来的一个很讲究的城里人。会用很柔和的口气说：“大家好，我姓杨，大家就叫我杨老师吧。”总是穿着整整齐齐的中山装，扣子扣得好好的，围着围巾，像个五四青年。

但那时屋顶漏雨，地又不平。最后一排的雨水往前流，孩子们全都挽着裤脚踩在雨里，老师也光着脚。因为山路崎岖，路上都是烂泥，很毁鞋子。可是那时的人又穷，所以只好身上尽量保持整洁和尊严，却赤着脚。

后来夏天下雨厉害，校舍成了危房，快倒掉了。大家就搬到露天去上课。黑板往树上一挂，搬了凳子坐在户外，师生们打着伞上课……

到了中学，就要去更加遥远的教学点了。那时候王秋杨每周翻山越岭地往返家和学校一次，走 8 公里，挑着担子，一头是米、酱油和咸菜，一头是书包。那时，她 13 岁。

回想起在莆田二中的那五年，王秋杨最深的印象就是晚自习回来时不常地从被窝里掏出没睁眼的一窝一窝的老鼠。“这几年一共得有四五十只吧？”她算了下。另外蟑螂、虱子、跳蚤……数不胜数。

南方雨水多，常常阴雨天，赶上一个晴天，他们会把宿舍里的小柜子拿到外面用棍子打一打。每次，都会有几百只蟑螂从柜子里爬出来。

一个宿舍要住24个人。一个床上睡两个人，上铺2个下铺2个。厕所偏偏不在宿舍楼里，夜里还要出去上厕所。对爱讲鬼故事的青春期女孩来说，半夜出去上厕所这事，还是挺吓人的。

可是，对女孩子来说，总是想干净卫生一点，洗澡也是个大问题。学校附近没有打到井，用水要去很远的地方挑水。通常来说，只能一个星期回家洗一次澡。如果女生想偷偷运一点水上楼，一旦被宿管老师发现了，那可是要整个宿舍拉去操场跑步的。

即使这样，王秋杨依旧练就了一手绝活：用皮球剪一个匚用绳子拴住，扔进水井，咚的一声就能打上水来。这一手，普通人可是连用水桶都做不到的。

虽然出生在将军家庭，现在又成为了成功的企业家，但自幼在福建山村里长大的王秋杨，一直都保持着坚强、独立的个性，从某种程度上来说，甚至足够强势。

学校里2000多个学生。一个年级6～8个班，一个班80人，全部都要自己蒸饭吃。用一个铝饭盒，上课前自己把米淘好。一个班的饭盒用麻绳扎成几摞，食堂用滑轮的蒸笼给蒸上。上完课饭就蒸好了。

那时的孩子，正在长身体的阶段，各个下了课如饿虎扑食。在半个礼堂那么大的厅里，王秋杨一眼就能看见自己的饭盒。冲上去拎出自己的饭盒。

至于吃的什么。王秋杨这种算是条件比较好的了。她的妈妈会给她熬一点猪油和酱油熬的猪油膏，她就浇在米饭上吃。有时候还能煮点黄豆。王秋杨总是省着吃。可是福建炎热，黄豆三四天后就拉丝变质了。但即使这样，她还是照样吃。至今王秋杨都有个本事：吃坏东西不得急性肠炎。

吃饭要抢，打水要抢。抢一大盆水，王秋杨是打头的。抢出水来，后面递上空盆，她再去抢。毫无疑问，她也是在一个物资极其匮乏的环境里锻炼出来的。

物资的匮乏，不仅仅表现在吃喝上，在教育上体现的更加深远。

领到新文具的孩子们

王秋杨曾有过某次哼歌时被人随口开玩笑说：“嘿，你怎么没有乐感？”几乎从不掉泪的她立刻就哭了，可把人吓坏了。

原来，王秋杨上过的中学，全校的“乐器”只有一只口琴。音乐老师用高音喇叭麦克风接到口琴上，叽叽嘎嘎的，2000 人一起大合唱。这就是音乐课。

至于体育课，竟然是挑土填操场。那时，学校里有个水塘，学校计划把水塘变成操场。于是孩子们的体育课内容就变成了挑土。当时每个人都有个扁担，上面写着自己的名字，每人还有两个簸箕。

按理说当时在农村地区，都是农村孩子，王秋杨干不过人家农村小孩，但是她从小好强，干到肩膀都肿了，也不落人后。

所以，说到什么正规的文体活动，王秋杨在高三之前完全没有接触过。小时候没受过这种教育，自然不知道该怎么唱歌，该怎么运动。后来慢慢地接触得越来越多，越来越正规，才入了门。

现在，她看到阿里的孩子们，巴嘎乡完小的环境，脑海中一下子跳出了她自己的童年。亲身经历过，她太明白那种感受。她不要她的阿里孩子们，再受那样的苦难了。

就在这片小小的操场上，她下定决心：“再苦不能苦孩子”这决不能只是放在嘴里说说的口号，这必须成为她未来奋斗的目标。

从巴嘎乡完全小学出来，驱车赶往神山冈仁波齐脚下的小镇塔尔钦，这里海拔 4700 米，是世界上海拔最高的小镇之一。巴嘎乡政府和村民已经搬迁到这里，形成了初具规模的季节性旅游小镇。王秋杨心里确定：巴嘎乡完全小学将来必须要搬迁到这里，和原来他们的村民们在一起，和神山圣湖在一起。

回到北京后，王秋杨积极发起成立慈善基金会。2005 年北京苹果慈善基金会在北京市民政局完成注册。在阿里，苹果基金会先后援建了四所学校：普兰县中心完小和初中、达巴乡初小、楚鲁松杰初小以及搬迁到了塔尔钦的原巴嘎乡完小——塔尔钦苹果小学。

03

北京，北京

2003 年 5 月

十一郎　摄

一路走来，王秋杨和任伟杰看了好几所小学。还没进阿里，她们带的文具和玩具就已经发光了。所以在拉萨，她们又补充了许多图书、文具，还买了电视机准备赠送给学校。

帮她们联系学校的是西藏军区的丹增干事，他回忆到，两辆车——丹增干事开的吉普车，还有王秋杨和任伟杰的车，被准备送给孩子们的物资塞得满满的。

在偏远的羊达乡朗冲村校，王秋杨她们在路上颠簸了很久才找到地方。到的时候，孩子们早已下课，因为听说她们要来，仅有的3 名老师和那 60 个孩子一直在等着。

丹增干事记得，当时王秋杨顾不上一路颠簸劳累，就冲下车说了句："怪对不住孩子们的"，顾不上说别的，先赶忙给孩子们分发文具。那一刻，兴奋的孩子和老师们就像过节似的，也帮着他们从车上往院子里卸东西。

孩子们太小，东西搬得丢三落四的。一排排的孩子在院子里穿梭往来，好像小蚂蚁搬家，真是可爱极了！王秋杨越看越喜欢，不知不觉中，这些藏区的孩子们，已经走进了她的心里。

王秋杨觉得每一个孩子都是那么漂亮，他们几乎都有着闪亮的

王秋杨在给学生发放文具

肤色，洁白的牙齿（可能是水土的原因，藏人的牙齿都非常好），大眼睛以及卷曲的头发，性情纯净得就像这里的天空。

她总是说："在这里，孩子就像孩子，很天真！很自然！不像大都市里的孩子，个个老练得像小大人似的，从小就让人觉得累！"一路走来，她觉得自己看哪个孩子都觉得亲切，都像她自己的孩子一样。

一个小女孩拿着一本过了期的旧画报，走到她面前，用很不错的汉语认真地问："阿姨，这上面哪个房子是你的家？"

王秋杨低头一看，那是一张俯拍的天安门广场的照片。

王秋杨、任伟杰与朗冲村校师生在一起

小女孩接着说："措姆老师说这是北京，您不是北京来的吗？"

措姆老师是朗冲村校的语文老师，也有一个女儿，小女孩儿蹲在门口的土墙下，闷闷不乐。任伟杰上去问了才知道，她去年在这里读的三年级，现在在乡里的完小读四年级，今天正好回来看妈妈，因为不是这里的学生了，所以没有得到文具。

王秋杨和任伟杰赶紧拿出了一套文具送给她，小姑娘破涕为笑。

拿旧画报的小女孩还跟着她们，眨着天真的眼睛，等着王秋杨在照片上指出她的家。

怎么才能在一张左边是人民大会堂，右边是历史博物馆的照片上，给小姑娘一个满意的回答呢？王秋杨看了半天，犹豫着，指了指照片右上的角落里，故宫外面的一个房子，说：“那是我家。”

天真的小女孩露出失望的神情，因为王秋杨点出的那个位置太小了。但懂事的她立刻又笑着安慰王秋杨：“阿姨的家好漂亮。”

王秋杨一把搂住她，觉得自己的鼻子又开始发酸。而就生长在这里的丹增干事，竟然比她还先掉眼泪，赶紧走了出去。

又有一个小男孩，从他的本子上小心地撕下了一张纸，用新发的笔认真地写下了自己的名字，准备送给王秋杨。其他的孩子也争着效仿，不一会儿，五颜六色的水彩笔就把那张纸给写满了，有藏文，有汉文。王秋杨小心翼翼地把那张纸收了起来，直到今天，她还保留着那张写满名字的纸。

临走的时候，孩子们一直把他们送到大门口，整整齐齐地喊：“谢谢阿姨！谢谢大哥哥！”60 个孩子的声音竟然那么响亮，就像有 600 个人。

丹增干事嘀咕道：“我和您差不多大，怎么就成‘大哥哥’了?!”王秋杨和任伟杰都笑了，笑着笑着，他们三个人的眼泪都流了出来。

王秋杨突然想，如果能做这些孩子的老师，那也是一种无上的幸福啊。

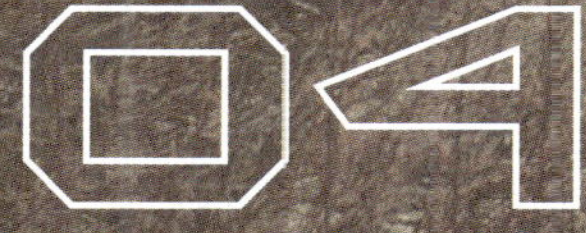

多用途的树棍

2003 年 5 月

十一郎　摄

高原风光好，崇山峻岭，峰峦叠嶂。那里有钢筋水泥的大都市里无法体验的美妙奇景，有纯美鲜甜的空气可以畅快呼吸，更有神山圣湖和虔诚的信徒们给你心灵的震撼。可是这一切的背面，毫无疑问，都表示着：这里交通不便，信息闭塞，物价高昂，工具更是不趁手。总之一句话，比起大城市，高原上无论如何生活还是不方便的。这一点大家上去之前都有心理准备。但这和你真的亲眼看到高原上孩子们的生活，那还是完全不一样的。当你面对面的看着他们的眼睛，亲手抚摸他们被紫外线晒红的小脸儿，那种深深的震撼还是会烙刻在心底，永远也抹不去的。

阿里地广人稀，学校的设立肯定不能像内地那么密集。因此，在阿里，学校被划分成了不同的种类。

第一种叫作："完全小学"，这种小学从一年级到六年级都有，所以才能叫做"完全小学"，简称"完小"，从教学结构上，基本等同于内地的普通小学。"完小"都是由政府负担孩子们全部的学费和食宿费用的。

第二种叫作："初小"，即只有1～3年级的小学。这种叫法其实体现了非常古老的一种教育体制的残影。兴盛于全民扫盲的50年代，至改革开放后就几乎全面退出了人们的视野。对于大多数人们来说，上完九年制义务教育已经成为了基础中的基础，小学又何必去区分初小、高小？

第三种叫做：“教学点”。这种用心良苦的“教学点”有时方圆几百公里才有一个。凡属于这个区域里的适龄孩子们都集中在这里上学。“教学点”与其说是学校，更像是内地说的“学前班”或者“幼小衔接班”。这里通常只有 1～2 个年级，孩子们的年龄也不超过五六岁，都是很小很小的孩子们。他们要在这里完成最基本的学习，才能适应并升入正式的小学去学习。

无论哪一种小学，藏区的孩子们都必须要从很小的时候就离开

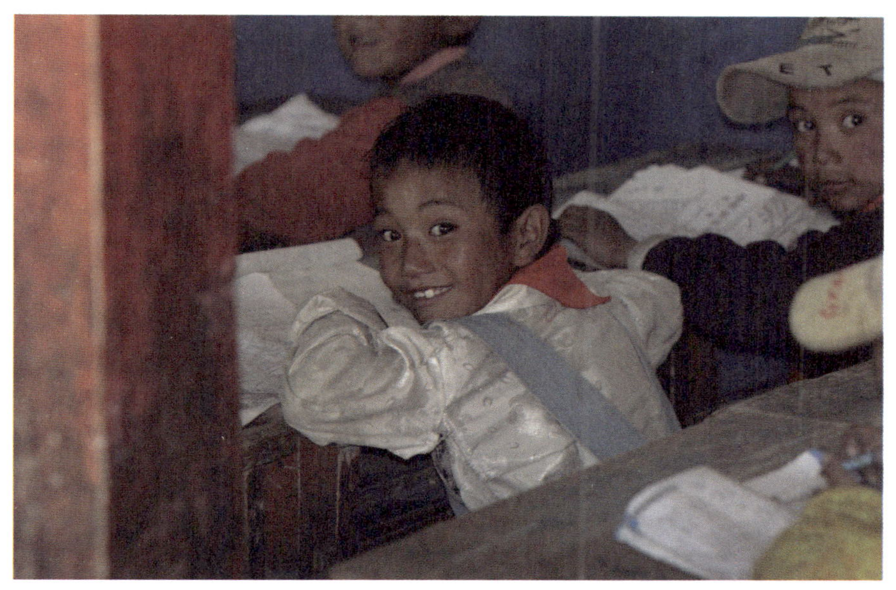

对于远方来的客人，孩子们既高兴，又充满了好奇

家，独自面对生活中的困难，处理与同学的关系，一切做到生活自理。甚至有些路远的孩子，常常是几年都没有机会回家去。

边远山区孩子的日常生活，纯真却艰苦，物质的匮乏却无损他们的创造性思维。他们依然在加油奋起着，为了家乡的未来努力着。

在这里，念书的孩子们最好的出路就是考上内地的西藏学校，有收入不错的家庭会倾尽家产供孩子去上学念书。但常有贫困的孩子，即使考上了，别说学费，甚至连路费都掏不起。

王秋杨最早来到普兰县九年一贯制学校考察的时候，学校专门组织鼓乐队欢迎他们。这里是负责接待的军分区副参谋长阿旺多吉的母校，所以他自己还多少有点底呢，是奔着“给北京来的老总留个好印象”带她们来的。

可学生们出现的时候，宾客们还是各个震惊了：鼓乐队员们的礼服七长八短，乐器破旧不堪，连敲鼓的鼓槌都没有，孩子们自己想出的办法，用树棍凑合。

阿旺多吉回忆说，他已经很长时间没有回母校了，印象里，自己在这里读书的时候，校舍和设备也没有这么差。通过介绍，王秋杨才知道，这些鼓乐队的礼服还是20世纪60年代建校的时候统一制作的，都已经穿了30多年了。别说不是孩子们自己的队服，就是能凑出来这么些套已经很了不起了，足见这30多年间，学校对这些队服是多么的珍视，保管是多么的精心。

然而，多年以来，学校再也没有更多的经费用于发展建设了。年复一年，他们只能靠吃老本来过日子。“勤俭持家”成了每一代校长的职责所在。

说着话儿，校长和生活老师仓决桑姆领来了六个怯生生的学生，说他们来自牧区，学习成绩很好，一定能考到内地西藏中学。老师们说这话的时候，言语间情不自禁地透露出骄傲与自豪。王秋杨也很受鼓舞，摸摸他们的头，鼓励他们，告诉他们今后一定会去西藏中学看他们。

“可是……”可是，因为生活困难，这些孩子就算以后考上了，也没有路费去啊……老师们甚至不忍心当场揭穿这件事。

为了活跃一下氛围，王秋杨猛夸孩子们的想象力和创造力。看他们，多棒！就算没有了鼓槌，小木棍不是一样的吗？

是的，天真淳朴的孩子们，在大自然中自由成长的孩子们，其丰富的想象力和创造力并不因物质的匮乏而有丝毫的损耗。小小的一根木棍，被孩子们用到了极致。

比如，就在午饭时间，王秋杨看见学生们每人端一碗米饭，就着酥油茶蹲在地上吃——是的，他们并没有食堂，更不要谈什么餐桌餐椅。有的家境好的学生是从家里带来的勺子，就用勺子吃饭。有的学生没有勺子，怎么办？聪明的孩子们直接折上两根树棍当筷子！甚至，更多的学生连筷子和勺子都没有，两根手指头一伸，就充当了筷子，往嘴里扒拉起酥油茶泡米饭。

王秋杨为孩子们的生活环境倍感焦虑：这样真的能达到卫生标准吗？一个孩子每月才 50 元的生活费，日复一日的这么吃酥油茶泡饭，身体受得了吗？营养跟得上吗？回想自己小时候吃过的“拉丝黄豆饭”，她不想再看到自己的下一辈孩子们继续受这个苦。

尽管如此，孩子们仍然很快乐，像童年时代的王秋杨自己，甚至一边吃饭一边还不忘打闹玩笑。每个孩子都在笑，那些笑容真的让王秋杨联想到朝阳下的花朵。她像是看着自己的童年一样，一边开心一边难过。孩子们笑得越灿烂，她的心里就觉得越难受。她忍不住低下头去，一瞬间，眼泪已然悄悄掉在了地上。

树棍在这里成了万能的神奇工具，这是王秋杨愿意看到的创造力，孩子们灿烂如花的笑颜，这也是她愿意看到的活力。她不要列队欢迎，她要孩子们发自真心的快快乐乐、健健康康的成长。

王秋杨当即拿出几万元现金，交给老师和武装部同志，让他们帮助建账、分配并共同监管。还留给武装部 3 万元，请他们帮忙购买 60 件新礼服，部长和政委立刻表示，下新疆的时候买好后让军车直接送到学校。

然而，几十套校服是解决不了孩子们的根本问题的。实际上，整个阿里的现状都不是留几万元就可以解决的。她清醒地认识到，做慈善绝不能只是“捐款然后大撒把”就可以了的。所以，她下了大决心，要踏踏实实把阿里的小学建设起来，而且，不止一座小学。

于是，她马不停蹄地又去考察了县中心完小。

县中心完小的前身要追溯到 1973 年，普兰县成立的第一所中学——“戴帽”中学。1975 年在此读书的贡嘎扎西清楚地记得当时学校的模样，回忆说：“那时候，学校只有三栋土坯房：一栋 30 多平方米，是学生的宿舍；一栋教师职工宿舍，只有 4 个房间；另一个就是我们的教室。”

当时的学校建在一片戈壁滩上，草都没有。那时候的学生们上午学习，下午劳动，学校的围墙和房子都是老师带着学生建起来的。没有课本，教材都是老师自己编的；没有黑板，老师把墙抹平了，用电池的墨芯擦黑；学生没有纸和本子，就在木板上写字。学校里只有 4 名老师、3 名炊事员和 1 名保管员，在校学生经过 3 年招生也仅有 26 人。到了 1980 年，因为初中学生太少，中学教师紧缺，西藏自治区教育厅认为普兰县还不具备办中学的条件，“戴帽”中学改为普兰中心完全小学，并一直延续至今。

王秋杨总记得自己第一次到普兰县中心完小的时候，那一天正好是周日。孩子们大都到附近的河里洗衣服去了。

校舍只剩下唯一的一座破破烂烂的楼了，即使是这座楼也因地基沉降变成了危房。几个在树下复习功课的小女孩还带着弟弟妹妹，一个小男孩在学校操场的水管边费劲地不知是在洗头还是在洗鞋子，还有一个小羊圈，里面有几只羊，说是过一段时间就能让孩子们吃上一次肉。

纯朴的孩子、破烂的学校，眼前的一切在高原午后刺眼的阳光下。王秋杨感觉心里像堵了块大石头一样。她同样留了些钱和物资，就继续奔赴下一座学校去了。因为她知道，想彻底改变这里的面貌，一定要尽快尽快的回去想办法了。

达巴乡小学在札达县，札达县位于西藏西部象泉河流域，面积有 24602 平方公里。该县属藏南山原湖盆宽谷区札达盆地亚区，平均海拔 4000 米，年降水量 200 毫米左右，常年干旱，境内最著名的当属古格王朝遗址。“札达”藏语中意思是“下游有草的地方”。达巴乡的确是个有草的地方。这里土地总面积为 1456.92 平方公里，其中草场面积就达到 1003.82 万亩，占土地总面积的 68.9%，可利用草场面积 847.35 万亩，占草场面积的 84.4%。所以，这里的学生大部分都是牧民的子女。

达巴乡小学距离县城还有 90 多公里，海拔 4188 米，平均气温只有 2℃，年降水量只有 189.6 毫米。是一所面向牧区的初级小学。由于地处偏远，受地理环境和交通条件的制约，阿里的物资流通体系相对落后于内陆地区，达巴乡的物资运输就更是难上加难。到了大雪封山的时节，再有经验的车都不敢进山去。

这里的物价很高，因为出产不多，除了极少量的印度和尼泊尔的边贸外，大部分东西都要从拉萨或新疆运过来。长途跋涉，加上路况复杂艰险，东西的价格是内地的好几倍实在不足为奇。

物价的高昂，加上学生家庭本身的贫困，造就了“上学难上加难”的现状。再加上牧民们本来就过着逐草而居的生活，让他们的孩子去一个固定的学校里上学，简直难于上青天了。

王秋杨含着泪，咬着牙，把这些情况一点一滴的都记在了心里。她告诉自己：无论多困难，都必须去解决。这不是“我掏钱，你随便”，而是为了那些聪明、刻苦的孩子们的前途不被埋没，为了让那些惊人的创造力和想象力终有发光发热的一天。她必须亲自带队，去解决这些困难，去帮助这些孩子们。

她最后的一站，是楚鲁松杰小学。说到这所小学，就更具“传奇”色彩了：学校位于喜马拉雅山南麓，是中国西藏阿里地区靠近西部最边远的乡镇之一，距离札达县还有三天的路程要走——两天开车再加一天骑马才能到。临近中印边境争议的克什米尔地区，除南面外，东、西、北三面都是中印边境线，可以说是维护国家安全的战略屏障。因为地理环境特殊，为了保持稳定，从 20 世纪 50 年代解放到现在，都没对当地实行土改。此地之偏远，由此可见一斑。

其实在边境地区，淳朴的乡民并没有太多讲究。比如以科迦寺而闻名的科迦村，地处中国与尼泊尔边境线上，是尼泊尔进入普兰的必经之地。当地的村医就经常在边防战士的护送下到尼泊尔出诊，为尼泊尔患者解除病痛。尼泊尔的牧民也经常早起把羊群赶过边境，到科迦村这边放牧，到彩霞满天的时候再把羊群赶回自己的国家。王秋杨在考察的过程中深深地感受到：有时候，做好边境乡民的基础教育工作，其实也是守住国境线不可分割的一部分呢。

所以，无论这几所学校如何偏远，她都坚持要做起来，而且一定要做好他们！札达县的索巴县长在得知王秋杨的决心后，激动地向她保证：“明年 9 月之前，一定建好学校！”

9 月，在西藏是个很重要的时间节点，过了 9 月，西藏就进入了冬季，就要封山了。漫天的大雪和刺骨的寒风就要席卷大地。如果不能在 9 月前建好，那一切施工都将被迫停止，等待来年再继续了。王秋杨听到索巴县长的保证，心里踏实的很，也高高兴兴地向他保证：到时候，她也一定会开车骑马进去，亲自给学校剪彩！

许下了这个诺言，还没有离开，王秋杨已经在期待着下一次的到来了。那时候她还不知道，以后的每一年、每一年，“回到阿里”、“回到孩子们身边”，会成为她一个解不开、也永远不想解开的心结，一种或许会持续一辈子的挂念。

05

从文具盒到1000万

2003年5月

2003年5月，王秋杨上阿里之前，在家里准备物资的时候，确实没有想过太多。她只注意到了要给高原的孩子们带上文具盒、纸笔和一些必要的生活用品。

等她真的来到了阿里，她才发现：阿里太大了。孩子们需要的可不仅仅是文具盒那么简单。她一路走一路买，孩子们需要什么她就买什么，几乎是看见什么买什么，从衣服、课本，买到文具乃至电视机……作为一个从来不爱逛街购物的运动系女子，她也算是体验了一把“买买买”的过程，结论是：累！身体累，心更累。

因为，她知道这不够，远远不够。她见的越多，就知道孩子们需要的更多。越往阿里的深处走，她的心也就揪得越紧，“买买买”已经不足以完成她对阿里孩子们的爱，她下定决心，建学校！

总在说，狮泉河那么大，阿里那么大。阿里到底有多大？30多万平方公里，10个台湾那么大，2个山东，2个浙江。总在说塔尔钦好高啊！到底有多高？平均海拔4500米——巍峨高耸的泰山才1524米。

可就是这样的地方，每年吸引着许多许多的人，虔诚的信徒，旅行者，登山客，来到这里。他们转山转湖，为自身的信仰而叩首。他

需要翻越喜马拉雅山脉才能到达的边境小学——楚鲁松杰苹果小学，在2003年，能通车的夏季，从拉萨到楚鲁松杰最快也要十几天路程

们整理行囊，为梦想而攀登。他们偶尔交谈，却互不相扰。他们也许不理解对方的生活方式，却会在关键时刻伸手互援。

这里就是塔尔钦。这里就是阿里。

塔尔钦，阿里，就是这样一个神圣的所在。

这个所在深深的、深深的抓住了王秋杨的心，就在她考察完一圈学校之后，她认真地做了总结和思考，然后，拨通了先生张宝全的电话。

她把这一路走来的所见所想，一股脑的，认认真真地告诉了张宝全。未及说完，眼泪已经悄悄滚落。

最后，她和张宝全商定，拿出200万，驰援四所急需援建的小学，是她亲眼看到过的，不得不立刻进行改造的地方。其中新建三所、改建一所。

那是2003年的西藏阿里，整个阿里地区还在努力完成地方财政收入突破3000万元大关的工作。

可是，刚刚才定下200万这个巨款数字没过多久，张宝全就接到了王秋杨打来的第二个电话。

王秋杨哽咽地说，200万不够。

2003年，在新疆——也就是阿里所谓的“山下”，一吨水泥的价格是300元人民币，历经千难万险运到“山上”——也就是阿里，同样的一吨水泥立刻身价陡增到1300元人民币。

类似的，不管是一片玻璃、一块木头还是修建房子的任何建筑材料：每一吨水泥，每一根钢筋，每一节木料，每一枚铁钉，都得从一千公里以外的新疆叶城运来，就算运输方面阿里军分区会给予支持，运到当地依然会立刻增加几倍的运输成本。

王秋杨和张宝全最初商定的200万远远不够。

想想吧，人类要走到这么高的地方，朝拜、攀登，乃至生活、工作……要把人类日常生活所需要的物资一件一件的搬运上来，这其中所花费的人力物力，所耗费的艰辛困苦，其结果，自然是物价高昂，不能再和平原上去比价钱了。

这一点，王秋杨心里是有数的。她自己也和朋友一起，两个女子驾车勇闯狮泉河，一路上所有的困难——爆胎、断油、缺补给、堪堪冻死在戈壁荒滩的深夜里……她都亲自经历过。在医院里，她亲眼见过那些运货的大车司机们，因缺氧造成的各种急性慢性病，乃至将生命留在雪域高原……

她理解，所以她不曾有任何的抱怨，只是为了建校经费的紧张而伤心，哽咽着拨通了先生的电话。

“怎么样我都支持你。”张宝全很坚定。

很简单的一句话，王秋杨立刻踏实了。得到了先生的支持，她终于露出笑容。“那就500万吧。”王秋杨下定了决心，继续她的行程，同时兴奋地筹划建校事宜去了。

筹建学校，千头万绪，用钱的地方太多，王秋杨渐渐地发现，500万，还是不够。

高原上的东西太贵了。

有多贵呢？

即便是到了“交通发达”的2013年，北京的西瓜在时令季节只要五六毛一斤，但当时在塔尔钦却要10元一斤。价格翻上去20倍。而塔尔钦居民包括旅游者，各个习以为常。就算是比较耐储存的普通西红柿也要七八元一斤。

而这，已经是交通“高度发达”的2013年，距离连石子搓板路都没有的2003年又过去了整整10年了。

回顾2003年，作为地产起家，对各类建材价格明明很熟悉的王秋杨，此时孤身站在高原上，眼望着一条条根本称不上是“路”的“国道”，那些翻浆路、河滩、沼泽、石块……应对着陡然翻上去了

孩子们首次看见自己出现在摄像机上，兴奋不已

几十倍甚至上百倍的价格，在她的眼前浮现的，是那四座小学希望的崩塌。

又过了几天，王秋杨知道，这样下去不是办法，再苦不能凑合孩子，她唯一能做的只有打电话回北京。

这一次，电话通了，她还没说话，就先哭了起来。

电话那边的张宝全和她默契已深，根本不用问就能猜到是怎么回事儿。“需要多少钱？”他问。

王秋杨犹豫了一下：“1000 万。”

时至今日，张宝全和王秋杨的今典集团，已经发展成为涵盖旅游地产、酒店、电影和当代艺术的多元化大型投资集团，1000 万对他们来说，已不是什么惊人的数目。而十年前，对于还在转型发展的今典集团来说，1000 万确实是个不小数目。

但是张宝全没有一秒钟犹豫：“好，1000 万。”

就这样——

一次西行的旅程。

三个电话。

1000 万善款。

有一个有趣的数字，也许值得铭记：2004 年，阿里地区财政收入突破 5000 万元大关，达到了 5371 万元。

06 一个低调行善的汉子

十一郎　摄

夏觉·阿旺多吉认识王秋杨的那个雨夜，根本不会想到会有这么一天，梦想照进现实。

那是两年以前了，身为副参谋长的阿旺多吉从上司那里接到一个平平常常的任务：接待从北京来的两位老总。风雨中，两位老总的车直至深夜才颠簸到了预定的接站地点。这也是很平常的事情，从拉萨到阿里，1600 多公里，全都是翻浆路，绝大部分地段空阔荒凉，开车从拉萨到阿里行署所在地狮泉河镇，时间根本不能预估，开个三四天、五六天都不足为奇。

王秋杨回忆起来，当时的车速基本上都维持在 5 公里 / 小时，一旦一脚油门踩到了 10 公里 / 小时，感觉上就好像有 180 公里 / 小时一样，颠簸飞驰，上蹿下跳的。倘若再快，那简直就要飞起来一样，不但是“快”，更是危险。

糟糕的路况，漫长的距离，途中汽车故障比比皆是，甚至车毁人亡也有。能不在半路上爆胎抛锚，已经算是相当不错的驾驶技术了。因为在 2003 年的阿里地区，还没有卫星电话，接人的人一旦到达了指定地点，就只有等。一天等不到就在路边扎个帐篷等两天，两天等不到就等三天……一直等到人来了为止。谁都知道这段路太难走了，接人的人不会有怨言。

但王秋杨她们不想让对方那样辛苦的等，所以她们只能不睡觉的开着车。两个人倒着开，每人十几个小时的开，即使是在风雨中也坚持这样开下去，开到濒临绝望。

就在这时，她们看见前方有车灯亮起。温暖的，黄色的车灯。

一位军人穿戴严谨，戴着白手套，带着五名战士迎着夹杂雪花的风雨，果断地截停了她们的汽车，行了个礼。

那一刻，她整个人都暖起来了。

这个来接她们的人，就是阿旺副参谋长。

“你们是从北京来的？”阿旺副参谋长看着车内满满的物资和儿

阿旺副司令与王秋杨、周行康在调研中 （小齐 摄）

阿里风光

冈仁波齐，在当地百姓心中有着极其神圣的地位

童文具，再看看眼前的两个小姑娘，总觉得有点不可置信。

虽然是在大雨中，王秋杨她们还是立刻下了车，“对，是我们！”确认身份后，她们充满感激地接受了阿旺副参谋长的军礼和哈达。

当时已经连续开了十来个小时车的她们，本以为“终于见到组织了，可以休息了。”谁知，讲究规定的阿旺副参谋长却突然抛出一句：“今天晚上安排你们住在普兰。”

王秋杨急忙问：“离霍尔不远了吧？”

阿旺副参谋长是个军人，哪里管那么多？说话好像爆豆子一样：“这里离霍尔乡一个多小时车程，但不能住在那里，得住普兰，我们有严格规定，也有计划……”

他话还没说完，王秋杨已经释然，笑着说：“都听你们的。”随后发动了汽车。阿旺副参谋长倒很意外，这个姑娘小归小，倒是一点儿也不矫情。他的向导车熟悉地形，开得很快，一会儿翻越达坂，一会儿趟过小溪河流，不断腾空又不断跌落。阿旺副参谋长从后视镜里回望，看王秋杨全神贯注地追着，竟没有被落下。他严肃的嘴角终于勾起一个向上的弧度。

凌晨3点半，王秋杨和任伟杰在连续驾驶十五个小时以后，住进了普兰县武装部，这一天，是2003年6月24日。

吃饭时，阿旺副参谋长讲笑话一样告诉王秋杨她们，在今天等待她们的过程中，因为通讯联系不上，为能掌握她们的行踪，他们向同方向来的仅有的几部车打听时，竟然车上的人都说“见过！见过！”有说早上在仲巴的，有说下午在帕羊的，还有说跟着辆慢吞吞的破车……总之说话的人最后都很惊讶于两个女人自驾车走在阿里这样的地方，阿旺副参谋长最后还说：“各个说得添油加醋的，我看你们已经在这条线上出名了！”

王秋杨也笑着告诉阿旺副参谋长，她们这一路上加油，都是在兵站里，自己把油桶抬到高于车油箱的位置先固定好，然后用管子先把油用嘴吸出来，再加到油箱里去。

后来阿旺副参谋长回忆起这件事的时候，还觉得不可思议。这个“看起来明明还是小姑娘”的王总，身体里竟蕴藏这么强韧的力量。可是她名片上印着的“西藏教育原生态考察员”，到底是个什么头衔呢？为什么她要来这里考察教育呢？还是那句话，阿旺副参谋长并没有十分信任这个突然闯来的女子，那么多往来的旅行者，无不言之凿凿要为当地学校和村庄捐款捐物，为改变阿里贫穷落后面貌做出贡献，但离开以后几乎都没了后文。终于有一次，他们听说来了一批捐赠物资，兴高采烈地驱车三天赶到新疆叶城，结果接到的全是些英语读本和看不懂的大部头书籍，没有大专以上文化程度根本无法阅读，战士们翻来翻去，没人能看明白，更别提给当地学校的孩子们了。

所以，阿旺副参谋长一直在琢磨，“西藏教育原生态考察员”是什么来头。尽管军分区司令只交代他安全接送好两位“老总”，他还是多了一个心眼，如果借助外来力量为家乡干点实事，该有多好啊。

琢磨来琢磨去，阿旺副参谋长实在忍不住了，早餐桌上问王秋杨；“请问，你们来阿里的目的是什么？”

王秋杨说：“考察一下教育情况。”

“这个题目有点大，能不能具体一点？”

王秋杨想了想，很认真地说：“来看看这里的基础教育，学生的学习生活情况，如果可能，也考虑建学校。”

阿旺副参谋长有点不相信自己的耳朵，建所学校，喔，建学校，这可不是小事。

他第一次认真审视王秋杨，她笑起来很活泼，说话的时候又稳重练达，感觉是一个柔中带刚的人。当时的阿旺怎么能想到，在他看起来还“太年轻”的王秋杨瘦瘦的身体里面，竟蕴藏着那么惊人的能量，会给自己的生活、自己的家乡，带来怎样的改变。

夏觉·阿旺多吉是土生土长的阿里人，又在当地部队服役二十多年，他熟悉阿里边境线上的每一座雪山，每一条河流，每一个通外山口，每一个连队，每一个哨所，无论是常年驻兵的哨卡，还是季节性哨所，他都了如指掌。边防战士的艰辛不易，他比谁都清楚。当年，他作为极少数能走出大山读书的高原孩子，最终竟毅然决然的选择了回归阿里，可见他对阿里的感情有多么的深切。

得知王秋杨是真心要来改变阿里的教育现状的时候，他不辞辛劳，带着王秋杨四处奔走，扎扎实实地考察了阿里的各种类型的学校和教育现状。也许，他还并不了解王秋杨来到阿里这一路上的细节和她内心的感受。但王秋杨实实在在做过的那些事已经足以让他感动——一个家境优越、事业有成的女子，如此真诚地帮助西藏的孩子，把爱心送到海拔近 5000 米的高原。

想到这里，阿旺副参谋长又有点愧疚，与西藏与阿里毫无关系的人都能如此无私地在阿里做善事，他应该尽最大力量支持她们，为她们提供一切便利，这也是一个军人义不容辞的责任啊。

为了这份责任，他努力奔走，终于促成了王秋杨与普兰县的合作。孩子们的学校竟然要变成现实了！

普兰县委县政府由陕西省对口援建。县委和政府在一栋楼办公，每间办公室门上挂着标志牌，一面是藏文，另一面是汉文。阿旺多吉还没有走进楼道，就被人热情地握住了双手。家乡的老百姓敬重他，干部们同样尊敬他。

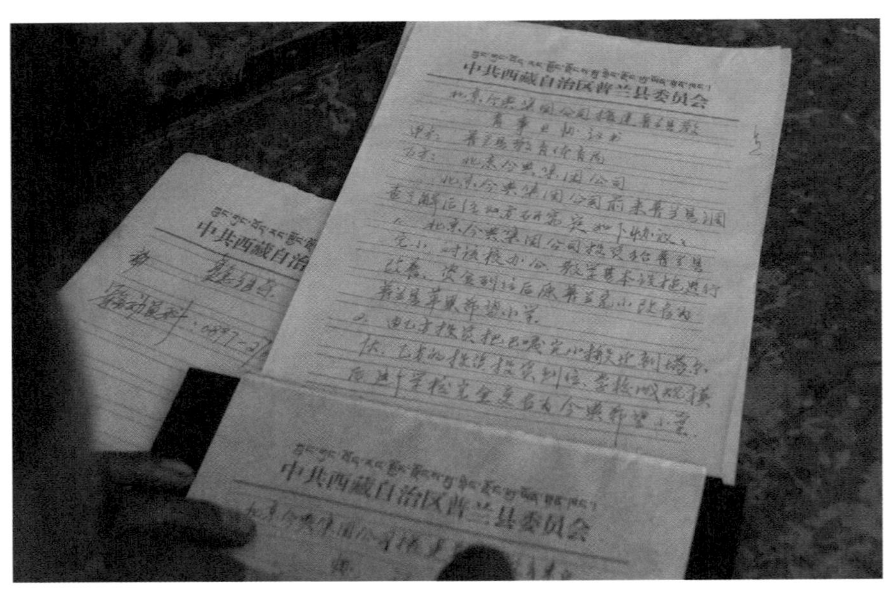

一份份像这样签在信笺上的协议，孕育出第一笔 1000 万的教育捐赠

与相关领导单独交谈以后，得到了热情回应。政府领导出面，请王秋杨来商量合作事宜，与会人员有武装部领导、县委县政府分管领导、教育局局长等，会议由阿旺多吉主持，军地民三方会谈正式开始。

会上达成意向，由王秋杨出资，对普兰县九年一贯制学校进行改扩建，另外新建一所学校。

意向书由教育局局长起草。局长平时起草过通知、请示、决定等，从来没有起草过意向书，琢磨了好一会不知道怎么写。阿旺多吉看着着急，说：“那就像写合同一样写吧。”

局长说，合同也没写过。

阿旺副参谋长说，就是你们对王总有什么要求，希望她们干些什么工作。

局长喔了一声，赶紧写下意向书。这个合作意向书在以后的岁月中不断丰富，这是后话。

也就是从那时候起，阿旺副参谋长的命运就和苹果小学们紧紧的联系在了一起。两年后，2005 年 9 月，已经成为“阿旺副司令”的他终于可以亲眼见证楚鲁松杰苹果小学的诞生。

说起“苹果小学”这个名字，那也是在楚鲁松杰诞生的。当时，阿旺副参谋长看着一片茫茫的荒原和山峰，问王秋杨，修建的学校叫什么名字。王秋杨没有多想，直接决定了叫“苹果”。

王秋杨与教体局洛丹局长在苹果小学成立仪式

她很喜欢这个名字，因为苹果是中国大地上最常见的水果之一，东南西北各处都能见到，能吃上水果说明解决了温饱问题，而且苹果既香甜多汁又有吉祥平安的寓意。所以她就随口说：“就叫苹果小学吧。”希望小学里的学生以后也能平平安安，顺顺利利的读书长大。长大以后，也能充满创新精神，拥有无尽的能量去自主未来。

那个时候，乔布斯和他的苹果还不像如今这样广受追捧，阿旺随口这样一问，王秋杨随口这样一答。一个简单美好的愿望，一个好兆头，一些美好的东西，谁能想到，“苹果”这个名字，会在日后被赋予那么多的光环，更不会想到，其中一重光环，来自苹果基金会的公益事业。

塔尔钦苹果小学、达巴苹果小学、楚鲁松杰苹果小学……在阿里，王秋杨的名字，就此和苹果联系到了一起。

从札达县城到楚鲁松杰，中间要经过曲松乡，山岗边防连离乡政府不远，“山岗”是藏语音译，并不是山峰的意思，而是“指甲大的平地”。那一天，部队战士、曲松乡干部和一大帮孩子，站在大风中，手捧哈达、酥油茶、青稞酒迎接他们。平时这个地方很少来外人，当地人把所有有官员陪同的外来人都叫“工作组”。

晚饭和连队战士一起就餐，已经成为副司令的阿旺多吉几乎能叫出每位战士的名字。王秋杨这才知道，就在几个月前，大雪封住了这一带山路，前方一个边防连遭遇危险，阿旺副司令奉命从狮泉河赶到这里救人，带领的就是这个连的战士。他们连续挖了13天雪，才把里面的人救出来。这里的艰险，可想而知。但席间他并没

去楚鲁松杰苹果小学的路上，阿旺副司令向阿里军分区求援（小齐 摄）

有多谈那些丰功伟绩，只是和战士们谈笑风生。

晚饭后，有个孩子一直跟着王秋杨，孩子眼睛大大的非常漂亮，一问才知道已经九岁，个子矮小得令她心疼。阿旺副司令在后面赶过来，问他："手里的杯子卖不卖？"王秋杨很奇怪，好好的，为什么要买人家手里的杯子？难道那是什么古董？阿旺副司令只是不多说，出了很高的价钱买下了孩子手中的杯子。孩子欢天喜地地回家了。尽管王秋杨一直很疑惑，他还是没有想要解释的意思。

连队的卡车拉来了大米、面粉和罐头，乡里的群众立刻围拢了过来。阿旺副司令笑呵呵凑近，看着战士们组织交接物品，把物资分发给群众。他突然大声宣布，这些东西是王秋杨送给大家的。看着乡亲们高兴的样子，王秋杨既感动又愧疚。阿旺副司令却对她说：

"你为我们做的，远不止这些，这是我的心意和感激。"

这时，王秋杨似乎是突然开窍了，她凑过来悄悄对阿旺副司令说："你买那个杯子，是不想直接塞给小孩子钱吧？"阿旺副司令有些不好意思地笑了，就像个被人逮住摸鱼的小孩子一样。

他这样做，其实已经有些年头了。用较高的价钱购买老百姓的一块毯子，一个杯子，既能帮助对方，又不伤害他们的自尊心。有的时候，行善是可以很低调、很委婉的。

终于，大家可以开车上山去看学校了。

因为知道道路难走，阿旺副司令在出发前还特意把车合并，前后两辆车，重新安排了一下车内的人员。这次包括札达县的吴副县长、教育局长、乡长、工头、校长、部队的参谋，包括王秋杨，所有的人都对这所改建的学校充满了期待。

山上早有建筑队的包工队长在等待。阿旺副司令比王秋杨还着急，他很想知道新学校建设得怎么样了。可是路况比预计的还要复杂，因为刚刚遭遇过洪灾，这里的乱石岗的巨石比原先似乎都变了位置，司机要适应探索新的路况，车开得相当谨慎。

只有到了阿里这样的地方，你才能有真实的感受，才有能力去想象自然力量的伟大。而在这么伟大的自然面前，人不光是渺小的，更是无助的。两辆车，很快就在翻山的过程中坏了一辆，修车的过程持续了两小时。实际上，阿里的司机各个都身怀绝技，既可以在任何复杂的路况中奔驰而过，又可以迅速修理一辆被糟糕路面搞趴窝的汽车。

到这时候，阿旺副司令反而一点都不着急了。他专心地在山坡上堆着自己的玛尼堆，显然是这种情况见多了。玛尼堆是藏族同胞用来祈福的一种祭坛。最初称作“曼扎”，意思是“曼陀罗”，藏语称“多本”（音“朵帮”），意思就是垒起来的石头。在西藏及青海云南等藏民聚居地区的山间、路口、湖边、江畔，几乎都可以看到一座座以石块和石板垒成的玛尼堆。他们也管这叫做“神堆”。可以阻秽禳灾，祈祷平安祥和。很多村寨的村口都有玛尼堆，里面还藏有经文。路过的人会围着玛尼堆转上三圈，祈祷平安。

王秋杨看见他不着急，自己也只好蹲下来等着，往山上看，现在什么也看不见。这山上全是乱石，一点土都没有。

王秋杨和阿旺副司令就这样边等边聊了起来。阿旺副司令这才了解到，原来王秋杨也是军人家庭出身的子女，从小就是上树掏鸟窝下河抓鱼虾的好手。城市里淑女的矜持？笑话！她王秋杨可是能指挥得动比她高一头多的男孩子的姑娘呢。阿旺副司令大笑起来。这样的女孩可不多见，难怪行动力超强，只两年的功夫就在阿里捐建 3 座学校，还改建了 1 座！

阿旺副司令自己其实出身相当显赫。生长在内地的人们很难了解到，夏觉·阿旺多吉这个名字本身，就代表着一种尊贵的传承。

20 世纪中叶以前的西藏，只有达官贵人和高僧活佛才有姓氏，大部分藏族民众只有名字没有姓氏。藏人对尊贵的姓氏敬重有加，夏觉家族在普兰就广受尊重。阿旺的姐姐一家至今还生活在普兰镇。

至于阿旺多吉的父亲，曾经是一座萨迦派寺庙的活佛。1950 年，李狄三在新疆军区组建的独立骑兵师被任命为进藏先遣连，同年8月1日率领由汉、藏、蒙、回、锡伯、维吾尔、哈萨克等七个民族组成的139名英雄战士，从南疆于阗县向西藏阿里挺进。先后有60多名官兵因为高原疾病等其他原因，长眠在阿里。

进藏英雄先遣连到达普兰以后，积极争取当地老百姓的支持，团结寺庙僧尼，阿旺多吉的父亲是当地少数有文化的青年之一，他们被组织起来，到北京中央民族学院读书。

学成后当年的活佛返回普兰，担任过巴嘎区区委书记，巴嘎区就是现在的巴嘎乡，母亲也随父亲在巴嘎区工作，担任过县妇联主任。阿旺多吉从小聪明伶俐，能歌善舞，学习拔尖。一座寺庙曾经确定他为转世灵童，准备让他继任活佛，但后来却未能成行。

阿旺多吉回忆起自己念书的时候，其他同学吃饭、住宿、课本、作业本都有补助，唯独他需要父母缴纳各种费用。阿旺多吉曾经问过父亲，为什么自己和别的孩子不一样。

父亲回答说，因为他是干部子弟。

也许是阿旺的家庭教育令他对自己的故土有了更多的眷恋，他学习、当兵都念念不忘回到家乡，给家乡的百姓做点什么。

可是，令阿旺多吉震惊的是，他曾在西藏大学听到过一位老师在大会上讲话，告诫同学们如果不好好学习，就分配到阿里工作。这件事并没有让他愤怒，反而更激发了他尽最大努力为家乡多做点事的决心。

接近2个小时过去了。他们一边等，县领导一边不停地在强调自己特意在四川请来的建筑队，非常重视这一次的建筑工程。当然啦，困难也是有的。在山上建设不比在山下。山上的工期短，实际上每年只有半年的施工期。到了九月份就要封山了等等——这些事王秋杨听说过，所以也很理解，而且特别感激。毕竟，看看这路况就知道，居然能在这么偏远的地方盖了一座学校出来，本身就是很难很难的一件事了。

阿旺副司令倒是完全不在意这些事，作为军人，他认为：你们既然已经告诉我们完工了，那么就是不管克服了什么困难，总之是完成了任务了。在军队里，不讲困难，只讲执行。所以，他依然怀揣着极高的期待，用力地往山上看去。

为了来到这，王秋杨他们从曲松乡过来，一共翻了两座大山，拐了几百个弯（其中一个一眼能望到底的下坡山路就有 88 道弯），在落差极高的山体上开了 100 公里。

因为刚刚遭遇过洪灾，王秋杨他们赶到的时候，村民们仍然住在救灾帐篷里。一听说“帮助当地建学校的人来了！”立刻呼啦啦的全围了出来。还有些出来晚的，是因为要穿上节日盛装。他们的眼中充满期待，谁都能感觉到苹果基金会现在已经承诺了孩子们的未来，绝不可辜负。

一行人在校园门前下了车。校门锁着，居然连钥匙都找不到。本来应该等在这里的包工队长也不知去哪里了。县里的陪同人员立刻分头去找，找了大半个钟头，还是没找到。陪同人员看见有这么多的客人着急地等着，就建议说：“索性把锁砸了吧。”

阿旺副司令一听，赶紧制止："那可不成。这学校还没用呢。怎么能先把锁砸了呢？"在他看来，孩子们还没用上的东西，他们就先来搞破坏，那还了得。

王秋杨明显也是同样的心思，她表示：等等吧，不要紧的。

果然，又等了半小时的样子，包工队长终于跑来了。原来他根本没想到，这些人能来得那么快！王秋杨赶紧安慰他："没事没事，我们就是着急想看看。"

包工队长手上攥着一大串钥匙，着急忙慌地翻找着，一把一把地去试。王秋杨又再次安抚他不要急，慢慢来。大概等了十多分钟，才总算是找到了那一把对应的钥匙，开了门，进了学校。

学校里，装修的味道还没散去。包工队长带着大家，一间一间地视察着施工质量。

说实话，谁都看得出，这个学校的施工怎么看都未免显得有点草率了。要说质量过关，只怕连包工队长自己都很难开得了这个口。

王秋杨的公司就是做房地产起家，所以她对工程质量的要求是非常高的。这时候看到这样的情况，脸色从上山时的兴奋、期待慢慢地阴沉了下来，嘴唇紧紧绷着，只是一时碍于情面，没有拿捏好该怎么开口。

阿旺副司令的脾气可就没那么好了，眼见大家进来前还充满了期待和向往，现在，就拿出这么一个成绩来给孩子吗？一向心直口快的他招呼着各位说："咱们是不是都到会议室去，好好聊一聊啊？"

县里领导的脸色也不大好看，显然他们也看出来，学校的质量并不如他们想象的那么好。现在，大家必须坐下来弄明白，问题出在了哪里？

大家坐在会议室里，都有些尴尬。王秋杨并没有苛责大家。可阿旺副司令的心里不好受，他那时候拍着胸脯保证：“有什么问题，找部队，一定帮忙！孩子们的事，就是部队的事。”可这会儿，学校盖的不如想象中那么好。这事，阿旺副司令觉得自己有责任。于是他把桌子擦擦干净，坐下来，主动开口：“我觉得，这个学校盖得吧，啊，大家说说，反正我是觉得，不如想象中的那么好。”

施工队长咽了口唾沫，站起来，深深地给大家鞠了一躬：“我知道这件事，最脱不开责任的是我。但是我能不能给我的弟兄们说一句话。当初叫我们来的时候，只说让我们上山来盖个房子，可没说让我们到这个山上来。也没说让我们来这种地方来干这种活儿啊。这儿做得活儿可跟在山下不一样。家伙不趁手，材料老是运不来，这些事咱就不说了。就说每天还就只能干那么一会儿。这太阳说没就没了，这水泥什么的，说冻就冻上了。一天干不了多大功夫。说真的，弟兄们能把这学校盖起来，我都觉得挺难得的了。我就是想给弟兄们说这几句话。”

阿旺副司令听见王秋杨低低的嗓音说了一句：“我知道了，弟兄们辛苦了。领导们也别有什么想法。在山上盖个学校不容易。我也是以前没有想过这件事情。咱们大家都是第一次做。以后慢慢就有了经验。”

失败总是难免的，从失败中总结经验教训才是最重要的事。虽然王秋杨表达了自己并不在意这一次的失败经历，但是阿旺副司令还是看到了她眼中的失望。

大家沉默了一阵，有个蹲在角落里的男人怯生生地举起了手。

他是村书记，不会讲汉语，所以阿旺要给他做翻译。说着说着，阿旺自己不烦躁了，完全平和了下来。原来，村书记只是想告诉王秋杨，他很感激她，谢谢她想着边境线上还有这么一块地方，这么一个小小的村落。能从那么遥远的首都翻山越岭地跑来，特意给他们修这座小学。村书记自己没上过一天学，村长只上过初三。学校可能盖的不那么理想，但至少全村人都看到了希望。

包工队长听了，一拍大腿："修！我们整改！明年你们再来，包你们满意！"

王秋杨激动地站起来，她甚至有些说不出话来，她从来不是一个演讲型的人。她最后只是说，因为这些朴实的乡民，因为这些孩子们，才让她有毅力坚持一直把慈善这件事做下去，一直做到了今天。不单是楚鲁松杰，还有塔尔钦，还有阿里其他地方，每次看见他们，她就会情不自禁地告诉自己：她的选择没有错。多年的付出一切都是值得的。

阿旺副司令慢慢地给她翻译着，尽量不让语义在两种语言的转换过程中损失得太厉害。会场上，先是静默，跟着爆发出了掌声。

后来，楚鲁松杰这个小小的初小，成为了整个阿里升学率排在前面的地方，甚至有了在北京、上海、江西读书的学生。

07

“条理狂人”开启多年合作典范

迟雪松 摄

苹果基金会一共捐建了4所学校，其中三所新建，一所援建。分别是阿里的普兰县“巴嘎乡完小”搬迁至神山脚下的“塔尔钦苹果小学”、札达县“达巴乡苹果小学”、札达县“楚鲁松杰苹果小学”，同时在普兰县援建一所九年制中学，即原先的普兰县中心完小和初中。

这时，一个特殊的身影，进入了王秋杨的视线。

周行康，登山江湖人称“十一郎”，国内最早的登山爱好者、深圳登山协会创始人。在登山这个领域，他是大自然的挑战者，也是登山这项高风险运动的组织者、服务者，他担当过雪山攀登领队、中登协兼职登山教练、珠峰攀登协调指挥、“西藏十四座8000米高峰探险队”随队记者等各种角色，组织过200余次各种形式的山野户外活动。在登山圈，这是一个“传奇”角色，同时也是大家公认的，目前中国登山圈理论体系最完整的“理论家”。

与理论家的头衔相应，十一郎的条理性十分惊人。熟悉他的人知道，他连牛仔裤都有不下五种分类方式，按厚薄、按颜色、按用途、按品牌，以及按贵重程度……或许正是因为在大大咧咧的汉子遍地跑的登山圈，他的有条不紊、细致耐心显得格外突出。当王秋杨想为苹果基金会寻找一个“当家人”的时候，首先想到的是王勇峰，当时王勇峰就给王秋杨推荐了以“条理”、“耐心”和“善于思考”出名的十一郎。

丰富的户外经验和职场经验，因为登山，经常跑西藏，为人阳光豪爽，特别具有亲和力，而且古道热肠，朋友间有什么事儿，经常是他出头，就连兄弟们的女朋友受了委屈，也会首先想到找他这个“大哥”来帮忙。更何况，早在 2001 年，十一郎就已经在登山户外圈子里，牵头做了几个小型的公益项目。其中的“雪山之子助学基金”落户在苹果基金会，是苹果基金会第一个完全由外部捐赠人发起、管理的专项慈善基金——的确，十一郎是主持运营一个基金会的最佳人选。

更何况他对慈善公益事业一直充满热情，在苹果基金会注册的过程中，他给予了不少热情帮助。

但是，王秋杨还是担心，以十一郎的名头和江湖地位，会到一个非公募慈善基金会里来做这么一摊子千头万绪的麻烦事儿吗？

但是基金会的发展，迫切需要有丰富职业经验的人进入管理，而不是再凭着一腔血勇、积极任事就可以了。这不仅是苹果基金会发展的需求，也是当时国内众多民间慈善公益组织共同面临的发展瓶颈。

当时国内的慈善，能做到“交钥匙工程”就已经很难得了。即捐款、捐物、盖校舍，然后离开，去另外的地方重复这样的过程。王秋杨早期做慈善也有过这样的阶段，也曾经以为给他们幸福很简单——小孩子上学没有笔了，她就买了笔送过去；有教育局长找到她说没有电脑，她就给他们一台电脑；有人找来说我们缺个拖拉机，她就给台拖拉机。甚至在更早以前，还发生过“看到报纸上说一个小孩子怎么样了，报上有电话号码，也有地址，就拿上几万块钱，冲到现场，把钱放下，自己抹着泪就走了”这种事。

她以为这样他们就幸福了，但很快她就发现不是的。那个小孩子，捐助后的情况如何？她心里再惦记，也几乎没有途径得知。

于是这种感性的过程很快就过去了。她开始学习如何让每一分钱都用在该用的地方。于是她开始注册苹果基金会，开始把公益当做一场可持续发展的事业来做。

其实很多做慈善的人，都会有过这样的困惑：自己掏钱出来，捐一个小学也好，捐一个医疗点也好，捐了也就捐了，之后就再也没有关注过它了。后来呢？那些学校怎么样了？

实际上，如今在不少偏远贫困地区，依然有一些曾经的希望工程再度荒废，因为没有持续的投入，孩子们因为这样那样的原因，又再无学可上；或者缺少政策的一致性，善款捐建的校舍被遗弃荒置。

苹果基金会不想自己的钱投入下去后，也变成那样。正如王秋杨最早所做的那些慈善行为，她所捐助的那些人，后来怎么样了？她无从得知。

幸好，周行康来了。苹果基金会很幸运，在这个时候找到了十一郎；王秋杨也很幸运，她一开口，十一郎就毫不犹豫地答应下来，担任了苹果基金会的第一任秘书长——这一任，就是九个年头。

周行康作为一个“条理狂人”，对于“交钥匙工程”可能出现的后患，可说是“不可接受”的。因此走马上任第二天，他就收拾行囊，去了阿里，直奔他向往已久的塔尔钦苹果小学。为什么？调研。苹果基金会不能做普通的“交钥匙工程”，盖了学校后就一走了之。这就需要充分的、深入的现场调研。后来的十年之间，塔尔钦苹果小学和当地教体局、驻地部队一直联系紧密，积极改善教学过程中出现的问题。苹果基金会也一直在为学校提供生活物资，帮助他们提高学校教学水平。

阿里地区3所苹果小学，每一年，苹果基金会就会投入进去

在新建的塔尔钦苹果小学，踢足球的学生们

500 万元。与之相适应基金会自身的运作也步入正轨，进入团队化、正规化“作战”的阶段。人力、物力，全部跟上来。王秋杨和十一郎都坚持着同一个观念：耽误孩子赚吃喝的事，那不是苹果基金会要做的。

后来，十一郎自己透露，从看到孩子们照片的时候起，他就对这所学校有一种说不清道不明的情绪，甚至想过和王秋杨说一声：将来不做秘书长的时候，到学校当个志愿者老师。

建成的塔尔钦苹果小学后来已经成为了一个标杆。面对着神山圣湖，拥有超大的面积，独特又实用的建筑风格，完备的配套设施，建成之时感动得校长益西久美久久不能自已。

除拥有完整的教室、宿舍、办公室之外，学校还设有电脑室、图书室、食堂、操场、仓库、蔬菜大棚等建筑设施。

再后来，苹果基金会甚至为学校安装了电影放映设备——在这海拔 4760 米的地方，塔尔钦苹果小学拥有世界上最高的学校数字影院。十一郎自己挑选了第一批的二百多部影片、从北京扛到西藏阿里的神山脚下，后续的片源则由今典集团的电影发行企业持续跟进，学校的孩子们每周都能观看各种趣味纪录片、动画片。

这座学校的影响力慢慢扩散开来，不单是阿里，不单是西藏，慢慢的，整个世界都开始知道了塔尔钦苹果学校。2006 年的时候，学校的主体建筑在荷兰鹿特丹当代中国建筑艺术展中作为展出作品。

2010 年，塔尔钦苹果学校又被英国评选为“二十一世纪世界 1000 个建筑”之一。

所有的苹果小学在建成投入使用之后，苹果基金会依然每年从新疆、西藏和其他内陆省份，采购了各种教学设施、文体用品和生活物资，包括课桌椅、黑板、英汉字典、课外书籍、电脑、打印机、电视机、DVD 机、书架、乐器、鼓乐队服装、足球门、篮球架、乒乓球台、单杠、双杠、跳绳、足球、篮球、排球、垒球、架子床、被褥、餐桌椅、药品、冬季燃料等，根据学校的需求，源源不断的送往学校。

但因为阿里特殊的地理情况，有些需求的解决，并不能只靠计划性的采购和运输，还需要主持工作的人付出更多的心血和努力，想方设法，“逢山开路，遇水架桥”。

周行康总记得自己到达巴乡苹果小学解决学生们“吃菜问题”的故事。达巴乡苹果小学，位于阿里地区札达县的边境地带，主要面向牧区子女，是设有 2 个年级的初小。2005 年投入使用时，学校学生人数为 52 人，教职员工 5 人。三年级以后学生将前往札达县中心小学就读。

这里交通不便，本地的老百姓没有种植蔬菜的传统，每个月只能在县城菜市场买一次菜，一年才买一次粮油。冬季每个学生家长送一只杀好的羊。可是冰箱太小，又装不下，只好挂在储藏室里。好在这里的冬天足够冷，不会坏掉，这些羊肉可以吃一个冬天。到了夏季，那就吃猪肉多一些了。

但蔬菜始终是个难题，一般来说，需要什么菜，要给县城菜市场的老板打电话，每一个月菜场老板送一次菜，一次送一车，菜都

王秋杨、周行康在为学校教职工发放补贴（欧阳代娜　摄）

是从内地运来，送到拉萨或是新疆，再转运进达巴乡。

长途跋涉，能运到这里的菜，品种本身就要保证耐储存、容易运输，基本都是青椒、卷心菜、红萝卜、白萝卜、土豆等等。而每月一次的运菜计划，只能在夏季实施，遇到沙土山路被雨水冲坏，就更不确定了。

2006 年 4 月，作为基金会当时唯一的一位全职工作人员，周行康来到达巴苹果小学。他看到这种情况实在忍不住担心：这样下去，孩子们会严重缺乏某些维生素的。何况，那些菜吃到月末，有一部分就会出现霉烂的问题，不能吃。

为了解决这个问题，他找到了和达巴苹果小学只有一墙之隔的达巴边防连。阿里军分区是苹果基金会的军民共建单位，来之前，周行康就已经跟军分区首长打听好了，达巴边防连种的大棚菜在全军分区都很有名。

周行康带着达巴乡的苏书记、学校校长一起来到连队，听了周行康介绍学校吃菜难的问题，达巴连李连长拍着胸脯保证："我们连队种的菜，你们随时来拿，哪怕干部战士没得吃，也要优先保证学校的孩子！"从此，连队免费给学校提供大米、蔬菜。

不单是蔬菜，这里学生多、老师少，学生的课外辅导也由连队承担了下来。李连长说："要干什么体力活的，要做课外辅导的，我们派人！"

2007 年，为了进一步改善学校的教学生活条件，让高原的"花朵"们更加了解外面的世界，苹果基金会为达巴苹果小学校扩充了电脑室、图书阅览室。为保证孩子们就医，基金会还为达巴苹果小学完善了校医室。

从 2009 年开始，在北京外交部街居委会 10 余名七旬老奶奶的帮助下，每年向在校学生赠送由奶奶们亲手编织的毛线帽子、手套、围巾以及笔袋等。除此以外，苹果基金会还为达巴苹果小学安装了 10 台太阳能热水器，让学校师生能洗上暖和的热水澡，并于 2010 年在学校宿舍建了暖廊，供孩子们冬天取暖以及增加孩子们冬天玩耍活动面积。

苹果基金会常年为达巴苹果小学提供生活物资，固定投入发电机柴油 10 桶、焦炭 6 吨。2011 年，达巴苹果小学进行了校舍整体维修，并于 10 月 21 日验收完成。目前供电供水情况良好，完全能

十一郎　摄

保证学生的教学、生活需求。

还有楚鲁松杰苹果学校，学校位于喜马拉雅山脉南侧，正好是中印争议区，地带敏感。可以说是守在了边防第一线上的民间公益项目。在此之前，还没有哪个民间捐建的教育项目在边境线上投入如此大的力量，正式建设小学。楚鲁松杰每年只有 3 到 4 个月正常通车。但这已经是非常好的现状了，在 2003 年之前，想来到这里甚至只能靠骑马。

学校有两个年级、两个班级，在校学生 18 人，教职员工 3 人。2005 年 9 月交付使用后，它成为楚鲁松杰村（2014 年升级为楚鲁松杰乡）第一所由永久性建筑构成的正规公共建筑，并且，还是当地第一座有藏、汉两种文字牌匾的永久性建筑。学校建成之前的两个月，楚鲁松杰刚刚遭遇洪水，老的小学被彻底冲垮、带走。孩子们幸运的在关键时刻搬进了新校舍，苹果小学成了边防线上一座坚固的爱心堡垒。

如果问札达县教体局局长，全县哪个地方的学生成绩最好，局长一定会毫不犹豫地答："楚鲁松杰！"楚鲁松杰人重视教育。虽然这所学校只有几十个学生，虽然从县城骑马进去就得七天，但是"孩子们特别刻苦，出来的学生都特别争气！"楚鲁松杰苹果小学的升学率甚至达到了惊人的 100%。

阿里几所苹果小学孩子们的成长，学校的逐渐成熟，周行康都看在眼里，乐在心上。有事没事跟人炫耀"我们那儿的孩子画画可漂亮了！"、"你得去阿里看看，那的空气好，学校也好，孩子更好。"

年复一年，苹果小学就好像自己的几个孩子一样，他眼看着他们从牙牙学语到蹒跚学步，也许，还没到奔向远方的那一天，但任何一点一滴的成长，在亲手培育他们的父母看来，永远都是“自家的娃儿最可爱”呀！

正如宝宝成长过程中的细节琐碎而无聊一样，很多时候，一所学校的建设和完善过程中，也充满了琐碎的却又实际的问题。周行康每每在和老师们的交流座谈中得知了很多实际需求——比如生物老师会说没有任何试验教具，英语老师会要求录音机和大识字卡，另外拉萨来援助阿里的老师会提出学生没有任何课外读物，希望能建立图书室，校长则希望能有个洗浴间和更多的体育设施等等。还

西藏阿里苹果图书室挂牌（十一郎　摄）

有针对老师的培训工作等等等等。毕竟，教书育人，老师才是最重要的一环。

这些需求都是琐碎而实际的事情，却牵扯着学校的正常运行。在苹果基金会的后续工作中，他都排除万难，逐一进行了解决。

诸如此类，在阿里地区受地理环境的影响，当地的物资流通体系相对落后于内陆地区。在苹果学校建成的同时，苹果基金会考虑到学校投入使用后对各项设施的需求，在学校竣工之后，也一直关注和积极完善苹果学校硬件水平。

为了解决学校学生的饮水、蔬菜、洗浴等问题，苹果基金会一直在与阿里地区政府各部门和阿里军分区研究、协商，在阿里专项基金主导下，发动各方面的力量，充分考虑当地的条件，提出创造性的解决方案。问题永远都会有，苹果基金会不会一走了之，有问题出来，解决它，也就是了。

为了让农牧区的孩子们有一个良好的就学环境和生活条件，苹果基金会还将持续投入学校硬件设施的补充、完善工作。

周行康这么认为：国内的公益慈善事业还是襁褓中的婴儿，无论是从观念、组织管理和执行能力上还非常不成熟；但是，这一步必须迈出去。“做慈善和登险峰一样，也是一个变不可能为可能的过程，要一步一步脚踏实地才能走到高点。”

从2005年中到2006年中，苹果基金会从新疆、西藏、其他内陆省份等地，多次批量采购了各种教学设施、文体用品和生活物资，包括：课桌椅、黑板、英汉字典、课外书籍、电脑、打印机、电视机、DVD机、书架、乐器、鼓乐队服装、足球门、篮球架、乒乓球台、单杠、双杠、跳绳、足球、篮球、排球、垒球、架子床、被褥、餐桌椅、药品、冬季燃料等。并在当地驻军、学校所属县教体局等部门的配合下，直接送达各所苹果学校。2006年下半年，逐步为各苹果学校设立了医务室和“当当-苹果图书阅览室”。

当当网的总裁李国庆和俞渝，也是王秋杨多年的好朋友，对于苹果基金会，以及她在西藏做的工作，可谓是耳熟能详。2010年，他们一听说苹果基金会要在阿里捐建图书室项目，就说：“我们联合了34家出版社一起支持你们！你们来，随便挑！12万册，金额不限。”

苹果基金会与当当网合作，在西藏阿里捐建了55所阅读室，捐赠了12万册图书 （十一郎 摄）

面对这么慷慨的公益合作伙伴，苹果基金会可并没有坐等书籍的到来。在提出捐建图书室项目之前，秘书长周行康已经带队在西藏基层做了大量调研。他以一贯的条理性，给出明确指示：“我们捐的书，是给西藏基层孩子们看的。所以要确定这几个原则：1、图文并茂。2、半藏半汉。3、适合牧区小学生的课外趣味读物为主，教辅类不要、说教的不要。4、每个阅览室、每个教室都要有世界地图和中国地图，让孩子们知道自己的家乡处于世界的什么位置。5、每个在校孩子人手一本汉藏字典，毕业了可以带走。”

苹果基金会与当当网联合成立了专项工作小组，在 34 家出版社的积极配合下，认认真真的挑出的这 12 万册最适合苹果小学孩子们的图书，其实也是一个浩大的工程量，他们希望最终的结果，就好像是让孩子们自己隔着万里在当当网上亲自下的订单定下的一样。

于是，这次在阿里和周边地区建起的 55 个苹果图书馆和阅览室，共来自 34 个出版社的 12 万册书，“都是基金会的叔叔阿姨们一本一本挑出来的哟。”王秋杨充满自豪地向孩子们宣布。

孩子们不会想那么远，他们一看见王秋杨，就会欢天喜地地跑过来，围着她，趴在她背上、坐在她膝盖上 ...... 他们淳朴天真的小心灵，知道这个“冈措妈妈”，每次都能带来惊喜。

一个大些的小姑娘翻着书，眼里泛起了泪花：“谢谢冈措妈妈。可惜我马上就毕业了。再也看不到了。”

每个在苹果小学上学的孩子，不可避免地最后总要面临的事：毕业。苹果基金会接下来还有电影院要盖，还有好多好多事情要给苹果小学的孩子们做。可是，并不是每个孩子都能享受得到了。

以后怎么办？成绩拔尖的，可以继续到拉萨去，上中学；甚至去北京，上大学。其他的绝大部分的孩子呢？他们的出路在哪里？

王秋杨拉着小姑娘走出来。正看到校门口继续发生着阿里特有的经典一幕：拖拉机“抓”孩子上学。

周行康对这样的画面简直熟悉得不能再熟悉了。因为牧区太大，孩子们都是住宿的，每个学期开学时，学校都要开着拖拉机去各家各户接学生来住校。可是，并不是每个家庭都对孩子“上学”这个事那么的支持……

一个母亲看见了王秋杨，上来就问：“你把我家娃抓来上学，将来能当县长不？”

王秋杨愣了：“这我可不能保证。”那个母亲又问：“不能当县长，那上学还有什么用？”王秋杨竟然被问得哑口无言。上学有什么用？多么经典的问题。

即使是在大都市，上学依然是一个人学会在现代城市生存的最好方式。只不过，大都市的人们已经能够理解多年的学习可以用在哪里，而这里的人们更愿意看到实用性更强的一面。

王秋杨在考虑，或许，真的得让上学这件事，变得实用起来。

到 2012 年，苹果基金会在“苹果教育工程”上已经投入了近 4100 万元人民币了。以西藏阿里为优先实施地区，在各县基层乡村修建小学、援建中学，并基于当地就业困难的现状，大力兴办职业教育，通过联合多方面资源改善学生学习环境，以提高当地教育水平。职业教育是王秋杨能想到的，解决阿里牧羊人妈妈提出问题的解决办法。她和周行康商议，苹果基金会能不能从改善农牧民子女的就学条件做起，将来为当地就业、职业人才培训开创更宽阔的道路。苹果基金会希望做的，不仅仅是投入，更是持续参与；不仅仅是教育，更是规划；不仅仅是九年，更是一生。

苹果基金会提出的是：立足基础教育，兴办职业教育。这和周行康一直以来身在一线工作的所闻所感反馈回来的信息是非常一致的。因此在援建 4 所小学的基础上，2007 年起，苹果基金会投入 60 万元，在西藏日喀则定日县与西藏登山学校合作兴办“苹果高山职业技能培训班”，培养世界级的专业高山向导。

在掌握一定经验的基础上，2010 年苹果基金会进一步扩大投入，设立 2000 万元人民币的专项慈善基金，用于冈底斯藏医学院的建设和发展。

王秋杨每年照例都会来苹果小学看孩子们，每次来也都会带好多好多的礼物。当年那个在塔尔钦苹果小学里和王秋杨一起看新建小学的孩子，当然现在是很清楚地认识王秋杨了。每次王秋杨来，她都会欢天喜地的钻进王秋杨的怀里，或者拉着她的手，拖她去看新的设施，叫着：“冈措妈妈！我们又添了好东西了！快来快来！”

王秋杨在西藏的名字是“冈措”，意思是“山湖”。“冈”就是冈仁波齐，“措”就是玛旁雍措。这个名字还是阿旺副司令起的。当时，阿旺想给自己的小女儿取名字，想了这个名字。可是又觉得这个名字有点太“大”了，怕女儿承担不起，于是就送给了王秋杨。

因为他觉得，王秋杨对阿里的贡献，足够承担这样“大”的名字。慢慢的，阿里的藏族学生们都知道了冈措妈妈，知道每一次冈措妈妈来就一定又有好多好多的礼物跟着一起来了。

小姑娘长大了。拉着冈措妈妈看太阳能热水器、电脑室、英语语音教室，这两年，苹果小学的硬件设施升级换代一直很及时。以至于有些志愿者会对王秋杨说：“你怎么这么有远见？”

王秋杨听了这样的话，都会觉得“惭愧”：“真的不是，当初也没想那么远来着。”她自己也感慨，“本来也想交了钥匙就算是完工了。没想到后续还是有很多事情要跟进。既然要做，当然要跟下去。你们是我的孩子们嘛，当然要一直照顾下去啦。”

“交钥匙”很简单，做慈善其实也有不同的层面和深度。就算千辛万苦把校舍盖起来，从此放任不管也就失去了意义。这一点，透过苹果基金会十年的发展，周行康体会最深了。

他犹记得在牧区乡卫生院里见过的以为“吃药多、好的快”，导致过量吃药、药物中毒的牧民。学校医务室的兴办正是为了让在校孩子们得到更好的医疗救治。

他也记得学生仰着天真的笑脸，向他展开一副也许并不完美的画。但那绝对是他见过的最美的作品。

“公益，是要需要心血和智慧的。做好公益，要舍得把生命的一部分作为成本投入进去。”他想了想，总结说。

08 冰冻的"可爱之城"

2004年12月

王晖是最早被王秋杨“抓”来为苹果基金会做建筑设计的设计师。

在接下王秋杨的邀约之前，王晖早已经是位“著名设计师”了。现在他的头衔是“北京限有设计建筑工作室、北京二五二九建筑工作室合伙人”，他的简历厚厚的一叠，闪闪发光。

曾经在京城青年人间口耳相传的左右间咖啡的院，就是他小试牛刀的试验作品。此后一路下来，2004 年中国国际建筑艺术双年展的“廊及廊居”实验性室内设计，西藏阿里苹果小学、苹果 22 院街规划，2006 年的今日美术馆，798 艺术区规划概念及 2008 年完成的今日美术馆艺术家工作室、柿子林卡会所等等。王晖的作品不但日益成熟，更获得了世界建筑业界的肯定。

从 2003 年起，当时还很年轻的王晖就开始参加各种展览，2004 年北京的中国建筑艺术双年展，“影像生存”上海双年展，2005 年位于深圳的“一界两端”当代艺术展，2006 年位于上海的“建筑将来”个展，荷兰鹿特丹的当代中国建筑艺术及设计展，2007 年加拿大多伦多“当代中国城市”展，直到 2008 年大声展、伦敦“生活特醇”当代艺术展以及在捷克共和国克鲁姆罗夫的王晖装置个展等等。王晖完成了个人的成长之路，在国际上打响了来自中国的建筑师的名望。

王秋杨自然希望能邀请到有分量、有想法，当然更得是有真材实料的设计师来帮助阿里的孩子们。所以诚心诚意地跟王晖提了出来。王晖呢？虽然从事的是“文质彬彬”的设计师工作，他本人却是那种很义气、很江湖、说走咱就走的性子，听王秋杨说了“苹果小学”的来龙去脉，他二话不说，立刻收拾行囊动身，跟着王秋杨从公司派去做工程的监理奔赴神山圣湖了。

那可是王晖第一次进藏，一切都是新鲜的。苹果基金会为了赶夏天的工期，选的是在冬季 12 月进藏的。也就是说，在别人早就下撤的日子，王晖他们却一路向着高原进发了。

“刚开始的时候也很谨慎。”王晖回忆说。“比如尽量走路慢一点，呼吸深一点。”甚至他还在拼命的给自己心理暗示：“没有高原反应”。到了拉萨，第一天感觉没什么，第二天早上也感觉没什么，于是警惕的心开始松懈下来。

高原的魔力总是在这种时候显示出它强大到吞噬一切的一面。王晖果然中招了。进藏的第二天，一大早 5 点多他们就出发离开拉萨，赶往日喀则。到了中午，他们赶到了途中的一座小镇。如今，王晖已经不记得小镇的名字了，但作为美食家的他，对那里出产的雅江鱼依然记忆犹新。

雅江鱼是一种细鳞鱼，与名闻遐迩的雅安沙锅雅鱼同属一类，但细论起来，又有微妙的差别。本地常见的有齐口裂腹鱼等四种，又以细鳞裂腹鱼为最多。因为生活在江水中下层，而本地区江河纵横，岸陡壁峭，水流湍急，水温又偏冷，所以雅江鱼难于人工饲养。此鱼以岩生藻类为食，性喜冷水，入冬之后，江水逐渐清澈，藻类生长茂盛，正是雅江鱼最肥美的季节。每尾均在一公斤左右。雅江鱼头小身大，肉质细嫩，富含磷、钙、铁等微量元素，营养十分丰富。王晖他们去的时候，旅游开发的还没有形成规模，藏民对雅江鱼的经济意识还没有建立起来。时至今日，一斤雅江鱼的价格已经飙升到了 200 多元人民币了。

冬天，本来就很冷，又在高原上，一直在心理暗示自己“没有高原反应”的王晖，裹紧了外衣，和同伴们想找一家饭馆吃饭休整。因为早已经封了山，整个镇子只剩下一家饭馆了。即使是这家饭馆，也萧条得只有他们这一桌客人。

王晖想抽根烟提提神，他掏出打火机，一点火，没打着。这款打火机应该说属于质量相当过硬的一种，居然没打着火？王晖调整了下打火机的角度，仗着胆子，把打火机凑在灶上烤了烤，烤暖和了，又打了一下，这一次打着了，腾的一下，腾起一股绿色的火苗。那一刻，王晖的脑海里居然还有精力去分析了一遍：“这是由于高原地带，氧气不足所导致的严重的燃烧不充分造成的。”但就在这句话闪过他脑海之后，他一直以来的自我暗示彻底崩溃，严重的高原反应一下子向他袭来——他迈着月球步返回了餐桌。

同行的人问他：“哥们儿，还走么？”王晖琢磨了下，感觉还好，就说：“走！都等着我们呢。”

其实，天真的王晖不明白，高原反应并不是说抗一抗就能解决的问题。在建筑界他虽然是当仁不让的专家，在医学界他却完全没有发言权。就因为这一时的血勇，让他这一路阿里之行可是充满了“自我考验”。

一开始，他的高原反应还不那么严重，为了假装自己没有高原反应，让同行的人安心，王晖刻意在拍照的时候，摆出各种夸张的姿势和表情，以示自己精神十足——这个小把戏，后来在他们到阿里之后，见到已经升任阿里军分区副司令员的阿旺多吉后，被对方狠狠的拆穿了：你这不就是典型的高原反应症状吗？谁拍照会摆这种缺氧姿势啊？

第二天晚上 11 点多，王晖一行人就赶到了萨嘎。即使是在十年后的现在，从拉萨到萨嘎通常也是 2 天的车程。但在当时还没有柏油路的情况下，在寒冷的深冬季节，他们竟然只用两天就赶到了。每天都是早上四五点就出发，晚上 11 点多才休息。

封山期，别人都在往外逃，他们却一猛子扎了进去。于是，王晖对“冷”有了全新的认识。

萨嘎冬天的早上，气温到底有多少度，已经不重要了。体感有多冷，王晖都很难去形容了。只记得那天早上起床洗脸的时候，旅馆的服务员送来刚烧好的滚烫的开水，他先是倒进随身暖瓶里，不小心溢出来一些。他拧好盖子，一时没顾上去擦干溢出的水，赶紧趁热倒了些在水盆里。冷毛巾放进去，滚烫的水立刻就冷下来了。好歹擦洗了一把，收拾睡袋行装，再去拿暖瓶的时候，一时竟没拿动。原来，就这么一小会儿功夫，刚才溢出的开水已经冷却，结成了冰，把暖瓶冻在桌子上了。

萨嘎平均海拔在4600米以上，气候高寒严酷，是拉萨通往阿里普兰的交通要道，这座城市的名字在藏语里的意思是“可爱的地方”。王晖看着楼下往来的可爱淳朴的藏族人，再看看冻在桌子上的暖瓶，实在很难把“可爱”和这座“冰冻之城”联系在一起。

从这以后，王晖的高原反应日益加重，只能躺在车的后座上，头痛欲裂，甚至开始拉肚子。高原反应在每个人的身上表现都不一样。部分初次进入高原的人，在海拔3000米的高度，24小时内出现头疼、头晕、眼花、耳鸣、全身乏力、行走困难、难以入睡等症状，有些严重者会出现腹胀、食欲不振、恶心、呕吐、心慌、气短、胸闷、面色及口唇发紫或面部水肿等症状。一般来说，一旦出现这些症状，应在原高度处停留休息3～5天，或立即下降数百米高度，通常都可以恢复正常。再严重的，还有可能出现意识恍惚，认知能力骤降的情况。比如一道很简单的加减法题目，在平原上随口就可以口算出来，到了高原以后，重复做同样的计算题，如果所用时间比原先延长，那就说明已经出现高原反应症状了。至于到了出现幻觉的程度，那就是十分十分严重的高原反应了。

至少，王晖还没有达到那么严重的程度。也因此，当同伴再一次问他：“哥们儿，还走么？”的时候，其实他心里很是挣扎了一下，但还是咬了咬牙，还是那句话：“走。大伙儿都等着我们呢。”

这个决定让他接下来陷入了“吃什么拉什么，喝水就拉水”的状态。各种药品都上齐了，但路是一点没少赶，照样每天疯狂开车十几个钟头。那时候的西藏，还不像现在建设的那么好。并没有多少公路。有时候甚至路都没有，越野车碾压着石头咣当咣当开过去的时候，王晖就在车里被撞得东倒西歪。

很快，他就离不开氧气罐了。王秋杨沿途享受的壮丽风景，对王晖而言，都不过是石头、石头、石头而已。他现在只盼着能快一点到目的地，能至少躺在正经的床上舒舒服服地睡上一觉。

后来，拉肚子脱水的症状逐渐在改善，但是高原反应并没有完全消退。心跳的速度还是非常快。这几天疯狂赶路当中，王晖已经学会用土办法，随时随地的测心跳，来掌握自己的高原反应加重还是减轻的程度。就以这样的状态一路狂奔，几乎快被砂石路颠得，连胆汁都吐干净了。等他们赶到阿里塔尔钦的时候，已经是深夜1点钟了。

说实话，那一刻王晖是抱着“终于可以直接住进驻地大睡一觉了”的希望，打算让同伴直接把车就这样开进驻地的。谁知汽车却停下来了，阿旺副司令早就率队，还有县里的领导甚至都在加油站附近，又是鲜花、又是哈达，站成一排等在门口，准备迎接他们一行人了。

藏人的待客之礼相当隆重，尤其是迎接远方到来的客人，有一套严格而复杂的仪式，要敬酒、唱赞歌、献哈达、换马（现在变成了换车）等等。所以听说给孩子们设计学校的设计师来了，阿旺半夜从温暖的被窝里爬起来，拉上几个人就出来列队迎接，嘴里还一

建筑设计师王晖

个劲地在王晖的车外抱怨：“你们不早说，这真是太简陋了。”

现在可是半夜1点，西藏的夜里，冷得可怕。王晖是万万没想到藏人的热情可以达到这种程度的。他半睡半醒，抱着氧气瓶，裹着军大衣，再次按了按自己的脉搏：不行，心跳的速度还是太快，感觉真是快死了。他几乎是求着对方：“算了，仪式就免了吧，免了吧，我们不是领导，只是来干活的。”他心里想的其实只是：给我一张床和一套被，我要睡觉……

但热情的欢迎人员还是把他拽下了车，又是献哈达又是跳锅庄。阿旺拉住他的手摇啊摇，开心得合不拢嘴：“王秋杨介绍的人一定不会有错的。”后面的话王晖甚至都没有听见，他只看到阿旺的嘴一张一合的，似乎是还说了好多话，严重的高原反应已经让他的耳朵失去了反应。

按照藏族的习俗，他们必须喝下几大杯青稞酒，才算是完成了仪式。已经“半死半活”的王晖抱着氧气瓶实在是不敢接下这个“重任”。但是热情的阿旺一直劝酒，声称进了西藏，就要按西藏的规矩办事，要他一定要接受这份“见面礼”。王晖一咬牙，全灌了进去，竟然觉得一股清甜又辛辣的味道灌进喉咙里，十分舒服。跟着钻进阿旺派来的车，算是完成了换马（换车）仪式，去往驻地，倒头睡去。

第二天一早七八点钟，王晖醒来，天还只是蒙蒙亮而已。他琢磨了一下，想到中国之大，横跨 5 个时区，自己已经在祖国的大西部，和北京已经相当的遥远了。手表上的北京时间已经不是他平时习惯的作息时间了。

想到这，他突然意识到：自己的意识怎么这么清醒？思维怎么这么活跃？再伸展一下身体，浑身上下轻松无比，头也不是那么疼了。他不敢大意，尝试着慢慢起床，出门，抬头，正看见远远的，神山迎面对着他，神圣而庄严，美极了。那一刻，王晖被彻底的震撼了，从心底里感觉到神山接纳了他。持续了数日的高原反应几乎是一夜之间消失殆尽。

他去食堂喝了碗粥，再看周围的一切，都不一样了。整个人欢蹦乱跳的，也终于可以从容地欣赏这里的美。

先到一步的王秋杨来看王晖，发现他精神很好。竟然不像昨晚那样，高原反应严重到几乎要送医院抢救的地步。甚至连一路辛苦奔波的样子都看不太出来。因为王秋杨自己始终没有过什么高原反应的情况，所以她很想知道王晖是怎么一夜之间神奇恢复的。王晖把这一切都归功于青稞酒和优质的睡眠。他舒展着筋骨，遥望着神山圣湖，一面回应着说："走，干活去。"一面立刻就要展开勘探工作。

王秋杨大大咧咧的，忍不住笑话他："你这个人还真'可爱'啊！。"王晖这时候突然意识到：所谓的"可爱"，也许说的正是神山脚下的那一份平和安宁。他看着眼前一片石滩，对他接下来要做的工作，已经大致描摹出了影像。

09

理想、实践与现实

2004年12月—2005年9月

王晖常说自己“没风格”，又说“建筑师不应该有自己的风格。”他的建筑永远都“因地制宜”，合乎艺术理念和建筑原理的同时，一定会特别强调建筑与周围环境的关系。尽量地抹杀自己在建筑中的存在感。

有“个性”的建筑太多了，尤其是在大城市里，近年来，“个性”建筑简直大行其道。各地都在比拼着盖。但那些“个性”真的适合当地的情况吗？真的能和周围的环境互相配合甚至可以互动起来吗？这是王晖一直在思考的问题，而他怎么也没有想到，最直接的启示，却来自一次公益行为——他的好朋友王秋杨邀请他为基金会捐建的第一所小学——塔尔钦苹果小学做设计。

在考察的时候，王晖他们发现，新建的小学，选址就在神山冈仁波齐脚下。由于冈仁波齐被称为“神灵之山”，和其东南20公里处的玛旁雍措，也是世界上最高的淡水湖，合称为神山圣湖，是苯教、佛教、印度教、耆那教信徒们的圣地，自古以来都是信徒们心目中的“世界中心”。藏文史料记载，圣湖就是汉族神话传说中的西王母居住的“瑶池”。传说中，天晴时湖水蔚蓝，雪峰倒映其中，景色奇美。每年夏季，印度、尼泊尔和西藏的香客纷纷到此朝圣沐浴

王晖在当地小学实地调研

以求功德。所以，如果要在这里建设小学，那就绝不能建一所突兀的“天外飞碟”在神山圣湖附近，必须要尊重信徒们每年来此转山的习俗。王晖认为：极力追求“自我”，那是表达建筑本身，是对环境的不尊重。

确定下了这个大原则后，王晖他们在阿旺副司令的带领下，用心转了一大圈。可结果却发现：在选址的周围实在没有什么地标性的物体可供标志。阿里的自然地貌完全是石头为主，连泥土都几乎没有，更不要说宝贝的树了。房子也非常的少，传统的转山者都是使用帐篷的。一来不能去骚扰人家，二来他们一走，帐篷自然跟着撤走了。

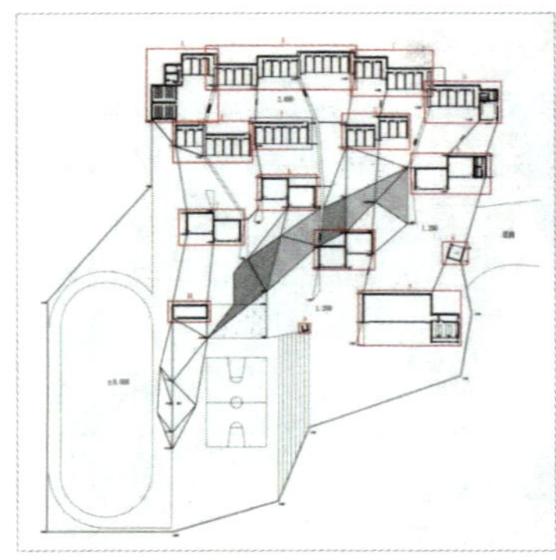

苹果小学效果图

最后，他们很难得地找到了一些低矮的灌木，就决定用灌木来标志学校的位置：使用油漆把灌木刷成不同颜色，用来标志不同的点位。这些灌木，几乎就是当时塔尔钦上唯一的绿色了。

在做具体设计的时候，王晖又将大原则扩展为五点基本原则：

第一，决不能破坏当地的自然环境和人文环境。破坏环境这种事，首先是王秋杨所不能容忍的，其次也不符合王晖一直以来的设计理念。

第二，如何能对建筑与自然生态的关系有所促进？

第三，孩子们一定要有丰富的空间体验。活泼好动的小学生，不能只被局限在教室里，一定要有充足的活动场地，要有能满足他们好奇心和探索欲的活动空间。

第四，能否将当代性引入到建筑中来？

第五，尽量利用当地的技术条件和材料。做到最节省，但又要让建筑的存在较为久远。

看起来，王晖是在给自己出了一个巨大的难题。

于是，在后续的几天时间里，王晖没有急于动手，而是遍万周边县城、小镇，采风当地的民居，特别是建筑方法。藏区极大，西藏各地的建筑风格本身差异就很明显，所以王晖并不想直接照搬拉萨甚至四川藏区的藏文化建筑——特别是他发现本地木材价格非常高昂。

在山下，比如四川等地，常见的，被广泛使用的木材、砖瓦、混凝土等建筑材料，在海拔接近5000米的阿里，通通都是奢侈品。比如说寺庙，应该说永远是西藏最不惜工本的所在了吧？但是在阿里的寺庙中，几乎每一根柱子都是由三四根木料拼接而成的。这在山下的四川藏区那绝对是不可想象的。这其中最大的原因就是因为长途运输的不便利。木料都是用马从尼泊尔驮上山来的。整根的木料无法运输，只能截断，运上来后再重新拼接起来。耗时耗力耗材，但在不通道路的过去，却是唯一的办法。即使是交通相对“发达”的现在，一根木料运上阿里，价格也会飞涨。不但是木材，包括砖瓦、混凝土等等不属于当地出产的，一概昂贵且突兀。

那么，什么才是当地所特有的，能最大限度地节约宝贵的资源，能充分体现当地的民族文化的建筑材料呢？石头。是的，就是石头。王晖回忆着他一路来到阿里看到的那些大大小小的石块，大到垒山，小如鹅卵，这些石头才是属于本地人的，是他们熟悉且独有的东西。

参考据此不远的普兰县，一个中—印—尼三国交界处的边贸市场，所有的“建筑”都是用较大的卵石干垒而成，没有任何砌筑的痕迹。另外，在西藏很多地方，人们都有用石头垒“玛尼堆”的习俗，阿旺自己也垒过。石头实在是阿里最具代表性、最有本地文化特征的建筑材料了。于是，王晖决定，大量采用自制鹅卵石砌块，建筑的新建体量和原有的基地由于材料相同的关系，能紧密的结合在一起，像是一种生长。

建筑设计的灵感可以天马行空，落实到地面上可就必须严谨起来了。为此王晖压着结构设计师完成了另一个“不可能完成的任务”：为了充分利用当地的鹅卵石来建筑这所小学，必须做到钢筋、水泥用量最少的情况下，保证整体结构同样等级坚固。既保证外观的石头结构，又保证结构十年如新建，还要抗震防风等等等等。于是，这成为了一个几乎是以材料为开端的设计。

开工的时候，施工队进驻，施工队长还是从四川来的那一位。他看了看图纸，完全没想到这个学校会是这么一个样子。

那时典型的阿里学校，都类似兵营。6个班，三排房子，中间一个通道。校门一打开，一个小花坛，一根旗杆。两侧再有些教师的宿舍楼和厨房等等。“豪华”些的，后面还会有一个小操场、一个篮球架。

但王晖图纸上的学校，颠覆了所有人对学校的认知。

施工队长看着，有点吃不准，教育局长也凑过来看，怎么看都跟他平时见惯了的小学不一样。

塔尔钦苹果小学的设计是这样的：

一共约占地2500平米，共分6个班，老师和学生都有各自的宿

王晖就地取材，为苹果小学独创的由鹅卵石预制的墙体

舍。有大礼堂、多功能厅、图书室、医务室等等，完全是按照内地小学的标准配置来设计的。

这座苹果小学的设计上有一处特别值得一提的地方，就是墙体（后来这也成为孩子们最爱的地方）。用鹅卵石搭建的墙体顺着坡地与群落式散布的建筑一起将整个学校划分成了一个个院落，纵向布置的墙体起起伏伏，有着山体的自然形态。墙和墙之间有门洞可以往来。孩子们最爱的就是在其间钻来钻去。因为那里的孩子们都是住校，平日学习生活都圈在学校里，非常枯燥。王晖觉得，如果只是四四方方盖个院子，对正处在好奇心旺盛时期的小孩子来说，那和监狱有什么分别？所以，他做了大胆而又实用的这个设计。

苹果小学侧面图

墙体有着非常重要的物理作用——挡风。要知道，塔尔钦位于阿里腹地，年均大风天气为149天，山谷中的西风几乎是影响这里建筑设计最重要的因素之一。大风几乎和阳光一起，在每一年当中的每一天都相伴着出现。挡风墙沿着地势展开，平淡的地形由于墙体的进入而增加了视觉密度和空间的丰富性。

虽说是用石头垒砌而成，但其整体凝练的线条和简洁有效的群体造型，呈现出了浓厚的现代设计感，又与高原民风和粗矿的自然环境形成了鲜明的对比。

孩子们每天在这里上学，只要抬起头，就能看见他们心目中的宇宙中心。这完全无损于他们的宗教信仰，甚至更加深了他们对本民族文化的热爱。

而太阳能采暖器的运用更是成为这次安装设备的亮点。高原上

⮚ 夕阳下的苹果小学

太冷了，这一点王晖体验得太深刻了——光是他的暖水壶就冻在桌上过两次。他可不想孩子们在学校里继续遭这个罪。可是，传统的能源消耗对于这里来说，实在是太奢侈了。别管是煤气、天然气、煤炭、木材……哪一样不是要从山下运来？哪一样不是要造成环境污染？这里只有两样东西最充足：风和阳光。建立庞大的风力发电系统显然是不现实的，于是，顺理成章的，王晖选择了太阳能发电系统。为苹果小学安装上了太阳能取暖器。利用太阳的光能转化为热能，以满足苹果小学的师生们在生活和学习中的热能使用。虽然太阳能取暖器的后续保养工作比较繁琐，但为了当地的环境能持久地保存纯净无暇，以及孩子们的日常生活方便，王晖和苹果基金会最终还是选择了这个对他们自己来说投入大、需要持续关注的“费力不讨好”的方法。

⊙王晖设计的塔尔钦苹果小学是神山脚下的第一座现代建筑群，建筑设计与自然浑然一体，蔚为壮观

大家拿着图纸，不知道该怎么说，但都有种眼前一亮的感觉，他们说不出太华丽的词藻，只是一致认为：这个有意思！

吸取了上一次的经验教训，这一次的工期持续了两年。每一次都是从当年的5月底到9月中。施工队长是四川人，承建单位是从北京这边调过去的，队里还有江苏人，全是天府之国、鱼米之乡过来的，在高原上每日昼夜温差极大的环境里，吃着风干牛肉和糌粑，努力和当地人交流沟通，还要一边琢磨着施工方案，一块块的把不规则的巨大鹅卵石磨平垒好，保证结构强度和外观都能达到设计要求。

小学一说开工建设，就马上引来了很多人围观。王晖就在思考要不要让当地人参与进来。到后来，基础打好了，要刷漆了，他的灵感又迸发了。

雪白的屋顶颜色是王晖亲自确定的，但是灰色墙面上该刷什么样的条纹呢？当时，王晖特意去咨询了当地的活佛，活佛告诉他“不要用红色”，因为红色是寺庙的颜色，孩子们在学校里上学，还是不要让他们感觉好像在寺庙中一样的好。于是王晖尊重了活佛的意见，放弃了红色，除此之外，在藏族人民喜欢、常用的颜色中，挑选出了十种，然后索性摆开了油漆桶，让孩子们、居民们自行挑选喜欢的颜色，自行涂装上去的。这是孩子们自己的学校，所以要由孩子们自行决定如何使用，任意涂装，装饰自己的新学校。一切应该由他们自己做主。

这实在是个高明的做法，对于未来的使用者来说，显然这是一次极有意思的参与过程。

小学建好了，按照计划，王秋杨他们要先前往巴嘎乡完小看望校长和孩子们，再和县领导、阿旺副司令一起去新建成的苹果小学视察。但王秋杨一向喜欢兴之所至。过于板结的行程安排会让她拘束不安，何况她对新学校充满了期待，迫不及待地想先去瞧一瞧。于是她没有通知王晖，或者阿旺和其他人，自己偷偷地在小学竣工典礼前把车一拐，哐啷哐啷的就开上了另一条路。她告诉自己：理想是丰满的，现实是骨感的。我们尽力了，结果要接受。虽然听起来有些可笑，但她现在只能这样安抚自己一颗胡乱打鼓的小心脏。

远远地看去，苹果小学隐藏在山峦之间，并没有那么凸显，不像是内地的各种“个性”建筑建设的那么华丽高大，也不像那些异形的现代派建筑，硬生生的戳在山里一样，不仔细看，好像并没有什么太突兀的建筑存在一样，这座学校就那么舒服地和周围的一切融为一体，又悄然地昭示着自己的存在。远远看过去，顿时让人觉得心情舒畅，好像连心头的包袱都可以随之卸掉似的。

走进小学，王晖心目中的挡风墙已经建好，那些闹人的大阵风已经被彻底地关在了苹果小学的门外。王秋杨边走边看，格外认真。小学建得相当出色，完全实现了设计师的想法。她越看心情越激动：原来现实也是可以如此丰满的！

看着看着，突然，她发现了两个孩子在小学的墙体间钻来钻去，一个小男孩，一个小女孩。他们已经可以很熟练地运用“墙”这个“玩具”了。

她忍不住跑上去搭话，得知他们是巴嘎乡完小的学生，今天趁

海拔 4700 米的西藏阿里塔尔钦苹果小学——2005 年建成投入使用（普兰县教体局 摄）

着放假，偷偷跑过来玩的。

大一点的小姑娘问："我们什么时候能来这边上学啊？"

"就快了就快了！"大人和孩子席地而坐，就此欢快地聊了起来。那个大一点的孩子聊了几句才认出王秋杨来，说："你是不是前两年来过我们学校？还找过我们校长的？我想起你来了。"

于是王秋杨的脸上也泛起了兴奋的光，但也并没有多说什么，只是说："是啊，我这不是又来了么。"

孩子问："那，我们到新学校以后，你还会来看我们吗？"

王秋杨赶忙回答："会，一定会的。我以后每年都会回来看你们的。"

小姑娘对未来充满了憧憬，手舞足蹈地聊起自己听说过的学校，电脑室、图书室、英语教室……王秋杨抚摸着她的头发，眼眶湿润地笑起来："会有的，会有的！"

对于未来，他们已经开始憧憬。因为这是设计师倾心之作，这是军民共建之作，更是孩子们自己亲自动手装饰的作品。他们已经看见了丰满的现实，他们实在是有理由去憧憬。

10

当北京爷们儿遇上西藏节奏

2011 年

十一郎　摄

周行康正在给达巴小学和楚鲁松杰小学准备过冬的冬服和煤炭。对方的负责人非常热情，答应一定帮忙，有求必应。周行康一时之间几乎被感动冲昏了头脑，幸而在高原工作久了，经验丰富，他及时反应过来，追问了一句："那你什么时候给我回话啊？"

对方依旧热情不减，答道："很快，也就半年吧。"

那一瞬间，周行康的内心翻腾，也不知道是高原反应还是别的，一阵阵的竟有些晕眩，生怕自己一口老血当时就要喷出去。他好想把上班高峰期的北京国贸地区整个端起来，放在他们眼前，给他们瞧上一瞧，什么才叫作"工作节奏"。

在大城市生活久了的人，最喜欢安静悠闲的小镇。什么欧洲小镇啦、中国的小山村啦，傍晚的小酒馆和店主絮絮地干一杯啤酒，或者清晨五点爬起来站在山顶看青山绿水、远歌漫舞……图的就是个清净、安适，生活节奏慢，可以让自己放松下来。

可是，如果突然让你换一个角度：不再是喝喝茶、聊聊天、看看风景的放松呢？不再是和朋友一起追寻心灵的宁静呢？而是要工作、建设、与人合作，那这样悠闲的节奏，对于习惯了干净利落、

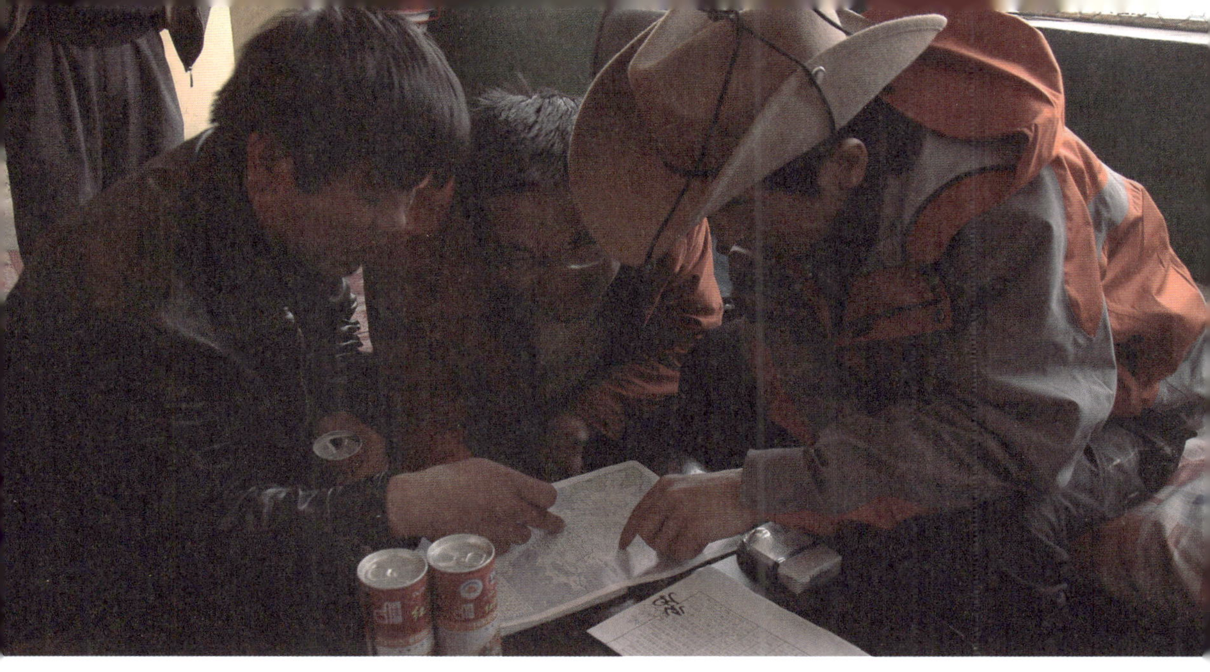

周行康在革吉县雄巴乡与乡政府同志研究下牧区探访苹果赤脚医生的路线（迟雪松 摄）

杀伐决断的城市人来说，是不是还能适应呢？

偏偏，周行康就遇到了这个问题。像准备过冬用品要准备半年这种事，在都市人看来简直又想笑又想叹气，电视剧里都编不出的情节。在苹果基金会工作的那几年里，他却遇到了太多这样的无奈。

就说建设太阳能保暖过滤水池的那件事吧。周行康算是深深的、深深的体会到了西藏人悠闲的生活方式与北京节奏的文化矛盾。

一般来说，在阿里的工作模式永远是：喝茶、工作、喝茶、工作，哎呦已经该睡觉了……这让早已习惯了北京快节奏的周行康很抓狂。缺氧的客观环境，恶劣的自然状态确实导致了很多时候难以实现“北京效率”。可是，孩子们的生活迫切需要改善，他们可不像大城市里的孩子们，吹着空调吸着饮料上着网，就把全世界的最新资讯一网打尽了。甚至，他们还在为最基本的生存环境而奋斗着。

这么说吧，一个在大城市里生活习惯了的人，很难想象在高原上面到底会面对多少困难，到底工作会琐碎到何种程度。

手机没电算吗？

电脑收不到 wi-fi 算吗？

太天真了！

你可能真的想象不到，作为一个人最基本的喝水问题，在高原上也有可能会是个大问题。

说起水的故事，周行康“心有余悸”，当时他可是没少发愁。

位于神山冈仁波齐脚下的塔尔钦苹果小学，海拔 4700 米。由于地处高原，受自然条件所限，环境恶劣，水是稀缺的宝贵资源，饮水问题尤为突出。镇上虽然已经有政府投入的地下供水管网，但是全镇没有统一的供水。水源就是山上流下来的小溪水。

在没有解决饮水问题之前，苹果小学是用拖拉机拉水，甚至用人力背水的。到了每年的冬天，由于结冰严重，全校师生还要去河里敲冰块，背回来煮水喝。学校一直都没有正规的水管、水房。

周行康找来当地的负责人，敦促尽快拿出解决方案。这时候，西藏人的悠闲劲儿又来了。负责人显然对此事极为上心，他开始了“不同以往”的高速运转。

可是，这个节奏在周行康看来，依然宛如“闲庭信步”。“你说，你跟他着急上火吧？他明明是真的在努力加快速度了。你不催他吧？眼看来不及啊！”这位时任秘书长回忆起这件事来，依然满腹辛酸，哭的心都有。

话说回来，其实对方也挺无奈的。高原上，今天和明天真的有区别吗？今年和明年就那么不同吗？对他们来说，周行康简直不知在急些什么。“就不能消停一刻半刻吗？喝碗酥油茶，大口呼吸下，冷静，冷静……”

一遍遍地沟通，一遍遍地找节奏。

你早上几点起床？我需要你几点拿来图纸和方案？

一遍遍的双方磨合……周行康在阿里，最终开辟了一条全新的工作模式，让两种完全不同的乐器打在了同一个拍子上，总算是找到了合适的工作节奏。

这一下，效率陡然就高了上去！周行康的高原反应也消失了，西藏方面的负责人也不纠结了。忽然之间，大家都变得好愉快！

通过苹果基金会工作小组的实地考察，和当地负责人反复的论证，在排除了好几个“看起来很美好”的方案之后，对塔尔钦苹果小学的用水问题，他们最后终于找到了一个最实际有效的解决方案：建设一座太阳能保暖过滤水池。

这座在高原上来说，堪称“宏大”的蓄水池，长度 5 米、宽度 2 米、高度 2 米。蓄水能力足够一座小学的正常使用了。但苹果基金会的相关设计负责人们依然觉得不够。考虑到孩子们的日常生活应用方便，他们又额外在塔尔钦苹果小学的食堂内设立了一座长 2 米、宽 0.5 米、高 0.8 米的蓄水池，并做了釉砖贴面。甚至，还专门建起了用水房、龙头、洗衣台等等——这些相关设施预计可以持续使用 10 年之久。

施工的过程，周行康以为，他又要和施工队再来一轮“节奏的碰撞”。没想到，这一次西藏方面的负责人已经开始站在他的一边去帮助施工队来适应新的节奏了。

2011 年 10 月 13 日，管道顺利通水，苹果基金会在阿里塔尔钦给塔尔钦苹果小学和冈底斯藏医学院两所苹果学校架设的饮水设施顺利完工运行，200 多名师生终于顺利用上了“高原自来水”。

水管刚刚通水，扎西校长就迫不及待的给周行康打来电话，感谢苹果基金会给他们解决了大麻烦，从此全校 200 多师生再也不用背水了！扎西校长言语间的激动是掩饰不住的，他已经禁不住开始畅想：“……以后还可以搞个蔬菜大棚什么的，自种自吃……哦，对对，这个蓄水池也为今后建设小学的洗浴间打好了基础……总之，‘自来水’一通，后面可做的事情太多啦！”

周行康隔着电话听着，从心里笑开了花。那些日子来的烦躁早就烟消云散。他给自己斟了一碗酥油茶，长舒一口气，瘫坐在椅子里，仰望着湛蓝湛蓝的天，发一会儿呆，就像每一个来西藏旅游、探险、朝圣的人做的那样。

就在这时，有人告诉他：“医疗小分队那边下基层的人刚刚回来了，请他过去马上听一下从第一线反馈回来的报告。”周行康笑了笑，从椅子上一跃而起。是啊，谁都可以在西藏享受“西藏节奏”。唯有苹果基金会的工作人员们不可以。医疗小分队刚刚才从第一线跋山涉水地返回，却连口水都没顾上喝就要汇报情况。他们和周行康一样，和所有的苹果基金会的成员都一样，他们来到这里，就是为了让阿里“今天和明天变得不一样。”

11 一口井造福一片山

十一郎 摄

苹果基金会在阿里，没少给当地部队“添麻烦”。而驻守在阿里的各连队也一直都会积极地帮助当地的苹果小学。驻地官兵们其实年纪上也没大出去太多，所以都把学校里的学生们当成自己的小弟弟妹妹们一样看待，平时帮忙干活、辅导功课。楚鲁松杰苹果小学里的学生甚至可以随便跑去摘部队在高原上千辛万苦种出来的蔬果。被连队官兵宠着的孩子们快乐地成长着。

阿旺副司令作为军分区副司令员，更是整天关心苹果小学的状况。不管哪个学校出了什么杂事烦恼，他总会第一时间伸手帮忙。他说：部队是孩子们的保障，“军地民共建”不是说着玩的，是要实实在在去做的。所以，一说到苹果基金会的事，他都很上心。只要部队上能帮得到的忙，那是一定会帮的。毕竟，苹果基金会是为阿里地区真正做过实事的第一个公益组织，多年以来，情感上已然无法割舍。

就说给学校打井这件事，在当地甚至都已经成了一个传奇。

高原上的水，是极宝贵的资源。一般的吃水方式主要是靠人工背水和摩托、拖拉机运水。像达巴苹果小学，每个月会用拖拉机去山下运几趟水回来，虽然花费不少，但毕竟孩子们不用自己下河去背水了。

唯一的问题是，运上来的水需要储蓄在蓄水池里，毕竟不如城里的自来水新鲜呐。阿旺副司令总是希望阿里的孩子们有一天也能像大城市的孩子们一样，用上新鲜的“自来水”，带着雪山的清甜。

于是他找来了技术人员，跟他们咨询有没有可能打个井？毕竟咱离雪山那么近，应该没问题吧？

然而，他得到的答案却是：“一口井打下去就是10万元，而且不保证出水。”

愿望总是美好的，现实总是需要更严谨的科学论证和冒险精神。要不要用这么高额的代价和风险去冒这个险？值不值得？

这是作为决策者的阿旺副司令最难入眠的几个晚上。完全没有把握的事，还那么贵……确实很难让人咬牙去下这个决心。可是，孩子们要能喝上新鲜的水该多好啊……

最后，阿旺副司令终于决定：井，一定要打！但是怎么打，必须要找好地方。

藏人工作方式悠闲，不过在阿旺副司令的多次敦促下，技术人员还是以他们最快的速度最终测定了一处可靠性更高的出水地点：山顶，雪线之上。

就是这里了，阿旺副司令知道，他现在在打一个很大的赌。可是，无论如何，为了孩子们能喝上干净清甜的“自来水”，这个险必须得冒。“总得有人承担责任，不是吗？”他明白这个道理。

风尘仆仆的运输车队（王博　摄）

果然，一口井钻下去，成功了。

阿旺副司令很激动，当天晚上又失眠了。

从山顶的水井里引了长长的水道下去，一直通到学校里。学校终于通了“自来水”！全体师生捧着从水管里流淌出来的自来水，笑着闹着喝着，但没有一个人互相泼洒——水是珍贵的资源，他们太明白水的宝贵。

明明可以躺在床上睡大觉了，可这么欢欣鼓舞的好日子还没过上几天，自来水却突然没有了！

全体师生都慌了！他们首先想到的是“难道打井是不对的？”

阿旺副司令却不这么认为，他要求立刻彻查。是山上发生了

阿里军分区官兵帮苹果基金会运输医疗物资 （王博 摄）

雪崩？还是施工质量有问题？难道是有什么大的东西掉进了井口堵住了？

什么奇奇怪怪的想法都跳进了他的脑海，总之不管什么问题，立刻排查，立刻解决！

阿旺副司令以为他的想法已经很奇特了，没想到，查证的结果还是超出了他的想象……

水道在半山腰被另外两个哨所给截走了！

原来此地半山腰两侧各有一处驻地，因为驻扎在山上，两家都是常年处于极度缺水状态。平时的补给用水总是节省节省再节省，能喝的就绝不洗脸。

突然有一天，他们看到山顶有人打了一口井！跟着，这口井竟然引了条长长的水道直通山下去了！虽然不知道打井的人是谁，但既然是山泉水，总之是取之不尽的吧？看见了“水”这个宝贝，士兵们一时之间什么也顾不得了，你也接，我也取，两家各自抢了起来。久旱逢甘霖啊，这几乎是战士们长久以来难得的一次“喝个痛快、洗个痛快”的时候了。

可是学校里却断水了。

阿旺副司令愤怒了。

他找上门去，敲着桌子质问“你们怎么能断我刚刚打好的井？”

两家都很无奈地哭诉：自己断水已久，“士兵们实在太不容易了”。这个真的要理解。

阿旺副司令用力地捶着桌子：“我不理解！我那是给山下学校里打的井！孩子们要喝的水，你们也截？你们像话吗？”

这下，官兵面面相觑，立刻都站了起来：“真的不知道是给孩子们的水。知道的话，就是渴死也不喝！”

阿旺副司令看他们真诚的脸，知道他们说的都是肺腑之言。他自己就是这么熬过来的，何尝不知道官兵们的苦？慢慢地，他的气消了。事情发生了，孩子们是他的心头肉，战士们也是他的心头肉。手心手背都是肉啊！

这可怎么办？

难道真的没有别的办法了吗？

不会的！

叫来了技术人员，再次勘测，论证，引流……

过程是痛苦的，但最终的结果却是甘甜的。最终，这口井分出了三个管道，以不同的引流方式确保了三方的供水。

终于是可以共同滋润山上山下的三方军民了。

阿旺副司令现在也终于可以睡个踏实觉了。

正如阿里军分区潘武俊政委所说，苹果基金会得到了阿里军分区广大官兵的大力支持！粗略地统计，从2003年到2007年，5年来军分区为配合基金会开展的一些工作先后派出官兵460多人次，出动车辆、机械车500多台次，累计运输行程超过322000公里，承运各类物资6000余吨，疏通达巴乡、楚鲁松杰的乡村公路40多公里，平整土方近万方。与苹果基金会在阿里地区的投入相比，我觉得我们能够做的还有很多，接下来，阿里军分区广大官兵将以阿里人民的福祉为使命，一如既往地支持和配合苹果基金会的工作！

12 天籁，走出去？还是留下来？

2005年9月

十一郎 摄

苹果基金会一直有一个很朴素的愿望：做事而不是作秀。所以他们并不想拉着那些被救助的孩子们满世界的转悠，去表演、去拉取更多的同情和赞助。这也直接导致了苹果基金会虽然在阿里本地威望极高，但在其他大城市里，在更广大的公众印象里却并不显眼。

不过苹果基金会并不在乎这一点，他们的工作人员，从包打天下的秘书长到普通参与的志愿者，就只是一门心思地想着让这里的孩子们过上和大城市里他们自己的孩子们那样的生活，就够了。

倒退 50 年，我们自己也很难想象，我们的孩子们可以享受如此的宠溺：想吃水果了，无论冬夏，都可以自由挑选全球特产的水果；想吃糖了，还要和大人们打游击战、心理战，明知家里藏了许多巧克力，也要自己想办法找出来。在大城市，超市里随便就可以买到面包、水果、糖……这可是过去连皇帝都享受不到的待遇。当我们庆幸着自己已经成为了“高度发达”的一部分，不再为自己孩子的温饱而发愁的时候，放慢脚步转过头，才会发现平行的世界里，还有一处地方，其实还需要我们的加倍努力，才能让那里的孩子尽快过上甜蜜的“皇帝生活”。

为了这么朴素的愿望，苹果基金会已经努力了十来年。当最新一批志愿者们登上高原，看见塔尔钦苹果小学的时候，无不赞叹：漂亮的塔尔钦苹果小学，历经接近10年的大风侵袭，依然和新的一样。不但和当地环境非常融洽，就连外墙面也依然保持着当年的艳丽色泽。可见学校师生对它的爱护有加。

孩子们又唱歌又跳舞地迎接他们。志愿者们一时竟有些手足无措了。第一次上高原，大部分人还都想保持个姿态，强撑着不哭。但当他们看见孩子们天真无邪的表演之后，马上就不行了。

那些红扑扑的小红脸蛋，清纯的眼神。他们的声音没有修饰，是真正的天

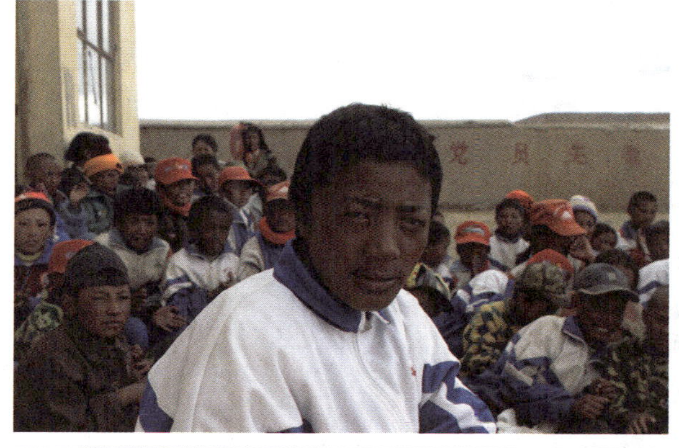

天籁男孩的明天？

⊳王秋杨和苹果小学的孩子们

籁。虽然大家都不懂藏语，听不懂孩子们唱的歌词里的含义，但还是觉得格外好听。

可是硬汉小郎（原国旗班战士郎爱军）还是听出了其他的声音：无奈、呐喊。

也许孩子们自己并没有感觉到。可是放眼望去，周围全是雪山，什么都没有。他们的单纯其实正是因为这里什么都没有。孩子们本身就是一张白纸。基金会收集过孩子们的儿童画。内地的孩子画的都是高楼大厦。他们笔下全都是雪山、神山。虽然他们真是太热爱自己的神山了，但除去他们抬眼就能看见的神山之外，在他们幼小的头脑之中，真的还有些别的什么吗？

包括小郎在内的很多志愿者都会反思：“咱们自己的孩子放在这儿怎么忍心？水果都吃不上，巧克力、果冻见都没见过。在内地，当奶奶的都快跪下了，孩子甚至都不肯吃。可是到了高原这里，内地孩子们司空见惯甚至嫌弃的零食，这里都没有，甚至没见过。他们单纯地为来了几个叔叔阿姨看望他们而欢欣鼓舞，而载歌载舞。”

“新人”志愿者们眼泪哗啦啦的流。克服了重重高原反应，这是他们第一次意识到了自己在努力去做的事情是多么的重要，而苹果基金会为他们搭建的这个平台又是多么的伟大。这种时候不需要言语，只要看着孩子们的眼睛，听着他们的声音就够了。

他们要为阿里的孩子打开一扇窗，和世界连通的窗。就算到不了大都市，起码都能通过书、通过电脑看到。可以和世界接轨。通过基金会的努力，孩子们没见过的世面，未来都能见。好像改革开

塔尔钦苹果小学的孩子们

放初期的深圳，那是中国的窗口。而苹果小学，就是阿里未来的窗口。这是功德无量的事情。

每一个第一次来到苹果小学的人，都会受到很大的震动，会被感动到流泪。这几乎已经成了老志愿者们打趣新人的传统项目之一。当时就有人问小郎："怎么大老爷们儿还哭了？"小郎强笑着反驳："你们之前上来的时候哭，我都没看见。"于是大家心照不宣，互相拍拍肩膀，继续为孩子们搬物资去了。

塔尔钦苹果小学刚刚落成的时候，王秋杨就曾经因为一个孩子清透嘹亮的嗓音被震撼过。那一天，是巴嘎乡完小最盛大的节日。

两年以前，当王秋杨踏进巴嘎乡完小的时候，校长益西久美是

蓝天下，塔尔钦苹果小学迎风飘扬的国旗与苹果基金会的会旗

无论如何也想不到他会这么快搬离这个地方。这一天他打扮得整整齐齐，迎接他心目中最尊贵的客人。

王秋杨见到他的时候，一时差点儿没认出来。而益西久美一见到王秋杨，就像看见了久别的朋友，从老远就高高的举起哈达迎了上去。给王秋杨献上哈达后，紧紧握住她的手，一时竟说不出话来，激动了一会儿，才向王秋杨介绍了他们学校的副校长和全体 7 名教师。

益西久美领着王秋杨最后一次走进快要搬迁的巴嘎乡完小，王秋杨很奇怪：孩子们呢？这么重要的日子，孩子们都去哪里了？

原来，孩子们早就在学校的一角集合起来等待他们呢。孩子们身上的校服虽然还不统一，一看就是各地方捐赠的，但至少质量好、也干净，这已经比两年前感觉好很多了。

看见王秋杨来了，孩子们高兴地围了上来，一直叫一直笑，争着给王秋杨看他们手里的课本和作业，抢着汇报自己在班上的成绩。王秋杨被围在中间，使劲地应着，生怕漏下谁的声音。孩子们的画举到王秋杨的眼前，她看着，夸着，不遗余力，她觉得这些孩子们的画实在是好，纯朴自然，和天底下任何孩子一样充满了想象力，她眼睛里不知不觉之中已经蓄满了泪水。

乡长小心翼翼的走过来，还有些犹犹豫豫的，说是知道“领导们”要来，孩子们早就排练好了节目，想请“领导们”去看看，也不知道王秋杨有没有时间。

当然有！是孩子们特意为她自编自导自演的节目，王秋杨时间再紧都要看。她太渴望和他们交流了。

于是，操场上顿时忙成了一团。小学里的教职工们从旁边的部队里借来了电声设备、扩音器等等，大家都不太明白具体用法，边装边琢磨。有人安装调试，有人组织孩子们，并用藏语告诉他们一些注意事项，还有人在排列一排小破板凳，这样排一些，那样排一些，主席台就出现了。别看人不多，却组织得井井有条。

唯一的女教师，数学老师巴丹桑姆给王秋杨他们送来酥油茶，王秋杨便和她聊了起来。可惜巴丹桑姆说的是藏语，还需要翻译帮忙。她看王秋杨比外面要表演的孩子们还紧张，就多给她斟了一碗酥油茶，希望她定定神。

系上一条哈达，留下万千祝福（小齐 摄）

开始调试音响。兹兹啦啦，让王秋杨想起很经典的电台节目：“小喇叭开始广播啦！”好容易音响出声音了，放出来的音质却非常差，可见设备确实太糟糕了。不管怎么样，出声了就好，可一放内容，又不对，赶紧切换，一通手忙脚乱。

大家趁着台上忙碌准备的空档，纷纷落座。正式节目马上开始。副校长扎西顿珠开始主持节目。显然他紧张得要命，看了看边上等待表演的孩子们，也紧张得要命，整个气氛一下子全变紧张了。连王秋杨也跟着更加紧张了。主持人——也是副校长扎西顿珠拿着话筒，好容易才憋出一句话：“下面请领导们献丑了！”

顿时，台上、台下一片大笑，紧张情绪烟消云散。表演开始了。

第一个节目是个藏族的舞蹈。分别从两边走出两队五年级的学生，四男四女，交叉的上场，边唱边跳。虽然音乐声依旧糟糕，但孩子们那极其纯朴可爱的表情深深地打动了王秋杨，那一瞬间，她再也控制不住自己的情绪，一直蓄在眼眶中的泪水止不住地流了下来。她赶紧捂住脸，怕被人看见。这么好的气氛，她实在不想落泪。尤其是，她自己明明是因为感动，因为高兴，但怕吓到孩子们。

周围的人看见王秋杨止不住地流泪，都想安慰她两句，又不知道该说什么好。坐在她身边的阿旺副司令掏出纸巾递给她："今天是个好日子，应该高兴才对。"王秋杨点头，她知道，可是就是忍不住。整个节目的过程中，一直哭，一直哭。大风刮得脸有点疼，但眼泪就是止不住。

孩子们每一个表演都很精彩。虽然不专业，但很用心。副校长演奏音乐，旁边还有一位老师用手拿着麦克风帮他对着键盘放出声音来。原来副校长扎西顿珠多才多艺，兼任学校的音乐、美术和体育老师。

有一个五年级的男孩子，长得很帅气，站在"舞台"的中央对台下深深鞠了一躬。音乐一响，男孩子亮开嗓子唱起了歌，清澈明亮的歌声拔地而起，直冲云霄，这一唱，立刻就镇住了王秋杨。果然藏族人是一落地就会跳舞，一张口就会唱歌的民族。小男孩完全不会怯场，动作很大，又唱又跳的赢了满堂喝彩。他唱的是牧区的民歌，嗓音非常的嘹亮，音色非常的美。王秋杨一边掉眼泪，一边拼命给他鼓掌。

表演结束后，哭得稀里哗啦的王秋杨和全体师生合影。她也知道这样不好看。女人谁不想拍照漂漂亮亮的？但此刻她不在乎，只要能跟孩子们在一起就可以了。

又看见了那个唱歌的孩子，王秋杨悄悄地跟旁边的校长打听，原来这孩子的父亲是这一带牧区有名的歌手，王秋杨又问："这孩子学习怎么样？"

校长倒尴尬起来，很无奈地冲她摇摇头，说："他的成绩一般，估计考不上中学了。这个学期之后，他就该回他的牧区放羊了。"

校长的回答让王秋杨很震惊，但又并不意外。她的心里难免失落，那么好的嗓子，那么好的天赋。可是，这就是他，这就是他的人生。因为同样生活在一个地球上，人和人之间的生活状态相差是很远很远的。不亲自看见是很难想象的。生活在城里的孩子们无法去想象藏区孩子们的生活。所谓的现代文明离这里还太过遥远。人，真的应该学会珍惜。

就是从那一刻起，王秋杨开始对苹果基金会的教育工作有了更深的思索，我们应该给这些孩子们什么样的教育，什么样的人生？

一晃几年过去了。苹果基金会大力发展职业教育，为阿里的孩子们开拓出了新的人生方向。是的，这里当然还是世界屋脊的屋脊，这里也许依然还离都市的繁华甚远。但是，苹果基金会已经在路上了，一批批的志愿者们登上高原，听到孩子们嘹亮清澈的歌声，被感动、被震撼，行动起来。为了孩子们的身心健康，他们并没有捧着这歌声去都市的中心吆喝，他们只是安安静静地擦干感动的泪水，多做一点，再多做一点。

13

恰米大姐“升职”记

2011—2014年

十一郎　摄

恰米大姐今年59周岁。脸上有着登山人特有的高原红印记。明朗健谈，总是一副笑呵呵的样子。在加入苹果基金会之前，恰米大姐可是户外登山圈的“大姐”了。从20世纪80年代早期，准确地说，是1980年开始，就走向了户外。那时，还没有“户外”这个说法，大家只是简单的称之为“露营”。装备也极其简单：打个背包，拿个蚊帐就出发了。出了门，马车、煤车有什么坐什么。

当年，她看见什么山就爬什么山。从泰山的北坡上去看日出，也不懂什么叫“装备”，背个部队的雨衣就上去了。上去吃一碗5块一大碗的面条，很难吃，可心里特别满足。跟着再从南坡下来。

后来慢慢看见了“户外用品店”，也跟着买。边买边总结经验。自己还打趣说：“我得补上这一课呀！”开始，她去参加各种“户外俱乐部”，人家一看她年纪比较大，纷纷拒之门外。她不气馁，终于有一家让她填表了，可其中一项是：网名。她问：“什么是网名啊？”人家答：“就是你的ID。”她又问：“那什么是ID啊？”虽然闹了点小笑话，不过她脑子里灵光一闪，随手就填了一个“恰米”。从此，登山界多了一个恰米大姐，几乎没人记得她的真名了。

就这么一路爬呀爬呀，一转头，她已征服了许多世界级的高峰。

志愿者恰米大姐

2007 年 2 月，她与王秋杨相识在攀登乞力马扎罗山的途中。对于王秋杨竟然带着两个年幼的孩子跑来登山，她是又惊讶又佩服，立刻就被吸引住了。跟着，一路闲谈中，她了解到了王秋杨的苹果基金会，知道了苹果基金会在阿里做了好多事。

王秋杨请恰米大姐去帮帮她。她呢，一是还贪玩，二是没上心，心里甚至还对这件事有点成见。觉得“那么老远，可能吗？是不是去玩一趟的？”随着时间的推移，她慢慢定下心，到了 2012 年，“我忽然觉得想做点有意义的事，就跟王秋杨说，我去做志愿者吧！”

就这样，恰米大姐加入了进来。后来，她总结：

一个人去慈善机构工作，做工作人员之前，一定要先对自己进行评估。要知道，做慈善工作不是为了糊口，主要是要有一颗善心。你至少要知道自己适不适合做慈善。适不适合去西藏、去阿里做慈善？自己要盘算清楚，当你从心理到生理都准备好了，再来应聘。不能做个十几天整个人就崩溃了，那样只能走了。

像恰米大姐这样，十多年前就去过西藏，本身就很喜欢那边。接触了苹果基金会之后，又受到他们的鼓舞和感染。“感觉人家每年花那么多钱，在那边做那么多事。但是工作强度比内地高，效率却比内地低很多，甚至一半都不到。真是辛苦，特别感动。企业家比王秋杨大的有的是，但不是所有的企业家都能十年来一如既往地在这种地方做这种事。”

或许就是这种感动的力量，让她这个志愿者一待就坚持了 3 年。

高山、缺氧……这些环境上的艰难困苦，对登遍了高山峻岭的恰米大姐来说，根本不是问题。真正的煎熬来自这个几乎与世隔绝的环境，“来的时候有几个人，现在只剩下我一个。这地方没来过不知道，用水用电都不方便，信号不好，周围多是说藏语的人。时间一久，年轻人待不住。”

当时和恰米大姐一道的，还有两个工作人员和一个志愿者。其中一个工作人员是藏族人，在拉萨也做过公益组织的工作。他没想到要派驻在阿里深处那么长时间，思想上没有准备。很快就待不下去了，提出了辞职。前后还没有 20 天。

这里的确闭塞，到什么程度呢？他们住在藏医学院，这里完全没有任何交通往来。后来条件好了，才每周发一个车。那时就把复印、发传真、邮件等等各种办公需求攒在一起，趁着车来，一起带去狮泉河一趟。另外可以趁这个机会去狮泉河洗个澡——在藏医学院这里根本没有条件洗澡。

电是太阳能的，晚上 9～12 点供电 3 小时。当然这是晴天的情况，如果赶上天气不好，那这 3 小时也是无法保证了。

网络当时是没有的。实际上，如果停了电以后，任何基本的现代化设施也就都没有了。

过去一年四季水都要去河边背。后来，基金会出钱，从冰川拉了水管，绕道乡政府，保障了这里的供水。可是，这里海拔太高，天气太冷，一到 9 月地上就结冰了。水管很容易就冻上了。冻上之后，还是要去背水。于是水的问题依然严峻。

5 月就要烧炉子取暖，不然根本冷得睡不了。羊粪牛粪烧不了多长时间，只是烧热了好让人钻进被子睡觉。六一儿童节的时候，外头还飘着雪，恰米大姐记得，是穿羽绒服帮着小朋友们缝演出服的。

在阿里，8 月最热的时候，还是有种春寒料峭的感觉。山坡上的草只能略微带点绿。“还没等绿透呢，就黄了。”

恰米大姐开玩笑说，刚去的时候也挺有意思，他们的地势很高，在山上。上厕所时因为墙很矮，站起来能看见村口，有时就像电影《甲方乙方》里演的似的，看着外面村口有没有车进来。

并不是所有人都能这样积极乐观地面对孤寂的环境。有一个广东来的姓李的小伙子，千里迢迢赶来的。他本不是专程来参加苹果基金会的志愿工作的。本来是在四川做支教工作，后来拉萨听说了

苹果志愿者

苹果基金会十余年的公益历程得到了像恰米大姐、龚永东、邓昌麒、王子强、拉顿、张弛、马晓亮、崔杰、赵永平、蒋玲、常苗、汪杨翼、夏毅、张凯鹏、旦增吉美、德吉央宗、周向晖、丹增、陈璟等千百个志愿者的无私帮助　　（十一郎　摄）

苹果基金会的工作后，决定跟随来到阿里。可他没想到西藏和四川差距那么大，完全是两个概念。他上来之后才发现，这里完小的老师比较齐备，汉语教学少，通行的还是藏语。他来支教完全没有找到发挥的余地。隔了十几天，恰米大姐去完小。早起碰上他，只见他脸冲着墙，也不打招呼，已经是临近崩溃的状态。于是等到有车来时，他和那个辞职的藏族工作人员搭伴儿一起走了。

恰米大姐一个人坚守了下来。

在藏医学院，她开始尝试着教那里的学生们认识汉字。

藏医学院的学生们一共有 30 多人，全部都来自牧区。他们水平不一，但基本汉语水平都不高，有的甚至完全不通汉语。恰米大姐也帮助他们在入学的时候进行填表、复印等工作，就发现了他们很多人的名字只是一个音译，写法和身份证上并不相同。

于是，她利用晚上的时间开始教他们汉字。并没有教材，就从拼音教起。教给学生们怎么拼，跟着教偏旁部首，再接下来就教一些生活上、医学上的小常识。

学生们刚刚来的时候，都是一张白纸。在牧区生活时，买一瓶洗涤灵，用来洗头、洗脚、洗被子……什么都管了。恰米大姐知道后，就给他们讲“酶”的概念。先讲“酶”这个字怎么写，汉语拼音怎么拼。“酶”在医学上怎么解释？它的化学原理是什么？

“你们看见洗衣粉里的小蓝颗粒，就是酶。它起的是分散、带走的作用。那你用来洗衣服，脏东西就被它给你带走了。洗涤灵里没有这个小蓝颗粒，就没有这个功能了，只去油，去脏东西能不能起到那么好的作用啊？就不行。”恰米大姐就这么深入浅出、耐心细致的教，掰开揉碎了讲。

学生们虽然基础很薄弱，但是各个听得都特别认真。不会汉语的就盯着会汉语的人。旁边会汉语的就给他翻译。每个人都特别渴望学习。

看着孩子们的眼睛，恰米大姐决定不能这样凑合，得好好教大家。买字典！趁着来车回地区办公的空档，她回去给孩子们买字典。却发现地区上竟找不到卖字典的！无奈之下，她只能一路奔波，回了北京，大老远地来回跑了十几天，抱着 30 多本新华字典开开心心地回来了。

整个藏医学院的学生、包括教职员工们都跑来了。30 多本，根本不够发。有职工找来问：“老师还有吗？我们也要！”恰米大姐自己也着急：“要什么啊，没啦！”才发现自己买少了。后来，因为这件事，苹果基金会又给藏医学院和苹果小学捐赠了汉藏大辞典。

有了字典，就等于有了教材。于是先从名字教起。你的名字叫什么？拼音教给你，然后查拼音。跟着教偏旁部首。比如徐是双立人、玛是王字旁等等。

教藏语是母语的人学查字典还是挺难的。但学生们学起来却很认真。毕竟，只要基础学好了，以后就可以自学了。教职员工也对恰米大姐好得不得了，常常一灌了血肠就给她送过来。

这个课程大概是开得太火爆了。后来，才旦校长问她：“你下午能上课吗？”恰米大姐一恍惚：哎？那我不成老师了？于是，她有生

苹果基金会志愿者在救灾一线

之年第一次真正的教上了课，“升职”了。

这一下，恰米大姐更要认认真真地“备课”了。有内容，不能被学生问倒。要教汉语，教小常识，平时看见什么都要记下来……学生一下子成了她生活里的重心。

登山学校来选人的时候，她也是全力为自己的学生们争取。本来因为语言等关系，登山学校只选了 17 个学生，大约一半左右。去不了的学生们找到恰米大姐：“老师我们去不了怎么办？”

她不忍心看学生们失落的眼神。努力为他们争取到了全体参加的资格。这些学生也都很淳朴，为了此行特别努力地学习汉语。到了现场，恰米大姐特意把汉语好的和不好的搭配开来。又絮絮地嘱托了好多话。

等他们走了，有人问恰米大姐：“你会藏语啊？”

“不会啊。”恰米大姐也挺奇怪为什么这么问的。

那人又问：“那你跟他们说话，他们都那么认真听？”

恰米大姐自豪的说：“我们心在交流。”

回来的时候，恰米大姐远远地就看见每个学生身上都帮助登山者们背了好多装备，特别用心。

甚至还有登山者特意找来问："我可以额外给他们点小费吗？他们真是太棒了！"

回到学校，恰米大姐对学生们讲话："这次大家出去，普遍反映都挺好。一个人有300元钱的劳务费，我希望能扣20元放在伙食费里。学校不缺这20元，但是要告诉你们，没有学校就没有你们这次的活动，希望你们能够吃水不忘挖井人。"

学生们各个欢呼着：呀咕嘟、呀咕嘟（"好"的意思）。这是一次相当成功的集体主义教育。

"其实要做的事并不复杂，项目设计等等具体问题，基金会的人都会做好。我就是给他们帮忙。"恰米大姐很谦虚。她总希望自己能做得更多。

2012年，趁大雪封山之前，她去了一趟楚鲁松杰，给楚鲁松杰苹果小学的学生们带去了外交部街道老年活动中心编织组阿姨们一起织的一批帽子、围巾和手套，以及她的朋友带来的一些文具。

这些帽子、围巾、手套……都是北京各个社区的七、八十岁的老人们亲手编织的。这是王秋杨的母亲在苹果基金会的带动下，组织社区老人们一起，用毛线一针一线为遥远的阿里织就了一片温暖。

每年9月，王秋杨他们进山来看望苹果小学的师生们，就会把妈妈和社区老人们的心意带进来。有时候有多一些，恰米大姐就要过来拿给藏医学院的学生们，可是又分不过来。于是给你个帽子，给他个围巾。

学生们跟恰米大姐已经很熟了，会“撒娇”了：“老师，你给他围巾，没给我围巾！”

恰米大姐便笑着轰回去：“那我给你帽子，还没给他帽子呢！”

于是学生便笑起来，宝贝似的抱着自己的帽子跑走。

虽然是个小活动，但是这是老奶奶们暖心的活动，年年都在坚持。

2012 年这一次，恰米大姐决定亲手把这些暖心的毛茸茸的织物送进楚鲁松杰去。

楚鲁松杰至今依然还是一年里只有三四个月能对外敞开，其他时间都被隔绝在无数的冰河与海拔 6000 米的普布拉雪山之外。那里的苹果小学，几乎是学生们了解外面世界唯一的通道。

那一次，才旦校长跟着，司机是日月宾馆的斯绕多吉。他们从札达县城连续翻了 14 个钟头的山。作为多年老山友，恰米大姐这一次也还是“开了眼”：眼前根本没有路，哪怕碎石路也没有，就是鹅卵石，小石头就压过去，大石头就绕开。斯绕多吉只是开着开着，探出头去看一眼，“就这拐。”感觉上完全不知道凭据是什么。

而他们走出来的时候，却又选择的是另一条路，不知从哪个院里钻出来的。现在再让恰米大姐去走一遍也是不可能的。

这一路上，他们看到狼，看到狐狸，就是没看到其他的车。

有个女人病了，必须有人带着，才能走出来。而且，这一出来看病，就得明年再回家了。

雪下来了，就要封山了。

恰米大姐他们进去的时候偏偏下雪了。幸好出来的时候没下。当地人告诉他们：如果当天还下的话，你们就得明年6月才能出去了。

恰米大姐身在其中时，眼望着这里的崇山峻岭，已经不知道该说什么好了。山道狭窄，雪化了就是泥石流。

她说：这里根本不用设防。推辆拖拉机过来就够了。

她还说：我走的地方也不少了。走过的最难的路就是楚鲁松杰了。

到了楚鲁松杰，沟里最深处就是苹果小学。这里的小学是初小，只有三个年级，2个班，13个学生，和1个代课老师。还有一个驻村的公安局的工作人员，没事的时候也跑过来教课。他个不高，170厘米左右，是个瘦瘦的男老师。

晚上睡觉的时候，就睡大通铺。苹果基金会来的贵宾被让在榻上睡。当地家里人就在地上打地铺。去的几个人和他们家里人都在一屋里挤在一起睡。

出来以后，恰米大姐立刻就收到了王秋杨的电话："怎么两天没有音讯？"

恰米大姐立刻解释："我们进楚鲁松杰了。"

这下王秋杨可急了，她是亲自进去过的人，她知道那里有多艰险："你怎么去那儿之前不说一声？只有一个车就进去了。"是啊，现在恰米大姐理解了，这要是万一出了事，谁都不知道啊！

可是她只说："我真是要替学生们说声谢谢。别的不说，能在这儿安上太阳能。盖上带玻璃的大房子，就太了不起了。"说这话的时候，她鼻子都酸了。

恰米大姐在高原上整整做了 3 年的志愿者。前两年都是 4 月进藏，11 月才离开。这比当地建筑工程十月十日撤工的时间还要晚。

到了第三年，本来已经决定不再这么辛苦奔波的大姐，再次接到王秋杨的电话：能否帮个忙？那一刻，她正一个人在大昭寺游玩。身边也没有带很多深入阿里一线的衣物。可她坐在大昭寺的台阶上，细一想，果然还是放不下她的学生们，于是现买了点衣服进了阿里。

当地有人跟恰米大姐开玩笑，说：塔尔钦再选阿佳（街委会主任）的时候你也可以参加了。可见她和当地融入之深。这些年，她眼看着藏医学院、苹果小学一年年发生着变化：添了电脑，加了图书室。学习上可以念英语了，生活上用起了太阳能。虽然，在这片全球海拔最高的地域，还没有完全实现和内地一样的便捷，但汉能集团希望通过苹果基金会为孩子们的生活减少烦恼，增添更多的保障。

恰米大姐临走的时候，问学生们："我走了你们会想我吗？"

学生们纷纷表示："会！你就像阿妈似的。"

要走那天，职工、学生要上楼献哈达。校长说：你们不要去打扰她，她还得收拾东西呢。

恰米大姐下楼的时候站在台阶上一看，所有人都在。校长和学生都哭了。

那一天，她收了百十来条哈达，一路过山口，系啊系啊……

14
白玛卓玛与次仁德吉
2014 年

札达县像阿里地区其他六个县一样，没有高中，只有一所九年一贯制学校和几所小学及教学点。

九年一贯制学校一侧靠近千年古寺托林寺，一侧面向宏伟的札达土林。在校园里，王秋杨见到了两位楚鲁松杰女孩，她们是初中三年级的白玛卓玛和仓决卓玛。

白玛卓玛家有七口人，爸爸妈妈和她们兄妹五人，她有两个姐姐一个妹妹，一个弟弟。爸爸妈妈在家务农，种些青稞、油菜、黄豆、豌豆、土豆、小青菜，平时吃糌粑和米饭，大米是印度商人运来的。家里有三四头牦牛，两匹马，没有羊，用牦牛奶做酥油茶和奶渣。马匹主要用来驮运东西，充当交通工具，每次回家或返回学校，要骑一阵马，骑到能通汽车的地方就不骑了。

白玛卓玛的一个姐姐在天津南开大学附属中学读内地西藏班，上高二，已经两年没有见到这个姐姐了，实在想念她的时候，打个电话，发发短信，一般不写信。另一个姐姐在日喀则上高一，妹妹在香孜乡完全小学读六年级，弟弟也在香孜读四年级。

她说自己的运气特别好，2005 年夏天，楚鲁藏布上的堰塞湖决堤，冲毁了村庄，还冲走了楚鲁松杰小学，但正好当年 9 月苹果

喜马拉雅山脉南麓的楚鲁松杰苹果小学 （十一郎 摄）

基金会修建的新学校正式启用，她成为这所小学的第一批学生，当时全校有 28 个学生。学校什么都是新的，教室还有窗户，窗户是玻璃窗户，第一次坐在有玻璃的房间里，好明亮啊。课桌椅是新的，还有校服，还用上了电，回家看着飘忽不定的酥油灯，有些不习惯。

后来，她在学校的图书室里看到一本书，书里有一位阿姨，穿着红衣服，头发长长的，特别漂亮，老师告诉他们，学校就是这位阿姨帮助修建的。从那个时候开始，就特别想见到这位阿姨。

王秋杨见到她的那一天，早晨下第二节课，老师告诉她苹果基金会的人要来看他们，她就想是不是这位阿姨要来啊，她就一直盼着，见到阿姨一定要对她说感谢。她上的第一所学校是这位阿姨修建的，读的第一本课外书籍是阿姨送的，穿的第一件校服是阿姨给的，阿姨还给村民送去了药品和糌粑。她等到了王秋杨一行人，小姑娘很高兴，很激动，她告诉王秋杨，自己从小学到现在学习都比较好，一直很努力，就是想报答阿姨的恩情，她修建学校的时候，肯定希望所有的学生都好好学习，所以不能辜负阿姨。

她在本村小学读完一二年级，三年级到香孜乡完全小学读书，初中考到札达县九年一贯制学校，高中想考到区外读书，最好到成都上高中，但成都好像不招这里的学生，如果考上拉萨市北京中学也可以，大学肯定要上的，希望以后在拉萨教书，当一名伟大的教师。

她最想去的地方是北京，听说那位阿姨就在北京，想象北京很大，有天安门长城，还有很老很老的房屋，听说以前皇帝就住在那里。北京的阳光一定很明媚，很灿烂。

白玛卓玛还告诉王秋杨，楚鲁松杰苹果小学现在有十个学生，一年级 7 个学生，二年级 3 个学生。

仓决卓玛也上初三，家里有五口人，爸爸妈妈在家务农，有一些耕地，三头牦牛两匹马。两个妹妹都在九年一贯制学校读书，一个上五年级，一个上三年级，爸爸妈妈希望再生一个男孩。在村里的时候，晚上能看见印度兵的手电筒一闪一闪的，白天看不见。虽然离印度兵的哨所很近，但不害怕，经常能看到解放军在边境巡逻。解放军有时候会借住在学校里，帮学校打扫卫生，教学生认识汉字，给大家讲故事。

周末的时候，仓决卓玛帮两个妹妹洗衣服洗澡，暖和的时候把衣服拿到象泉河洗，对于喜欢原野的她来说是件轻松快乐的事。学校一年放一次假，暑假可以回一次家，冬天大雪封山回不去。回家的时候县教育局用车送，能送多远是多远，路况好的话一直能送到家。在这里上学也有烦闷的事，学校只在过节的时候排练节目，才能唱歌跳舞，还不让看电视。

高中希望能考上内地西藏班，以后想在札达县城工作，当一名威风凛凛的女警察，回报父母的养育之恩。人人向往拉萨，但那地方太远了，如果在遥远的地方工作，照顾不了父母。

仓决卓玛曾经一个人去过 200 多公里外的狮泉河镇，配了一副眼镜，这是她去过的最远地方，狮泉河、札达县城、楚鲁松杰三个地方相比，她更喜欢楚鲁松杰，家乡不但有绿色的河流，还有绿色的树木。

在王秋杨和两位女孩聊天的时候，白玛卓玛一个劲儿的张望不远处和王秋杨同行的尚方——苹果基金会现任秘书长。

尚方给她俩各一百元钱，又把名片留给她们，叮嘱她俩，考上高中以后，记着给她打个电话，有什么困难就说，他们会尽力帮助，如果能考上北京的学校更好，在北京就算有个家了，苹果基金会就是你们在北京的家。

告别白玛卓玛和仓决卓玛，傍晚时分，又见到了两位已经工作的女孩。

次仁德吉在札达县委组织部工作，刚参加工作几年的她，已经

喜马拉雅山脉南麓的楚鲁松杰（十一郎 摄）

是组织部的骨干力量。

她说家乡楚鲁松杰离县城320公里，平均海拔4100米以上，因为特殊的地理位置，艰难的交通条件，倍受外人关注。

爸爸今年53岁，妈妈61岁，楚鲁松杰人一般内部之间结婚，很少与外面人结婚，父母算包办婚姻。小时候父母把女儿指给谁，长大以后就跟谁结婚，现在这种情况少一些，一妻多夫，一夫多妻也少了很多，大部分是一夫一妻。

爸爸妈妈没有上过学，爸爸跟着懂藏文的人学过一点藏文，能够用藏文念经。村民信奉佛教，村里有小型的寺庙，也就是拉康，有一个稍微大一点的寺庙，只有一个僧人，拜佛的人不多。

次仁德吉家有六姊妹，全都上过学，次仁德吉是老二，1981年出生。姐姐小时候在家帮父母承担家务，后来到塔尔钦冈底斯藏医学校读了六年书，现在在曲松乡当藏医，属于公益性岗位。老三是个男孩，在狮泉河当兵，老四在拉萨一所职业学校上学，老五在成都上大学，老六在武汉内地西藏班上中学。村子里学习风气很好，长辈们读书的少，从自己这一代开始基本上都读书，就像竞争一样，别人家孩子考上什么学了，自己家也要考出去，小时候一起玩耍的伙伴大部分都在外面工作。

次仁德吉八岁上学，就在本村上的一二年级，教室是土木结构，在藏布边上，地势较低。当时学校有两位老师，桌椅是木头桌椅，摇摇晃晃，校门上挂的牌子也是木头的，好像是随便写的一个牌子。小学的时候很少见到铅笔，写字也没有作业本，作业本就是一个木头板子，用清油涂一层，把竹子削尖在木板上写，过一段时间，再用清油涂一层，木板被反复使用。

三年级以后到县九年一贯制学校读书，高中在拉萨中学就读，西藏大学环境科学专业毕业。从小学三年级到上大学，每次出村的时候，都是父亲护送。一人一匹马，骑两天马到曲松乡，县教育局用大卡车来接，乘上卡车以后，父亲骑一匹马，牵一匹马返回村子。

九年一贯制学校一年放一次假，第一年九月上学，一直到次年七月才能回家。回家的时候，教育局用卡车送到曲松乡，乡上把电话打到村上，家长们骑马来接。是那种摇把子电话，两四两四四四拐的那种。有时候在曲松乡等十几天，住在曲松乡小学，自己带被子，走到哪里住哪里。

2005 年回了一趟家，还没有进村，就看见新学校非常醒目，位置比较高一些。村里其他房子都是土房子，只有学校是现代化建筑，进村以后，大家纷纷告诉她，北京有个女人来到村里，给村民送药送粮食，送脸盆毛巾，新学校里什么都有，课本、作业本、课外阅读书籍、文体用品。以前作业本课本一年买一次，用完就没有了，铅笔很短还在用，现在学校配置很齐全。好像基金会还给学校安装了发电机，是村子里最早用上电的地方。

那一年，恰好最小的弟弟，也就是现在在武汉内地西藏班读书的弟弟，就在新修的苹果小学上学，看见弟弟背着新书包，穿着新校服，戴着红领巾，跟画册上的孩子一样漂亮，心里特别高兴。

次仁德吉小时候想当一名医生，学藏医，印象中妈妈一直在生病，这几年好多了。

2005 年西藏大学毕业以后，分配到革吉县工作，2007 年回家探亲认识现在的丈夫，当时他在曲松乡当副乡长。丈夫是昌都人，厦门工业学校毕业，分配到这里工作。结婚以后生了一个孩子才从革吉县调到札达县，现在有两个女孩，不打算再生了。

2012 年 9 月，楚鲁松杰撤村设乡，丈夫担任楚鲁松杰乡乡长，2012 年 11 月大雪封山前进去，现在都快半年了，还没有见过面，所幸，现在通讯方便，一两天打一次电话。把父母从楚鲁松杰接到县城，帮着照顾两个孩子。还在村里，年轻一些的都外出工作或搬迁到城镇生活，村里孩子越来越少，学校招生有减无增。

次仁德吉说，楚鲁松杰是个奇怪的地方，学习成绩全县名列前茅，全村 500 多村民，123 户人家，在外工作的有 60 多名干部职工，从小学生到大学生，一共有 200 多人。好多省的内地西藏班都有楚鲁松杰的学生，楚鲁松杰考出去的学生个个出色，在整个阿里地区都是一张响当当的名片。

这与地处边境，从小受到国外商人信息传递，和后来北京苹果基金会带给村民的现代文明、人文关怀有着千丝万缕的联系，文明和进步像太阳和月亮，人人喜欢，令人向往。

15

大药箱？小药箱？

十一郎　摄

通常前往阿里都是走大北线的。所谓大北线一般从拉萨出发，经日喀则、拉孜、萨嘎、玛旁雍措、札达、改则、尼玛、班戈、最后经纳木措到拉萨。2005 年夏秋那一次，王秋杨和于露应该是反方向行驶，也就是北线进南线出。

王秋杨出门有个习惯，会带一个很大的医药箱。而且这个医药箱还越带越大，品种越带越全，“占领”的车内空间也是越来越大。因为她的医药箱里的内容未免也太全面了：从治疗拉肚子的氟哌酸到治疗便秘的开塞露，从眼药水、创口贴到感冒药乃至安眠药……简直应有尽有。王秋杨进藏，一路西进，其中这个医药箱绝对“功不可没”。

穿越藏北尼玛县时，都是自然路，有段很难走。然后经过一个大湖，从高处俯看，后面是雪山，美则美矣，但路也非常凶险。王秋杨因为之前已经连续开了十几个小时的车，这会儿决定停下休整。

路边忽然有个男人上前来问她：“有没有富余的止痛药可以给他？”

“有！有！有！”王秋杨赶忙又跑去车边开了药箱，给了他治头痛的。

结果，不一会儿，就围过来了很多人，他们急切地述说着自己各种各样的病痛，

“我的心脏不好，应该吃什么药？”或者“藏医说我咳嗽治不好了。是不是真的？”

王秋杨也愣了，不过倒是没慌乱，于是索性拎过大药箱，挤在人堆里，按照她的知识和理解，开始尽可能有序地给他们发药。反正她药箱里都是OTC的非处方家庭常备药，也不怕发错。一面发，一面还得详细地跟村民讲解用法。因为这里的村民大多不识字，王秋杨真的很怕他们吃错了药。于是同行的次仁和其加两位向导充当起了翻译，一起讲话讲到口干舌燥。村民们自发地排起长队领药，没有人组织，也没有人插队。

最后的几板牛黄解毒片，其实都是当做安慰剂，一小板一小板送人的。起初王秋杨有点犹豫，因为她知道单纯那么吃是没什么用的，可是又不知道该怎么跟村民解释。可是次仁坚持说：他们从不吃药，吃一点儿心里就会觉得是有用的。于是，王秋杨就本着“也许真的有用呢”的想法，全发出去了。

最后，所有的药都发完了，人却越来越多。一双双手伸到王秋杨的面前，却没有一个人抢药箱里的药，他们只是一口一声的叫着：“阿佳，阿佳！”眼巴巴地瞧着那个救命的大药箱。“阿佳”是藏语里“姐姐”的意思，有点类似于汉语里叫“大姐”的感觉。是对跟自己年龄相仿的藏族女性很亲切又很尊敬的称谓。他们是真的把王秋杨当成自己人了。

同行的藏族小伙子次仁不停地一面组织着村民的秩序，一面回头问王秋杨："你没有头痛药了吗？""你怎么没药了？""为什么不多带点？"急切间，这个总是很注意"客气"的小伙子，自己都没有发现，自己说话已经很不"客气"了。

王秋杨看到他焦急的样子，自己也好想哭，也好自责：是啊，为什么不多点？！

整整一箱的药品几乎全发完了。连清凉油、创可贴、体温计、半瓶眼药水都发完了。

一个老大爷举着一只铜牌子凑上来，王秋杨告诉他：药都发完了。大爷却举着胳膊让她把脉。还把铜牌子举过来给她看，上面写着"L154"，告诉她：这是前年政府曾经有过一次送医下乡的活动时发的，说这个牌子看病优先。问王秋杨，在她这还有用吗？能给他看病吗？

王秋杨着急地告诉对方："我不是医生啊！我真的不懂看病。"但是对方就是不肯相信，他只认王秋杨医药箱上那个醒目的红十字，认为那就是医生的同义词。同行的另一个藏族小伙子其加，努力地跟大爷解释，王秋杨真的只是过路的普通人，医药箱真的只是自己备用的药品。但大爷不信，怎么都不信：那么大一箱，那么好心发药，怎么能不是医生呢？他坚持让王秋杨诊脉，诚心诚意的。

还有个老妇人，是人扶出来的，肚子肿得好大。这个毛病王秋杨连病源都搞不明白了，只能给她 100 元的路费，让她去医院做专业的诊疗。虽然，她心里清楚，这个老人很有可能根本就不会去。

还有个妈妈，怀里的小婴儿背后长了一个巨大的包。什么毛病？不知道。王秋杨真的不是大夫啊。很年轻的母亲，可怜巴巴地抱着孩子问王秋杨。王秋杨却无言以对。

还有个长得好像50多岁的女人，其实和王秋杨同龄。可是，看着她满面风霜的样子，你真是很难相信这是个只有30出头的女人。作为一个喜欢探险、每天“在路上”的女人，王秋杨并不像大城市里的大部分女人那样重视保养，可她和眼前这个同龄人比起来，依然显得年轻朝气有活力得太多太多了。

还有……

王秋杨被村民包围着，都快哭了。她气自己，怎么不是学医的。她看到村民们的淳朴和天真，却无法回应他们。她发现，村里很多人都是因为小病，比如感冒之类，当时没有及时治疗而发展成了大病。还有很多其他的病，比如肝病、心血管病、头痛、关节痛、眼疾、咽喉痛等等，这些都是和他们的生活习惯密切相关的。

村民常年累月睡在帐篷里的地上，帐内烧的是羊粪炉子，总是烟熏火燎的，得这些病几乎是必然的。另外就是饮食习惯问题。平时总是肉食为主，再有就是饮酒过多，维生素总体缺乏。还有些人是由于有外伤没有及时治疗，造成了后遗症。

离开这个村子很久，王秋杨还没有从那种激荡的心情中恢复过来。以前她有时也想：要不减轻一点负重，少带一点药？现在却一个劲儿地自责：为什么不多带点，再多带点？不够啊，连一个村子都不够。整个阿里。怎么可能会够？只凭她一个人，一辆车，一个药箱，怎么可能会够？

王秋杨在西藏跑的时候，也看到了这里的卫生习惯确实一直没有建立起来，所以才会导致很多小病最终酿成大毛病的问题。可是这里的基础医疗环境又的确是太恶劣了。

像王秋杨就曾经遇到过，明明 2003 年见过的一个人，欢蹦乱跳的，很好。2004 年再见到时，就在咳嗽。到了 2005 年，王秋杨特意绕道，想去再看看那个人的咳嗽好了没有，到了地方一问，旁边的人很简单的说了一句："死了。"就算完了。

还有的人，骑马出行，不慎摔断了腿。在一般情况下不算严重的骨折，最后，也夺去了他的生命。

死亡率太高了。在西藏这块遥远的高原上，生命变得脆弱。艰苦的整体环境，加上缺医少药的现状，西藏，阿里，太需要有人来提供支持了。

这些事对王秋杨的触动太大了。她开始意识到，单纯的基础教育并不能完全扭转这里的人们千百年来的思维惯性，一定得有更直接的方式帮到他们才行。

这里迫切需要的，不仅仅是通公路、通铁路、通飞机，还需要一整套的医疗体系。可是，现代化的医疗体系过于庞大系统，对于阿里来说，实在是等不及了。

太远了。阿里确实太远了。

这里许多人家里储存的药品都是过期的，但自己竟然不知道药品也有过期一说；

这里地方诊疗所的设备老化严重，全县甚至做不了一台阑尾炎手术；

这里没有基本的卫生常识，恨不能连饭前洗手这种小事都要从头教起；

这里在非典期间全力抗非典，然而全县只找到了两根温度计……

所以这里需要的，不是世界名校毕业的一流主刀大夫，十年不遇的专家大夫。这里迫切需要的，是大量的基础医疗的传播者，甚至是短期培训后的非专业人才。

就在王秋杨为她的医疗项目忙碌时，“给项目起个名字”又提上了她的桌面。

回到家，她随口念叨了一句。正在练字的张宝全听了，忽然想起来：“我们当年有种赤脚医生，跟你这个挺像的。不如就叫赤脚医生工程吧！”

赤脚医生，是20世纪六七十年代“文化大革命”中期开始出现的名词，指一般未经正式医疗训练、仍持农业户口、一些情况下“半农半医”的农村医疗人员。当时来源主要有三部分：一是医学世家；二是高中毕业且略懂医术病理；三是一些是上山下乡的知识青年。赤脚医生为解救中国一些农村地区缺医少药的燃眉之急做出了积极的贡献。

根据当时的报道，中国有102万乡村医生，其中近70%的人员为初、高中毕业，近10%的人员为小学毕业。赤脚医生是中国卫生史上的一个特殊产物，即乡村中没有纳入国家编制的非正式医生。

（十一郎　摄）

（十一郎　摄）

他们掌握有一些卫生知识，可以治疗常见病，能为产妇接生，主要任务是降低婴儿死亡率和根除传染疾病。有基础的青年通常被挑选出来后，到县一级的卫生学校接受短期培训，结业后即成为赤脚医生，但没固定薪金，许多人要赤着脚，荷锄扶犁耕地种田，赤脚医生名称由此而来。

到 1977 年底，全国有 85% 的生产大队实行了合作医疗，赤脚医生数量一度达到 150 多万名。

一听到“赤脚医生”这个词，王秋杨立刻决定，把这个项目命名为“赤脚医生工程”。

有了教育体系的基础，在做医疗体系的时候，苹果基金会当然不能再过分感性地走一步看一步，而是要进行充分的前期调研。

苹果赤脚医生工程在西藏阿里地区捐建了七所村级医务室

曾经有工作人员亲眼目睹过一个口吐白沫的40多岁的藏民被拉走。事故起因却有些荒唐。这个人本来得了并不严重的病，在县里开了药回来，当时医生反复叮嘱了处方用法。但这个人却认为如果他多吃一点就会好得快些，吃的越多好得越快。于是服药过量中了毒。

但2005年的时候，在地方上根本就不具备条件急救，能打点滴已经很不错了，最多发个药。这个人后来怎样了，工作人员也无从得知。

那时候，地方上的条件真的只能是全力抢救，但能救到什么程度也就只能算什么程度了。

就这样，苹果基金会上上下下的工作人员在藏区遇到的实际情况，他们的一线经验，加上长期所见所闻和一直以来的认真思索和

苹果赤脚医生在西藏阿里改则县玛米乡给藏族老阿妈看病 （十一郎 摄）

群策群力，怎样去适应阿里的独特环境，设计只属于这里的“赤脚医生工程”，慢慢地成型了。

首先，当然是培训。赤脚医生培训工作，既是苹果赤脚医生工程的优先工作，也是一项长期、持续的工作。首先要先从基层挑选、吸收有一定医药常识和文化水平、并有能力担任基层医疗工作的人员，然后分批、分阶段，以基层医疗需求为目标，进行有针对性的医疗培训，包括基本的诊断能力、药物的使用知识、不同程度疾病的处理流程等。

从 2006 年 6 月开始，第一期培训正式开始。经过一个月的理论学习，一个月的临床实践，到 2006 年 8 月 5 日，历时 2 个月的第一期苹果赤脚医生培训正式圆满结束。本次培训，由苹果基金会出资，由阿里地区卫生局负责具体培训。培训的过程其实颇为“出人意料”，因为负责培训的医生根本没想到，不但是要教给受训医生各种基础的医学知识，甚至连“如何正确的洗手”这种事，都要从头教起。好在，受训村医各个吃苦耐劳，也都有些基础，教起来并不十分费劲。很快就入门了。

他们的学习内容以西藏自治区卫生厅编写的《乡村医生手册》为主要内容，以内、外、妇、儿科四大科临床基础知识及流行病学、计划免疫、疫情直报、藏医基本理论及临床实践技能培训为重点。阿里地区村组医务人员从专业技术结构上讲，60% 以上以藏西医结合为主。

为了使培训能达到满意的效果，提高村组医务人员技术水平，地区卫生局特意抽调了地区人民医院、藏医院、妇保院、疾控中心的中、高级医技人员为授课老师。为了方便授课，教学是藏、汉双语的。授课的内容也主要选择以适宜农牧区基本医疗服务内容为重点。授课方式要求灵活、易懂、简单、便捷。

授课老师会根据授课内容适时安排学员实习，使学员理论知识与临床实践相结合，边学边用，巩固基础理论知识，熟练操作技能。他们所用的教材，编写工作是由地区人民医院负责的，主要编写内、外、儿科教学大纲。

通过 2 个月系统、有效的培训，很快就让他们顺利通过各级考试，成绩合格，并获得了由苹果基金会和阿里地区卫生局联合颁发的毕业证书，可以走向基层工作岗位。

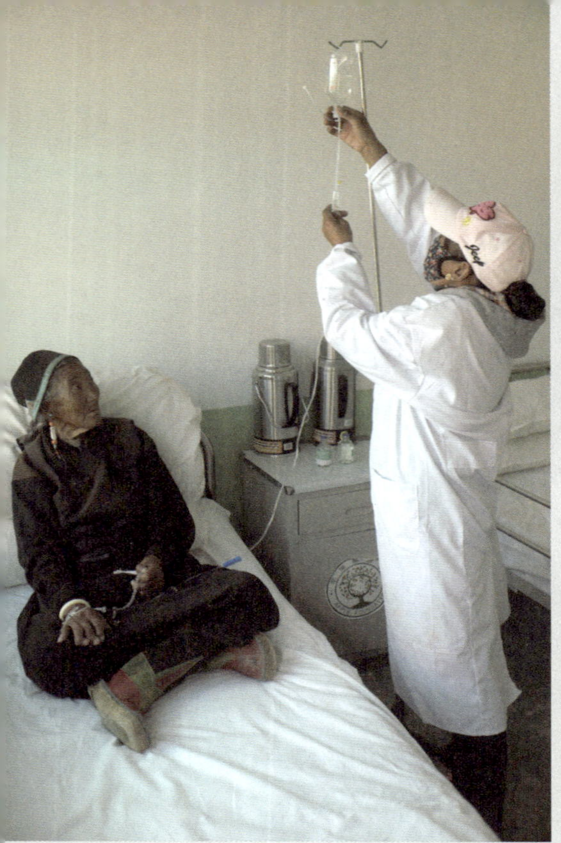

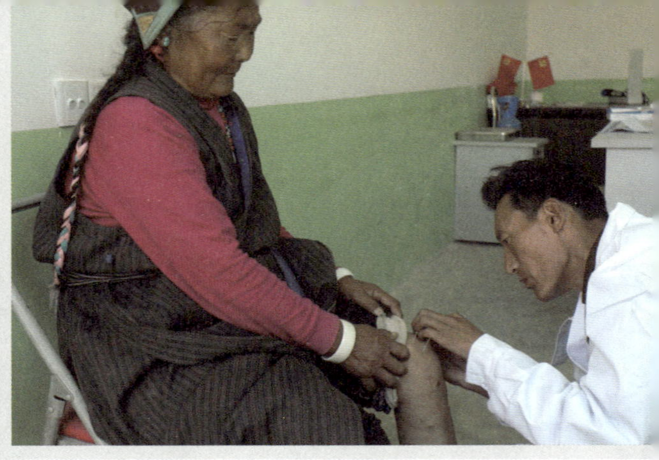

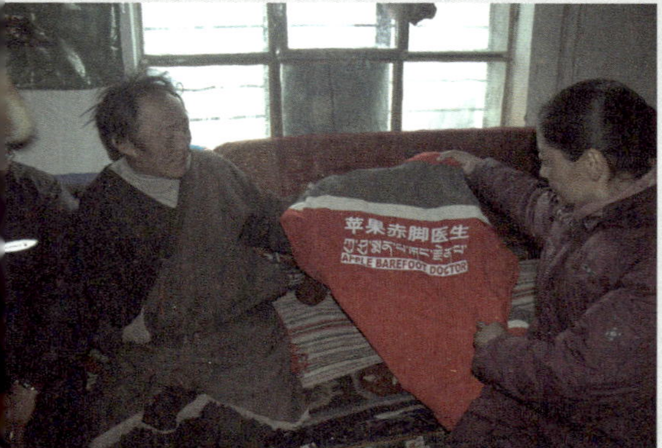

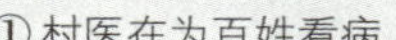

⑤ ① ② ⑥ ⑦ ③ ④

①村医在为百姓看病

②村医接受基金会免费药品 （迟雪松 摄）

③村医在查阅资料 （十一郎 摄）

④工作人员在搬运免费药品 （十一郎 摄）

⑤老阿妈在输液

⑥基金会发放的赤脚医生装备 （十一郎 摄）

⑦基金会捐赠的医药和医疗器材 （十一郎 摄）

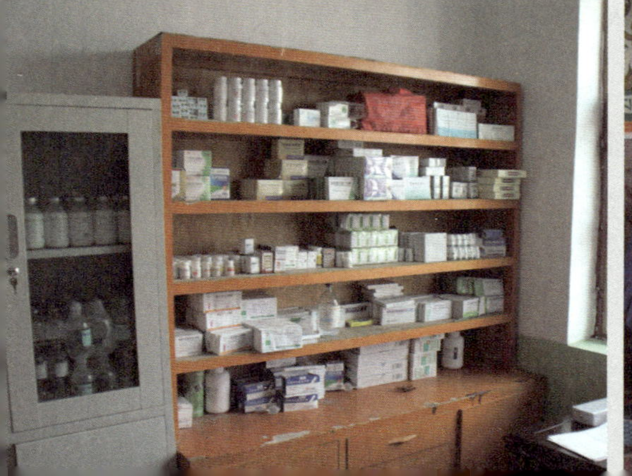

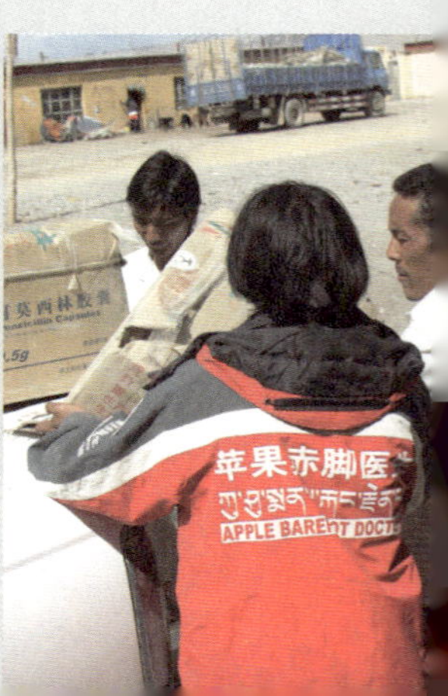

受训村组医生分别为：噶尔县18名、革吉县14名，共32名。在这里，我们有必要将这创造历史的32人名单记录如下，他们是：

索南次仁，男，34，小学，噶尔县扎西岗乡典角二村

昂　　卓，女，46，中专，噶尔县扎西岗乡鲁玛村

洛桑班久，男，19，小学，噶尔县扎西岗乡加木村

扎西尼夏，男，30，小学，噶尔县左左乡郎久村

桑嘎顿珠，男，19，小学，噶尔县左左乡上左左村

次仁拉珍，女，45，中专，噶尔县左左乡下左左村

桑阿丹增，男，45，小学，噶尔县昆沙乡噶尔新村

洛　　桑，男，23，高中，噶尔县昆沙乡索麦村

才　　旺，男，48，小学，噶尔县门士乡门士村

多 布 琼，男，34，小学，噶尔县门士乡索多村

次仁顿珠，男，23，小学，噶尔县昆沙乡索麦二组

索南次仁，男，19，小学，噶尔县昆沙乡索麦四组

贡觉次仁，男，25，小学，噶尔县左左乡郎久一组

贡觉达杰，男，22，小学，噶尔县门士乡索多三组

阿旺多吉，男，18，初中，噶尔县门士乡索多二组

尼玛扎西，男，34，小学，噶尔县门士乡门士一组

格桑旺姆，女，20，初中，噶尔县门士乡

伦　　珠，男，20，初中，噶尔县门士乡

次仁顿珠，男，64，小学，革吉县亚热乡强玛村

现在村医务室既是百姓看病的地方，又是村民休闲小憩的场所（十一郎　摄）

扎西巴旦，男，18，小学，革吉县亚热乡曲仓村

加　　措，男，18，小学，革吉县亚热乡罗玛村

石　　加，男，25，小学，革吉县亚热乡塞利普村

布　　布，男，18，小学，革吉县盐湖乡羌麦村

布 达 瓦，男，37，小学，革吉县文布当桑乡罗玛村

曲　　珠，男，37，小学，革吉县文布当桑乡夏玛村

维　　色，男，55，小学，革吉县革吉镇桑多村

伦　　珠，男，53，小学，革吉县革吉镇贡庆村

布 顿 珠，男，54，小学，革吉县雄巴乡吉嘎村

曲　　尼，男，17，小学，革吉县雄巴乡巴尔措村

央　　珠，男，49，小学，革吉县雄巴乡朵仁村

布　　琼，男，22，小学，革吉县雄巴乡雄巴村

次　　成，男，25，小学，革吉县

2008 年，苹果赤脚医生工程荣获民政部“中华慈善奖”

他们就是苹果基金会历史上第一批“赤脚医生”。在他们之后，一批又一批赤脚医生，走进了阿里的每一个角落。

2006 年 10 月开始，第二期培训就开展起来了。此次培训覆盖了札达县各个行政村和自然村，以及改则县一半以上的行政村和自然村。两年的时间里，为阿里七个县所有的行政村和大部分自然村都培养出了至少一名合格的赤脚医生。完成了普兰、措勤、日土、改则（另一半）这三个半县的人员选拔、培训工作；对于个别特别偏远的地区，则做好专项攻关工作。

到了第二年，也就是 2007 年的 5 月，苹果基金会就已完成近 200 名村组赤脚医生（基本为男性）、31 名村组接生员（30 名女性、1 名男性）的培训。每一期培训包括人员选拔、培训准备、培训实习、实地工作评估、再培训等过程。培训合格后，苹果基金会将专为每一位苹果赤脚医生配备御寒服装、专用背包、听诊器、血压计等器材，并给予一定的生活补贴。

同时，邀请由内地和西藏共同组成的相关专家团前往阿里，进行专项评估。相关专家对实际情况进行考察，并提出改进意见。只有这样才能达到“苹果阿里赤脚医生工程”改善基层农牧民的医疗卫生条件的最初目的。

也许这些赤脚医生不能主持一场先进的开颅手术，但他们为千千万万藏区的牧民带来了最基本的生存希望，提高了阿里的生活质量，乃至，维护了很多人的生命尊严。

16

做体检的白姆

2009年11月

王博 摄

2009年11月4日，噶尔县加木村中年妇女白姆激动万分。

由中国工商银行与苹果基金会共同向阿里地区卫生局捐赠的工行基智定投号雪域体检车，要来村里为村民体检。对于从来没有体检过的农牧民来说，是件新鲜事儿。村广播已经通知过，村民们既好奇又兴奋，对新鲜事物充满了期待。白姆一大早就忙碌起来，清扫院子，给铁皮炉子添加牦牛粪，准备好奶渣糌粑，还特地多煮了两壶酥油茶，准备招待体检车上的工作人员，听说车子会停在她家

雪域体检快车在路上 （王博 摄）

捐赠仪式在阿里行署广场举行

左起：阿里卫生局玛多朵局长、阿里军分区冬木旦副政委、阿里行署达瓦专员、阿里地委董明俊书记、阿里组织部李文革部长、阿里行署高巴松副专员　（王博　摄）

院子外边。

流动体检车开进阿里，是苹果基金会为了阿里的医疗事业所做出的一项重大的决定。这是苹果基金会和工商银行的一次非常成功的合作。

实际上，不要说阿里，就是很多大城市的人们，也不能完全从观念上保证每年都去做一次体检。至于阿里，大部分人连体检是什么都不知道。当他们看见体检车的时候，更多的是兴奋和好奇。

2009 年 11 月 4 日，刚遭受强降雪袭击的西藏阿里地区迎来了由中国工商银行与苹果基金会合作并命名的“工行基智定投号”雪

来吉乌寺转经的老人

域体检快车，经过5600公里长途跋涉，体验快车顺利捐赠给阿里地区卫生局。阿里地委、阿里行署、阿里军分区、阿里地区卫生局、苹果基金会的有关负责人都来了。大家一起驱车前往噶尔县加木村，为老百姓开展实地体检。

这辆先进的体检车，是中国工商银行、苹果基金会根据西藏阿里农牧区交通偏远、医疗条件薄弱的状况，专门定制、捐赠的。体检快车将由阿里卫生局运作，对整个阿里地区的近8万农牧民进行免费体检。作为后续持续保障的一部分，苹果基金会方面还将每三个月对其进行一次情况汇总和跟踪。从此，8万高原牧民不用千里迢迢跋涉去医院，也能完成基本的身体检查。

“工行基智定投号”是第一部在雪域高原实际运作的流动体检车，它采用了中科院“深圳先进技术研究院”的高科技——“MH-100体检床”技术，并安装于江铃全顺车上，经调试、加固、成型，实现床车一体。为使其更适应高海拔地区的恶劣自然条件，苹果基金会对体检车的再设计和改装花费了大量心血。可以说“工行基智定投号”是具有革命性、创新性和领先性的科技结晶。

作为“苹果赤脚医生工程”的一部分，流动体检车的诞生，经历了长达一年多的调研期与准备期。早在2008年，在实施赤脚医生培训、接生员培训、免费药品发放等基础医疗项目的过程中，苹果基金会就发现阿里缺少基本人口健康数据的问题，这对于当地药品需求、医疗人员需求等状况分析造成阻碍。经过一年的深入调研，苹果基金会联合工商银行、阿里地区卫生局、深圳先进技术研究院，用了3个

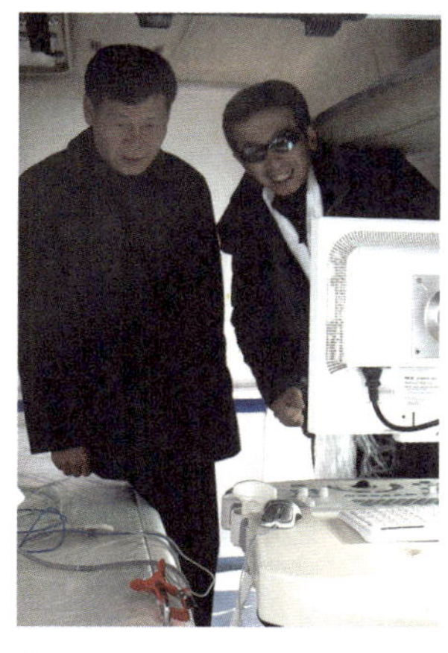

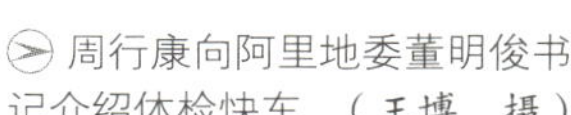

周行康向阿里地委董明俊书记介绍体检快车　（王博　摄）

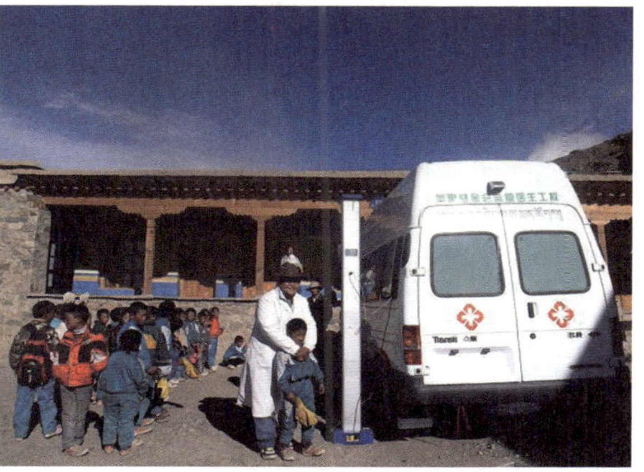

一年级的学生在等待体检

月时间将流动体检车改造安装完毕，并于10月28日由基金会工作人员马小亮护送，从北京开到拉萨，阿里地区卫生局派专人在拉萨接受了体检技术培训。

临近中午，体检车身披哈达，白云一般飘进村庄。大家蜂拥而至，聚集围观。比一般越野车宽大，比货车体积小，里面配有不少精密仪器。体检车沿着村寨一路开过去。工作人员只能夜里在车上合一会儿眼，下一站一到了地方，马上又要跳下车，组织这个村子的人出来体检。

村里的人好奇，问："体检干什么用？"工作人员手上不停，一边搭台子，搬工具，一边解释说："体检就是看看你身体里有没有毛病。帮你查一查。"

村人赶紧问："那，什么毛病都管治吗？"

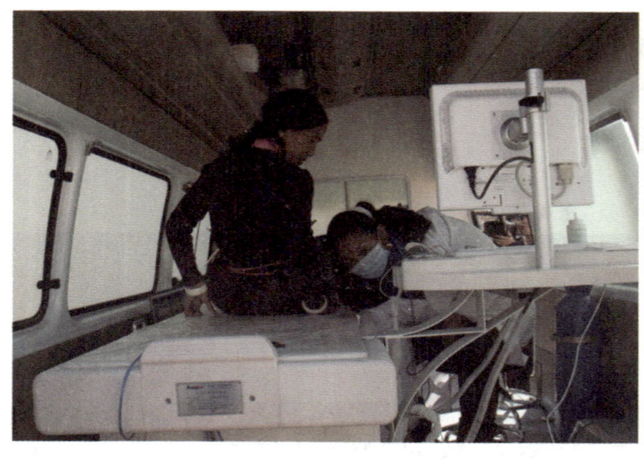

噶尔县加木村48岁的白姆准备做心电图和B超检查（十一郎 摄）

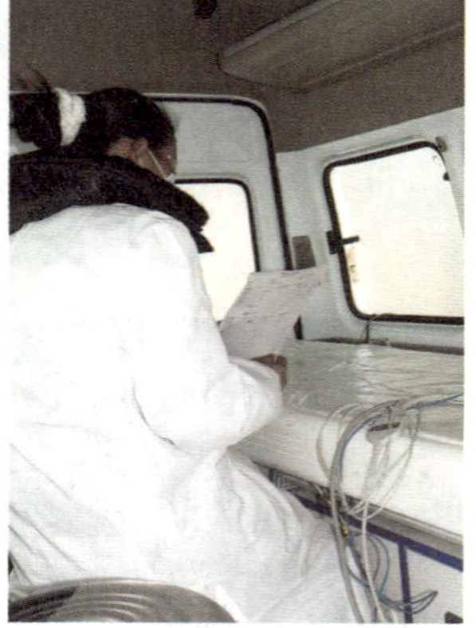

雪域高原第一份就地获得的体检报告（十一郎 摄）

工作人员赶紧摇手："不治病不治病。体检是管查出问题的。要是发现有问题，你就可以去医院里找大夫去进一步诊断治疗了。"

村人很不屑一顾："自己有毛病自己能不知道？有毛病就去瞧大夫了。体检干什么？"

工作人员只能耐心地解释，体检是一种基础手段，很多病在初期是没有症状的，但是通过体检是可以发现的。村人半懂不懂，但至少了解到体检是没有坏处的。能讲到这个程度，工作人员已经觉得成果相当显著了。

整个村子都被召集起来，安静地排着队体检。对他们来说，体检是个新鲜事，绝大部分人，都是平生第一次。从第一位就地接受体检的藏族老阿妈，噶尔县加木村70岁的顿珠卓玛进体检车去做全身体检后，队伍里就都是探头探脑的等不及的人们。但是没有人插队，大家都只是好奇。

噶尔县加木村48岁的白姆在体检车外测量身高体重，这给了大家一个"偷窥"的机会。哦，原来这也是体检的一部分啊。

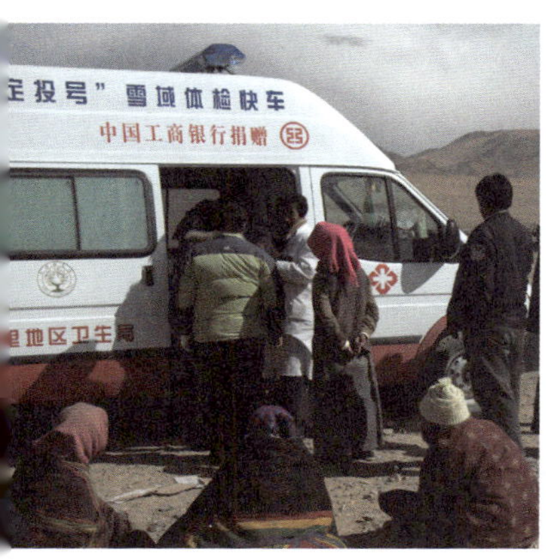

村民们在等待体检 （十一郎　摄）

白姆站在身高体重检测器前琢磨了半天不知道是什么东西，随车大夫让她站上去，就能知道体重身高。

在村民的鼓励与笑声中，白姆小心翼翼站上去。机器自动播报女声把白姆吓得跳了下来，引起阵阵哄笑。

白姆在大夫的指导下测了血压心率等指标，体检结果总体良好，心率偏低。这是高原妇女常见的现象。医生说问题不大，白姆听了很高兴。她用藏语反复说着感谢话，突几奇，突几奇。

从车里出来的人，被外面等待的人围住，打听在里面都干了啥。得知要做心电图和B超什么的，立刻有点不相信起来：这么复杂的检查居然都是免费的吗？

当然是免费的！

自2005年至今，苹果医疗工程的“赤脚医生项目”共投入资金4000余万元，为阿里地区七个县的134个行政村共培训了261名赤脚医生和141名接生员；兴建了多个村级医务室、捐助了10所卫生院；累计送出价值778万元的免费药品和医疗器械；捐赠价值100

万元的高科技流动体检车 1 部。“赤脚医生项目”缓解了阿里地区基层缺医少药、农牧民看病难的困难。2008 年，在国家民政部评选出的年度中华慈善大奖中，该工程被评为“最具影响力慈善项目”。

根据地方政府的宏观指导，苹果基金会开始了正规的培训和药品发放。历经千辛万苦，一批药品才能从北京来到阿里。考虑到村医的实际要求，2009 年 11 月 5 日，由苹果基金会出资援助的科迦村苹果医务室正式揭牌成立。这是苹果基金会在阿里援助兴建的第一家医务室，也是苹果基金会医疗工程的新探索。医务室的成立将更深入地解决当地看病难的问题，也能使基金会捐赠的免费药品得到更充分有效的使用。从此以后，基层医疗条件开始大幅改善。

正是因为这些年，苹果基金会越做越大，感染的人群也越来越多。不止是工作人员，很多来阿里转山的人看到苹果基金会所做的事情后也会被他们感动，而加入进来。包括体检车在内，有很多个人和公司都加入进来。比如姜文，比如张朝阳和搜狐，比如当当网，比如成龙慈善基金会。正所谓“众人拾柴火焰高”，今天这场免费体检正是在大家的共同努力下实现的。

也不单是今天，今后苹果基金会还会继续将这一体检项目持续下去，真正把医疗工程扎扎实实地做进基层，甚至成为辅助政府基本医疗保障体系的坚强后盾。

白姆有幸成为了最早一批体检车下乡体检的受益者。王秋杨看见排队的人群，想起了 2005 年她进藏时的经历。

想一想，只是几年前，也是一列这样的队伍，等着一个路过的

等待体检的藏族阿妈（王博　摄）

善心人发药。那时她总会带一个大药箱。但药箱再大也不能救济全村的百姓。那时排队的人群和现在排队的人群同样有序，但人们的眼神却发生了巨大的变化。当时的人们惶恐、茫然，急切地寻找着一切摆脱疾病的可能性，从他们的眼神里，王秋杨看到的是对未知事物的恐惧，和对她突然降临后，那种“急病乱投医”的无措。可是今天，她看到是村民们踏实的眼神，谈谈笑笑的神情——他们心里有底了，他们信任苹果基金会，他们对自己的未来有信心。这就是苹果基金会医疗工程进入阿里后的变化。

经过这几年的努力，苹果基金会已经能让阿里的村民们做上免费的体检了。未来，也许还能走得更远，这正是苹果基金会所期待和必须为之努力的。

从有了流动体检车，七县一镇的八万多基层民众第一次有了健康体检资料。“流动体检车”的到来，将革命性地首次展开八万多流动牧民的健康普查并建立相关档案，为改善基层农牧民的卫生状况迈出了崭新而踏实的一步。

白姆按部就班做完体检。苹果基金会希望，以后整个阿里都可以像大城市里一样，每个人每年都能接受体检了。

17 珍贵的女孩和幸福的女孩

2012年5月

十一郎 摄

2012年5月15日，北京苹果慈善基金会、成龙慈善基金会、西藏民族团结发展促进协会三方，在拉萨共同签约，首批资金200万元，正式开展贫困家庭儿童包虫病救治慈善项目。这是苹果基金会第一次与成龙基金会合作，第一次将儿童大病救助项目带进雪域高原。

同样在2012年5月，德央在网上看到了苹果基金会的招聘通知，并经过考核顺利过关，任职于北京苹果基金会拉萨办事处，主要负责这项新开展起来的贫困家庭儿童包虫病救治工作。

德央，在藏语里的意思是“幸福的女孩”。她是土生土长的拉萨人，初中在上海内地西藏班就读，随后考上陕西乾县师范学校，毕业后分配到达孜县完全小学任教，半年后辞职到深圳发展，先后做过网站管理、服装品牌等，十年后回到西藏，在林芝旅游公司鲁朗景区担任过主管，后来在拉萨市境外基金会供过职。

她坦言，“3.14”以后政府对境外基金会监管力度加强，有时候活动还没有开展，检查人员已经先期到达。她以前的同事还在境外基金会工作，面临的困难很多。相比之下，援助西藏发展基金会、王菲和李亚鹏的嫣然基金会、范冰冰爱心基金会、韩红爱心慈善基

成龙基金会与苹果慈善基金会西藏“贫困家庭儿童包虫病救治”慈善项目签约启动仪式

金会、北京苹果基金会等境内公益组织，无论公募基金会还是非公募基金会，在藏区都非常受欢迎。德央说，能来苹果基金会工作，她确实感受到了幸福，当然，同时也很辛苦。

打起“贫困家庭儿童包虫病救治工作”这个项目的大旗之后，她和成龙基金会的往来也就变得频繁了起来。她说，成龙基金会成熟的运作手法，和他们对高原地区的大力协助，成为了苹果基金会为高原儿童点燃的又一盏明灯。

德央曾经救助过一个叫作仁青卓玛的女孩。仁青在藏语中是珍贵的意思，仁青卓玛就是珍贵的女孩。所以，这其实是一个关于幸福与珍贵的故事。

仁青卓玛看起来精干又漂亮，目前在札达县国土资源局工作。追溯她的读书史会发现，她的成绩在当地绝对是最顶尖的：她是在山西大学附属中学内地西藏班读完了初中和高中的，大学又考上了吉林大学土地资源管理专业。

她解释说：他们那里初中一般上四年，一年预科，三年正式初中，全班同学都是阿里地区的学生，藏文是主课之一，高中同学来自西藏七个地市，藏文不是主课。

这个珍贵的女孩生于1987年，兄妹八个，三男五女，她是家里老大。八个孩子基本上相差一岁多一点。一个弟弟小学毕业以后在家干活，一个弟弟大学毕业以后在日土县当村官，她和这个弟弟同年上学，同年参加工作。最小的弟弟很小的时候得病，说是结核，村里没有条件医治，大雪封山又无法送到医院治疗，后来就站不起来了。2005年，苹果基金会验收楚鲁松杰苹果小学的时候，见过母亲和最小的弟弟，还拍过照片，弟弟现在已经十多岁了，天天坐在轮椅上。

其他几个妹妹，一个在日喀则上高三，一个在天津内地西藏班读高二，另外两个妹妹在东北辽阳内地西藏班上初一。

仁青卓玛说，楚鲁松杰小学原来有一、二、三年级，后来只设一、二年级，她的一个叔叔是学校老师，后来调到日土县当小学老师，叔叔算是中专学历。

今天听说苹果基金会的人要来，专门给父亲打了电话，父亲说好长时间没有见到你们了，还特意交代，一定要感谢你们。

与仁青卓玛见面以后，留下她家人的联系方式，几天以后到狮泉河，专程去了她家，她的父亲不在家。最小的弟弟眼睛大大的，非常聪明，坐在轮椅上一眼一眼看客人们。

尚方掀开盖在孩子腿上的毯子，捏了捏孩子的腿，双腿没有知觉。她向仁青卓玛的母亲介绍，苹果基金会与成龙基金会合作，正在进行西藏贫困儿童大病救治工作，得要一份患者的诊断证明。母亲打了一个电话，一会儿功夫，仁青卓玛的叔叔领着地区医院的一位医生来到家里，商量好立即带孩子到地区医院拍片子，次日他们来取。

第二天，也就是 2013 年 4 月 26 日，尚方和德央再次到她家，取走孩子的诊断证明和 X 光片。尚方把片子和诊断证明带回北京，交给与苹果基金会有合作关系的李哲。李哲是中华少年儿童慈善救助基金会西部儿童专项基金执行主任，对儿童大病救治有丰富的经验和社会影响，期待有一个好的结果。

贫困家庭儿童包虫病救治，需要村、乡、县三级政府出具贫困证明，患儿父母身份证、户口本复印件，患儿户口本复印件。治疗出院以后，连同病例档案、治疗票据等，汇总报送给成龙基金会。这一切，均由苹果基金会具体办理。

三方签约仪式后，由西藏自治区卫生厅发文，要求各地市卫生局做好儿童包虫病筛查工作，将患儿信息及时上报并免费治疗，西藏自治区第二人民医院为指定治疗医院。文件还规定县卫生局负责本辖区内符合条件的患儿前往指定医院救治。奇怪的是，这份红头文件标注共印 10 份。

而苹果基金会具体负责此项工作的人正是拉萨姑娘，幸福的女孩——德央。德央刚开始似乎并没有意识到问题出在哪里。

在随后的实际工作中，才发现连拉萨的几家医院和地县都没有看到这份文件，更不知道怎样执行。所以 2012 年全年，经过多方努力，只有八名包虫病患儿得到救治，总费用不到十万元。

忙忙碌碌数月，众多患儿依然得不到及时救治，问题出在哪里？德央焦躁起来。作为藏族本地人，她对这方土地的热爱更是毋庸置疑的，对同乡孩子受的苦更看不下去。这个时候，就轮到前辈们来安抚她的情绪了：

苹果基金会一直以来都不惧怕在工作的过程中出现问题，因为事情总是一步步做出来的——口号喊得震天响而不去动手做的，自然不会出任何问题对不对？在苹果基金会十余年的发展历程中，琐琐碎碎大大小小的问题永远都在涌现。学校的建设、医疗工程的初创……甚至基金会本身的建立，哪一步走得都无比艰辛却扎实。比天大的事情都不怕，这算什么？德央，不烦不躁，大家坐下来，想办法，解决它！

德央的心，稳下来了。

慢慢地，大家也开始找到了方向。

首先，像苹果基金会这样，常年扎根藏区的“外来”基金会其实并不多见。一般的公益组织首先来到一个陌生的地方，首先先去了解当地地理环境，风土民情，尊重民族习惯，懂得宗教信仰。及时、准确、积极地与当地政府沟通协调，取得地方政府支持，工作才有可持续性、严肃性和公信性。而这一点，恰恰苹果基金会是有优势的。

且不说苹果基金会在阿里地区的知名度，甚至苹果基金会在拉萨也专门设立了办事处。拉萨办事处也叫冈措别苑，办公、茶艺、住宿、餐厅一应俱全。冈措别苑位于拉萨河畔，两层藏式小楼，楼上有两个藏式亭子，与北京苹果基金会办公楼上的亭子如出一辙，气脉相通。

在拉办协调工作的工作人员叫丹增晋美，通晓藏语、汉语、英语，是一位持有英语导游证的优秀导游，对西藏民间手工艺制作颇有研究，正在筹备手工艺制作培训事宜。

另外，汪扬翼、赵永平、崔杰等都在这里工作过，对冈措别苑情有独钟，念念不忘。其中，赵永平和崔杰主要负责阿里一线工作，也把这里当作温馨的家。拉萨办事处设立之后，便发挥出了作为北京方面与西藏一线工作的桥梁和纽带作用。实际上，德央也在冈措别苑办公。

于是，问题的症结集中在了另一个方面：

是的，李亚鹏和王菲在西藏救助唇腭裂患者，范冰冰做先天性心脏病患儿救治，苹果基金会做包虫病患儿救治，从客观上讲，是能造福患者的。但在广袤无垠、人烟稀少的藏区，将所有孩子集中起来挨个体检筛查，患者往往身患多种疾病，单一治疗某种疾病，而忽视其他疾病，就有挂一漏万之嫌，对患儿来说，也不公平。慈善最高境界是保护受助者的尊严，既然花费大量人力物力财力，轰轰烈烈进学校、到村庄、走牧区进行筛查，对筛查出来的各种大病患儿都应该给予治疗，不应该有丝毫偏颇。

2013 年年初，苹果基金会通过实地调研，吸纳各方意见，对原来的作法进行反思和调整，最后达成共识，扩大救治范围，将所有

16岁以内需要住院治疗的贫困儿童都纳入项目救治范围。

救治范围从单一的包虫病扩大到内脏、脑、骨、烧伤、骨髓移植等各种严重病症。在后来的具体实施过程中，更多的患儿得到了救治。

中华少年儿童慈善救助基金会西部儿童专项基金执行主任李哲，受苹果基金会邀请专程到拉萨，对儿童大病救治工作进行指导。李哲从事儿慈工作多年，经常深入灾区、牧区、农区，帮助和救助需要帮助的儿童。李哲对此项目也有自己的看法，她认为村、乡、县三级贫困证明和户口本身份证复印件过于复杂，在中国大陆进行的慈善活动中，需要三级证明的，大概只有成龙基金会一家，其他基金会做公益，只要一级证明就可以。

对于牧民来说，冬季才有时间安心到医院治病疗伤，平时都在原野放牧，牦牛、羊一般分开放，大牲口与小犊小羔分开放，人手原本就不够，有的牧民连县城都没有去过，忽然要他们出示三级贫困证明，风雪交加，寒风刺骨，骑马一两百公里，好不容易在牧场找到村长，没有公章或公章不知放在哪里，只按手印，没有公章，照样不行。牧区很多夫妻没有结婚证，子女自然没有户口本，单亲家庭或非婚内子女还多一份证明材料，让目不识丁的人同时出示如此多的材料，极其不现实。

与李哲意见相同的还有救治患儿的医院和资金管理方，认为手续繁琐，操作复杂。

德央告诉我说，因为手续不全没有享受到免费治疗的患儿为数很多。有一位患儿到成都治疗，花费十多万元，由于相关手续不全，家长只好贷款治疗，回来参加农村合作医疗报销，报销数额并不大。

在宗教氛围浓郁的地区做大病救治还存在一个问题，经过层层筛查，第二天就要启程到拉萨或内地治疗，家长领孩子到寺庙请喇嘛或活佛算卦，从寺庙回来就不去医院了。有人认为，人的身体不能开刀见血，开刀见血不吉祥。也有人认为，治疗时间与时轮历法不符。

关于这样的问题，苹果基金会也一直有所了解，德央积极与地方政府取得联系，通过媒体宣传，首先是从自身角度出发，尊重患儿家庭的宗教习俗，其次大力呼吁大家尽快将患儿送到医院进行救治，在抢救的道路上所有菩萨都将赐予吉祥如意。

为了让更多人了解贫困儿童大病救治工作，西藏广播电台空中医院每周一、周五、周日以每天 6 次，每周 18 次的频率向广大农牧区用藏语宣传慈善救助项目，鼓励贫困家庭儿童前往医院进行免费治疗，还在其它栏目中穿插播放医生与主持人之间的健康互动节目。此外，西藏电台最受农牧民欢迎的音乐频道与康巴语频率等栏目，也给予了大力宣传。

在由广播电台藏语频道长期宣传的渠道上，与自治区纪检委联系，借助纪检委分管的覆盖全区 5 千多个行政村的强基惠民办，有效利用驻村工作组为民办事的强大动力，开展直接面向农牧区贫困患儿的项目宣传、患者筛查，协助患儿办理成龙基金会所要求的一系列材料，以及提供前往拉萨或内地治疗所需的吃、住、行方面的资金救助。

增设指定医院，解决患者因为单个医院无法进行所有病种治疗的制约。同时，允许患者灵活就医、结算，可以最大范围地使更多患者获得及时、有效的救治。避免因为单个医院的技术制约、床位紧张等原因，导致患儿无法获得及时、有效治疗的弊端。

经过双方友好协商，苹果基金会与那曲地区人民医院就贫困家庭儿童住院大病救治达成协议，指定那曲人民医院为此项目救治医院。西藏多家医院和内地相关医院都成为本次项目救治医院。

最终，仁青卓玛的弟弟得到了有效的救治。在拉萨，珍贵的女孩和幸福的女孩四只手紧紧握在了一起。

无论在医院病房，还是患儿家中，像这样感人的画面实在是太多了。德央和苹果基金会逐渐深入人心，得到太多人的尊重和信赖，越来越多的时候，患者家属对他们的信任终于可以战胜心中“开刀不吉祥”这种根深蒂固的思想，走向战胜死亡的生命彼岸。

18

甜蜜的米饭

2014 年

姜文曾有一位得力干将陈伟，不幸英年早逝，姜文一直希望做点什么藉以纪念他。这时，恰逢周韵在阿里参加苹果基金会的转山环保活动，姜文便委托周韵关注一下，看看能有什么地方是他们夫妇可以帮忙做的。

周韵便留了心。在苹果基金会，她仔细翻阅了基金会的工作照片。工作人员便给她介绍了基金会正在建设中的“赤脚医生工程”。周韵对其中的村医务室建设非常感兴趣。阿里因为地广人稀，所谓村庄并不是内地人心目中那样的密集，一片地区能有一个医务室已经是很了不起的配置了。苹果基金会已经建设的医务室，都是要服务极广大的一片牧区，还有更多的地区尚未纳入到基金会的服务范畴中来。

村医务室是最贴近藏区百姓生活的基层卫生服务机构，他们和藏区人民太贴近了，是实实在在为他们开方治病的地方。周韵更愿意做这样实实在在的事情。“那就去实地考察下吧！”苹果基金会的工作人员热情的邀请她。周韵很高兴的答应下来，跟着工作人员前往了科迦村医务室参观考察。这次参观彻底打动了她。她和姜文商议后，决定立即向苹果基金会捐资100万元人民币用于阿里地区村医务室的建设。100 万，这可不是个小数目。在当时的阿里地区，足以建设 2 个村医务室了！苹果基金会接受了这笔捐赠后，自然不敢怠慢，立刻联系当地卫生局，共同展开了调研工作。

一提到建设“村医务室”，有一个村立刻就跃入了大家的候选方案中。可当大家实地考察后却发现，这个村虽然是人们常常会提及的“热门村”，但其实际地理位置偏高，距离其需要服务的覆盖区域略显偏远。对赤脚医生出诊来说，实在是有些不太方便。

在阿里地区的村医，出诊实在是家常便饭。因为路途遥远、交通不便，苹果基金会为每位村医都配备了出诊专用的“特种装备”：

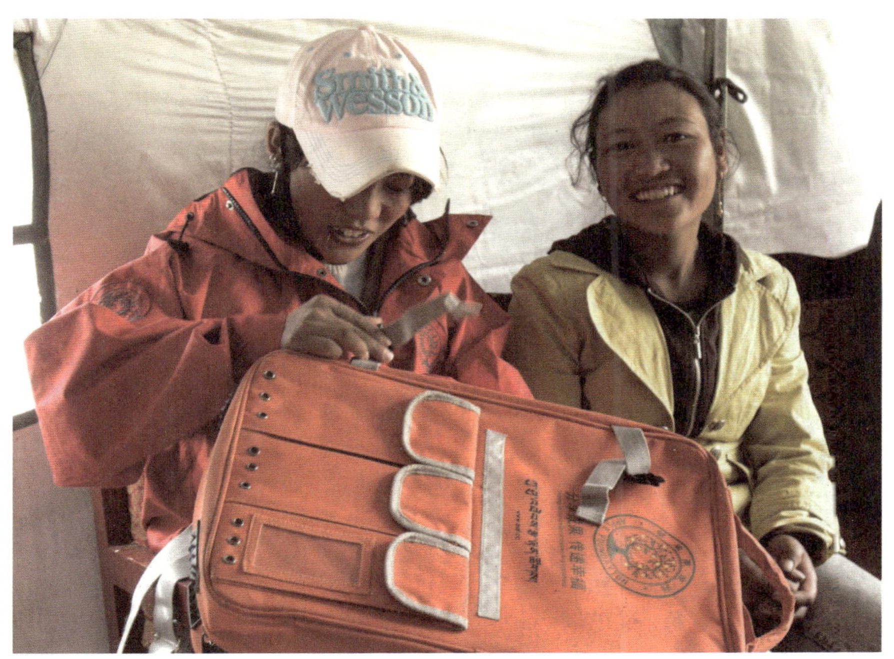

村医们正在研究苹果基金会配备的“特种装备”——双肩医疗背包（十一郎 摄）

高原摩托车和双肩医疗背包。

于是，村医务室的选址就必须要兼顾村医与卫生局的沟通、村医到村民家出诊的便利、村民上门时容易找到等等各方面的条件了。最终，两个医务室都陆续确定了地点：细德村和赤德村。

细德村陈伟苹果医务室和赤德村陈伟苹果医务室正式落成后，苹果基金会时任秘书长尚方第一时间将新医务室的照片寄给了姜文、周韵夫妇。周韵接到照片一看，当时就兴奋的打电话给基金会询问医务室的情况。直到现在，这两个村医务室依然在平稳顺畅的运行着，造福着当地百姓。会有骑马摔断腿的牧民来这里消炎挂水，会有患者在这里做基础诊疗后视情况开药回家或转院，每一天，村医

阿里北部羌塘牧民一家（十一郎　摄）

会出诊，回来，再出诊……藏医学院毕业的学生，首先想到的是“要来当个村医就好了”。这里已经融入了阿里藏区百姓的日常生活，成为了他们的一部分。

苹果基金会的工作人员和志愿者们时常会跟随着赤脚医生们下基层去慰问乡亲们，有时，阿里卫生局巴局长也会和他们一起，听听来自基层最真切的反应。

要知道，建一个医务室可不那么简单，且不说经济上要 50 万人民币去建设它，其他资源上还要有各种配套的人和设施去支持它，还要有源源不断地补给去维持它的持续不断的运转。

比如，下基层的志愿者和工作人员们组成的苹果基金会小分队出发后，就会沿途搜集意见、发现问题，回来后再研究解决方案。

这一次，他们先是来到了革吉的夏玛村。夏玛村有个驻村的赤脚医生叫曲珠，是苹果基金会医疗工程第一批培训计划毕业的学员。如今的曲珠已经是当地很有名望的医生了。

工作人员们到村里的时候，他正好出诊不在，一问，说是来回的路程需要 30 多公里，不知道什么时候才能回来。这在阿里的赤脚医生来说，简直就是家常便饭，实在是因为牧区太大，50 多公里的出诊也是有的。曲珠的朋友说：“就快回来了，他一早骑摩托车出去的。”可是，此刻外面的天，又开始下起了小雪。阿里牧区的天气千变万化。曲珠是骑摩托车出去的，他会不会感到寒冷？雪天路滑，他还安全吗？当时的苹果队本来行程很紧，但那一刻却担心起曲珠的安危，说什么也不能走了，一定要等到曲珠回来。

幸好，曲珠没多久就回来了，这位帅气的小伙子将工作人员们请到了他的家里。曲珠平时就住在这个村子里，给当地人看病，也给牧民看病。说着，曲珠收拾了收拾，就又去看望病人了。苹果队决定随他一起过去。

曲珠来看的这个病人，病情不大，阑尾病。但是曲珠拿出了输液管，遗憾地说没有瓶装的药了，无法进行输液，由于乡医所的人都出去了，所以只能等两天药品到了才能进行输液……曲珠回来后，立刻把这件事情和上面说了说，当地政府的人马上表示派车送病人去县里看病。

每天都会重复这样的出诊，跑很远的路，协调很多事。藏民对藏医的信任是不可动摇的。这也是为什么苹果基金会大力培养藏医的初衷。毕竟，一个让当地人信任的医生才能称得上好医生。对此周行康的态度倒是特别开放，“慢慢来。藏医也很好啊，我看可以好好学习一下。”

曲珠很实在，路上谈到了在赤脚医生培训班里学到了很多知识，谈到苹果基金会送来的免费药品对于给牧民看病非常方便，也谈到了他们还缺乏一些常用的设备。

苹果基金会发放的免费药品极大地帮助了牧区人民的看病用药。只不过，很多病人都喜欢输液，“有些病情是不必输液的。”曲珠很无奈。他通常会根据实际情况来确定是否输液，于是和病人的沟通也成为了日常必备项目。

另一位在当地颇有名望的名医普布顿珠也对苹果基金会的药品

供应赞不绝口。

普布现在年纪大了，大多是坐诊，每天能看十多个人，大概有两三个输液的病人。偶尔还是要出远门给病人治疗，最远的时候走过 50 多公里的路。在他们结克村牧区，最常见的病是关节炎，中年以上极大多数的人都有这个病。普布说，这里最年长的人活到 80 多岁，而平均年龄则是在 60 岁左右。这在藏区可是了不起的数字。

经过了医疗工程的培训，普布现在一边采用西医方式看病，一边采用藏医的方式来看病，该用西药就用西药，该用藏药就用藏药。由于交通不便等原因，过去得到药品的途径很少，从拉萨、新疆等地区藏医队、一些加工厂等地方进药，种类也不完全，有时候他自己还要亲手制作一些藏药来帮助治疗才行。

现在再也不用耗费这些心神了。每个村民都知道，是苹果基金会发放的免费药品，使大家基本上都能够得到及时的治疗。对他而言，过去几千年手口相传的藏医，一不留神就会断了香火无人继承的文化遗产，现在终于有了系统的医疗工程，可以帮助他们整理、完善、继承……再也不用担心村民医和药的问题了。

可是这些事，并不是一朝一夕就可以见成效的事，就如同这药。苹果基金会是坚持在阿里每年投入人员和物资的。所以就会有工作人员在这里工作。他们都很辛苦，不止是业务上的辛苦，也包括生活上的拮据。

曾有人找到周行康抱怨：日子过的太苦了！周行康奇怪：不可能啊！每年苹果基金会都有固定的拨款给医疗工程，怎么可能没钱

⊙送药下乡到西藏阿里普兰县科迦村（十一郎 摄）

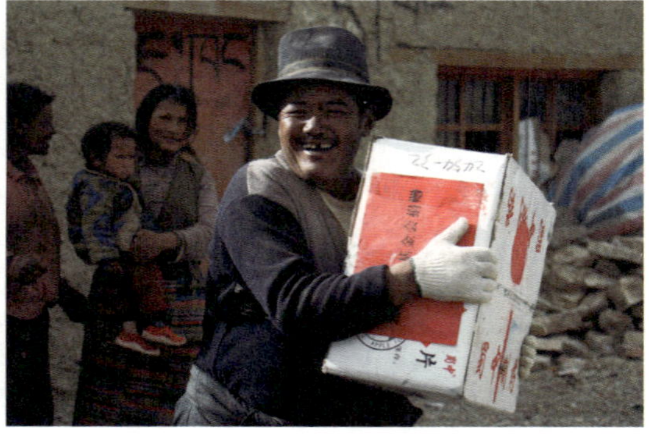

⊙抱着药箱的人是革吉县古昌村的村长，笑得很灿烂（迟雪松 摄）

呢？那人就一条一条地给他数过来：哪天哪天，他们村里又打了白条。累计下来，“只是几个月而已，手上的白条快比诊断书还多了。”他抱怨。周行康皱眉反驳他，“别说得那么夸张。”但是显然也明白了他的意思。

那人又说：“我们每次都盼着拨款下来，钱一到手立刻就去先清白条的账。然后就，又没钱了。”他得让周行康知道，这样下去不是个办法，必须得找到根本的解决之路。

很快，一条从北京到阿里的运送药品的运输线就打通了。每年，价值 500 万元的药品源源不断地从北京出发，途径北京—西安—天水—兰州—河坝—喀什—叶城—红柳滩—多玛—日土，直到狮泉河，直到阿里各地。这绝对是全中国乃至全世界最长的一条常规运行的运输药品的路线。

这其中，新藏（喀什—狮泉河）公路，全长 1455 公里，是世界上海拔最高的公路，途中要翻越 5000 米以上大山 5 座，其中最高的界山达坂海拔高达 5248 米，是几条进藏路线中最危险的，特别是界山达坂和死人沟。从海拔 900 多米的新疆翻过 5200 多米的山口再停到 4500 多米的阿里，加上复杂多变的气候，肯定已经超过了很多人

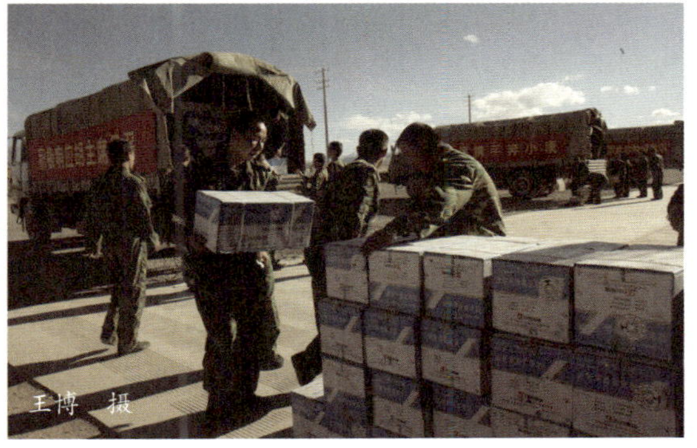

2007 年 9 月，阿里军分区在帮助苹果基金会运输药品，历年捐赠免费药品价值 760 余万元

身体正常承受的极限。甚至还有顺口溜说："库地达坂险，犹似鬼门关；麻扎达坂尖，陡升五千三；黑卡达坂旋，九十九道弯；界山达坂弯，伸手可摸天。"但就是这条艰险的路线，却是西藏西部重要的运输大动脉，是目前西藏阿里地区物资和人员进出的主要通道。苹果基金会向阿里地区免费发放的药品也从这里源源不断地运输了进来。

从此，苹果基金会虽然又多了一项艰苦卓绝的工作项目，但是前方的医务人员却因此省下了很多很多时间和精力去做他们专业上的事。这件事一做就是几年，一直坚持了下来。

2007 年 9 月 24 日上午 11 点，在西藏阿里首府狮泉河镇举行的"2007 年苹果基金会阿里免费药品捐赠仪式"上，地委董明俊书记、行署达瓦扎西专员、廖贻东副专员、阿里军分区姚永良政委等党政军领导分别出席。廖贻东副专员代表阿里地区 8 万多农牧民接收了苹果基金会理事长王秋杨女士向西藏阿里地区基层农牧民捐赠价值 325 万元的免费药品、医疗物资，这些医疗物资将送往阿里地区全部 7 个县的 137 个基层农牧村。达瓦扎西专员代表地委行署向苹果基金会王秋杨理事长赠送了"情系高原 · 无私奉献"的牌匾。就这样，阿里地委行署和阿里军分区等党政军领导也以他们的行动支持着苹果基金会，肯定着苹果基金会。

苹果队跟随曲珠一路回程，看着他平安放下医药箱的一刻，才算是放下心来，继续原先的行程。

“赤脚医生”这个医药箱的配置也是苹果基金会的一大发明。在平原地区，村医可以走路、可以开车、可以把巨大的背包放在车上，“嘀嘀——”拉风地走村串户去解决病人的烦恼。可是，在高原地区，一切都要重新适应。

开始的时候，苹果基金会给每个“赤脚医生”都配备了标准的单肩背医药箱，恍惚看起来，就像当年的赤脚医生一样，只是不再赤脚，而改成了配备摩托车。曲珠作为第一批获得这套装备的医生，那会儿别提多兴奋了。每天都把自己的摩托车擦得锃亮，背起医药箱，好似个刚入伍的小战士、刚参加工作的小白领一样，对未来充满了无限的憧憬和热情。

可是，经过一段时间的实践，他发现，在真正的高原地带，不要说汽车，那些摩托车也很难开上去的地方，最实用的交通工具还是马。

曲珠并不因此感到泄气，他把自己的经验及时报告了苹果基金会。果然，不单单是他一个人，不少战斗在一线的赤脚医生都回馈说，“还是我们的马最好了！”那口气简直如同伽利略“给我一个支点，我能翘起地球”一样。

于是，经过调研，苹果基金会决定，使用马匹取代了一部分摩托车，医生的培训科目也增加了骑马的项目。不过随之而来的是另一个问题：骑马的时候，单肩背的医药箱显然就不合适了。于是，

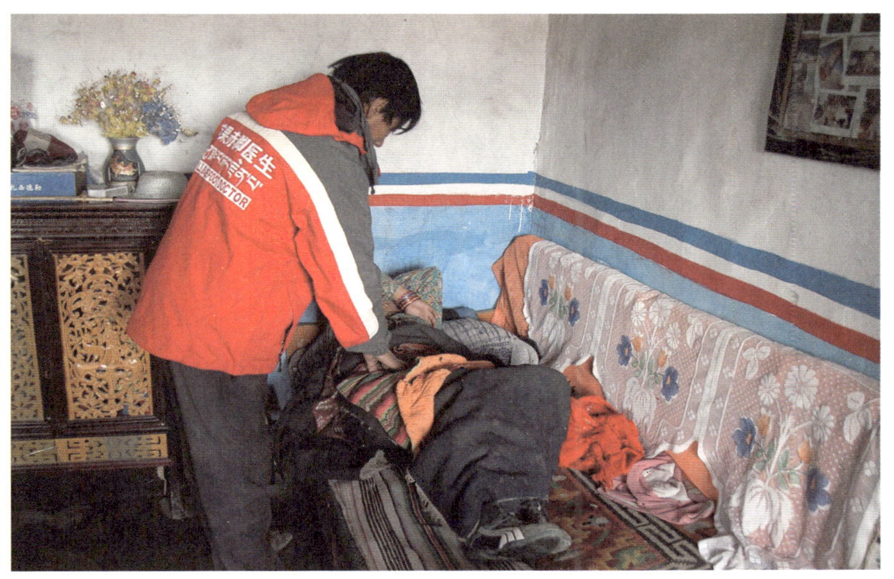

村医曲珠在巡诊当中（十一郎 摄）

为了适应高原环境，苹果基金会甚至专门研发了骑马专用双肩背医药箱。

就这样，一步一步，苹果基金会踏踏实实地改善着高原的医疗环境，年复一年地收集意见、整理数据、再反馈甚至搞起了发明创造……

曲珠给病人治病时，打开了医药箱。可以清清楚楚地看到里面的“宝物”：可以说，基本上一个“赤脚医生”常用的药品、工具，甚至医疗器械，这个医药箱都能容纳得下了。如果遇到紧急情况，经过培训的医生甚至可以用里面的器械来给产妇接生，绝对堪称豪华装备。

此刻，工作人员们告别了意气风发的赤脚医生曲珠，继续去当地老百姓家送医送药。

当地的老百姓们不会说太多的汉语，看见了苹果基金会的工作人员，不知道怎么感激才好，就是一个劲地倒酥油茶。苹果队员当中，有一个志愿者是初次上高原的，也不懂规矩，看见老乡给他倒了酥油茶就及时喝掉。没想到，藏区的规矩是：碗不能空着。于是，倒满了就喝，老乡看你喝完就倒满……如此循环。这个小伙子很快就被酥油茶灌饱了，肚子撑得溜圆。

喝了茶又要留饭。工作人员们怎么推辞都推辞不掉。老百姓不知道该怎么敬重才好了，只能拿出自己最好的东西来招待。

工作人员很清楚，过去这里的死亡率太高了。他们年复一年的在这里奔走，见过的太多太多了。现在终于不一样了，不但有免费的药品，有医生出诊，甚至都能输上液了。对于当地老百姓来说，小瓶子一挂上就能治病了，太神奇了。方便了很多不说，这几年下来，回头一看，突然发现家里的人口增多了，老人也长寿了。这实在是一件功德无量的事。

老百姓们都很淳朴，他们不会说华丽的辞藻，就是不断地敬你，一定要留下你吃饭。队员们推说还得赶下一站。可是老乡怎么可能放你走？后来实在是推不掉了，只好决定留下吃饭。

这家人算得上是个标准的藏式家庭。一楼照样堆放杂物，扶着木楼梯上到二楼，房间里有三位老年妇女，一位 30 多岁的女人。生病的阿妈靠在枕头上，随队的赤脚医生强巴将输液瓶挂到墙壁的钉子上，开始输液，老人患的是胆囊炎。

30 多岁的女人是患者的女儿，一位长者是患者的姐姐，另一位是嫂子，专程来看望患者的。患者和女儿及女儿的孩子住在这里，女婿是走婚的，平时晚上才来这里住宿。

年轻女人为苹果基金会的工作人员们准备了“盛大”的宴会食物。在内地人的想象中请人吃饭怎么也得杀鸡炖鱼，炒几个菜。没想到他们端出来的竟然是——米饭！

原来，在老乡家吃饭，吃米饭是最高礼遇。因为高原上主要以炒为烹调手段，主食基本吃糌粑。由于气压的问题，基本不会做蒸煮的菜。可米饭是要蒸的，这就需要用到高压锅，同时还得有干净的米和水。偏偏这两样在高原老乡家都很难得。

女人端来一碗酸奶，几碗米饭，用勺子舀一些酸奶到米饭碗里，米饭要配酸奶和糖伴着吃这样吃法。女人的丈夫没有吃米饭，在铜碗里捏糌粑吃。

其实说实话，作为以吃米饭当惯主食的内地的人，还是更喜欢“米饭 + 红烧肉”或者“米饭 + 素烧茄子”什么的搭配。其实吃不习惯这种甜品似的米饭吃法。但是作为基层志愿者，这一碗米饭却吃得诚惶诚恐，十分甜蜜。

突然有个工作人员看见窗台上放着一盒贴有苹果基金会捐赠字样的药品，他端着米饭的手都颤抖起来了，激动得眼泪忍不住落下来。也许，这盒药就是他亲手包装的呢？这里离北京可有万里之遥啊。他竟在这里与全然陌生的一家人产生了奇妙的交集！

藏民家客厅

这碗甜蜜的米饭，竟是如此伟大的一碗米饭。

这家人的客厅与众多藏族人家相似，墙壁、房柱、房顶都有鲜艳的彩绘图案，藏式长桌、藏式卡垫、藏式柜子一应俱全。柜子边上从大到小依次摆放着铜罐、铜盆、铜壶和大大小小的铝盆铝壶。藏柜正中间摆放着菩萨活佛的相片，毛主席去安源的那张著名画像也在其中。

女婿原来开皮卡车，现在开翻斗车，把孔雀河的沙子往县城运，洗一车沙子能挣 70 元，运到县城一车能挣 350 元。他掏出钱包，拿出几张钱币让我看，两张是票面 20 卢比（尼泊尔钱），一张新版一张旧版，图案都有梅花鹿。一张是印度百元卢比，图案是圣雄甘地肖像。另一张是毛主席肖像红色百元人民币。

他告诉我说，1元人民币能兑换12尼泊尔卢比，换5印度卢比，三种货币在普兰都流通，就是计算起来有点麻烦。

他女人甚至从客厅拿出一顶带帽檐的灰色毛线编织帽子，兴奋得用生硬的汉语对我说，“苹果，北京”。

说到这帽子的来历，那是苹果基金会为阿里和北京建立的又一道联络线。北京街道里的阿姨们每年专门为阿里那些需要帮助的人织就的一些毛线帽子，通过苹果基金会带到阿里来的。为了阿里，苹果基金会几乎照顾到了他们的生活全部。

但这样就够了吗？不，至少苹果基金会的工作人员们自己依然觉得还有改进的空间。比如药品的分配，怎么样才能把药品更好地发到需要者的手里？每一个步骤都会出现需要解决的问题。每走一步，苹果基金会都会发现又有一个难题摆在眼前：村医的家庭无法存放药品。这是最实际的困难。那么，有了难题，就想办法，克服它。乃至生发出新的、更好的出路来。

曲珠、普布顿珠、志愿者和很多很多基层的赤脚医生一样，都会有这样的感慨。不过，正是他们包括苹果基金会的工作人员和志愿者们的努力，在改变着阿里。每一次宣传，每一个新的知识、新的观念，都需要让阿里的人们慢慢地去适应，慢慢地去接受。这事急不来，更不是一掷千金就能解决的问题。

总要有人在第一线做那些一点一滴的事，才能把那些点点滴滴琐碎的小事，从量变最终汇聚成质的飞跃。而苹果基金会能做的，也只是尽自己最大的努力去做。每个人都很清楚自己正是点滴中的一份子。苹果基金会依然在路上，日复一日，年复一年。他们收集着第一线的数据、意见和资料，只为了让阿里变得更美好一点，再美好一点。

十二郎 摄

19

未来在这里，未来看得到

2014 年

医生这个职业，不论在世界的哪个文明里，都受到极大的尊敬和优待。在藏区更是如此。藏医在藏民的眼中，简直拥有神奇的力量。如此伟大的职业，千百年来在藏区都是以师傅带徒弟口口相传的方式传承下来的。

自从苹果基金会在阿里捐助了几所苹果小学之后，职业教育就进入了苹果基金会的视野。自从2006年6月第一期“赤脚医生工程”培训正式开始算起，直到2010年捐资重建了藏医学院，苹果基金会在阿里的医疗工程上已经投入了近3000万元人民币之多，而且依然在持续。其受益人群几乎覆盖了整个阿里地区。

比如典角村那个姑娘，她说不上来那些大数据，也不知道苹果基金会实际到底投入了多少。但她开朗的笑容，自信的谈吐，和基金会十年前在阿里地区见到的女人们完全没有可比性，尽管脸颊上的高原红还在，但那明亮的眼神里透露出的是遮掩不住的时代新女性的独立自主的风貌。

她是一个藏医，叫吉宗。

这在过去是不可想象的事情。

一个女人，村子里的女人，不仅识字了，还成为了整个文明体系里最受人尊敬的医生，这可能吗？

当然！吉宗姑娘手里忙着收拾，一边照顾孩子，一边和我们聊着天。今天她轮班休息，可以转换一下角色，变身成贤妻良母——现在正是冬季牧场繁荣的时候，她的丈夫正在冬季牧场放牧。吉宗姑娘一家已经在典角示范村定居了，不再跟着丈夫四处奔波过游牧生活，于是她的母亲和她在家里一起照顾孩子。

藏区的牧场总是很多很大，而且分冬夏两季。在阿里，草不像平原一样成片的野蛮生长，而是东一撮儿西一撮儿的。过了日喀则，牛羊吃草都困难，一撮儿一撮儿地找着吃。别说人了，牛羊都比平原上的生活要艰难许多。从典角村到冬季牧场也并不近，姑娘的丈夫一去就要两三个月，这期间，整个家都是姑娘一个人在操持。

吉宗姑娘家的房子很漂亮，收拾的很敞亮干净。和大家印象里的藏区帐篷完全不同。过去的藏式帐篷，因为多数在帐篷内烧牛粪炉子，所以总是难免烧得到处焦黑焦黑的，很难清洁干净。而且牛粪炉子烧久了，人的眼睛会被烟熏坏，总是红红的，诱发各种眼部疾病。“所以，其实很多藏族妇女的眼睛到了青年以后就不再清澈明亮，完全是被不通风的浓烟每天熏每天熏，这样恶劣的生活环境造成的。”做了藏医的吉宗姑娘这样讲解着。果然，她家里的灶台看起来设计的更加科学合理，难怪已经做了妈妈的她，眼神依然充满活力。她的家里也时刻可以保持清洁明亮。

不同了，什么都不同了。她细细的告诉我们很多事。苹果基金会的医疗工程不仅改变了许多阿里地区的整体医疗环境，甚至也改变了当地的许多根深蒂固的落后观念。

不单是阿里地区，其实自古以来很多经济不发达地区都是以男性劳动力为主，也因此存在许多对女性的种种歧视与迷信。具体到阿里地区，有种风俗让内地的人听起来寒毛直竖：妇女外出独自生产。

西藏人生孩子至今依然伴随着很大的风险。随着医疗条件的改善和人们观念的逐渐转变，现在西藏的产妇感染率和新生儿死亡率已经大大的降低了。可是就在十年前，苹果基金会的第一任秘书长周行康就亲眼看见过，产妇感觉到自己要生孩子了，就和家里打了招呼，收拾了行李，骑了马出门，然后再也没有回来。

妇女生产时必须远远地骑马离开，孩子活了，抱回来；死了，就扔在外头，自己回来。可是，如果遇到难产、遇到狼群，就再也回不来了。

这样的陋习，曾经深深地震撼了周行康。可是，藏人保持了这个传统几千年，已经融入了骨血，很难去用外人的眼光和价值观去评判其中的对错。所以周行康他们要做的，只是增加产妇和新生儿的存活率以及保障他们的健康。

在噶尔县的时候，卫生局长曾经特别自豪的表示，“今年我们的目标完成得特别好，出生率高，存活率也高。”高到什么程度？“全县一年 40 多个孩子哪！”那种犹如保护珍稀大熊猫一样的口气，让人心疼。

40 多个孩子，放在内地是个什么概念呢？基本上一年的期限，有个村就能生出来那么多。在大城市的热门医院产科，一个医院就生完了。就在我们拥挤在人头攒动的医院里，为了一个专家号能不能挂得上，而彻夜排队的时候，在偏远的西部高原上，地广人稀的一个县，会为了全年生出 40 个孩子而欢欣鼓舞着。

是的，这里不是一个适宜生存的地方，但依然有人顽强地生存下来了。不仅仅是生存，而且要生活，不仅仅要生活，而且要生活得更美好。吉宗姑娘用她清澈的眼睛、干净爽利的家居这样表明着。

应该说，她是苹果基金会的医疗工程比较早的受益者。

当时医疗工程开展了专门帮扶女性的项目。比如女性藏医的培养，比如助产医生的培养。

培训接生员，是“赤脚医生工程”中一项非常重要的组成部分。由于阿里地区自然条件恶劣、人口分散，基层农牧区一直缺乏专门的接生员。考虑到当地人民的文化习俗和生活习惯，苹果基金会在做了大量调研之后，决定以年轻、有一定文化程度的基层女性青年为培养对象，通过她们的工作，提倡科学、安全的接生方式，降低牧区孕产妇、出生婴儿的发病率和死亡率。

最早一批苹果接生员培训的试点，是在 2006 年 10 月，和第二期苹果赤脚医生培训同时展开的。当时还是以探索成熟的培训经验为主要目的，为 2007 年的全面展开打好基础。到了 2007 年 3 月 8 日，第一期正式的苹果接生员培训就正式在阿里狮泉河镇开课了。时间为两个月。培训结束后，苹果基金会为每一位苹果接生员都配备御寒服装和相关医疗器材。

由于观念问题，最早展开培训的时候，参加的学员们多多少少还是有点儿抵触情绪的——她们可从来没见过那么大幅的解剖图、平面演示图等，就那么赤裸裸地挂在她们面前，老师还用藏、汉双语直白地讲解着。那可是她们从出生以来一直被教育要回避的话题。典角村的吉宗姑娘就讲述了曾经学习的经过。没见过大世面的姑娘们，直接面对医学上的事情，难免会羞涩，会觉得不堪。

藏人认为，生育是不洁的事，必须要远离家里进行。所以他们既不会帮助产妇也不会允许产妇靠近住家生产。产妇最好的选择是羊圈，更多的选择是骑马远远地走进戈壁……也正因为他们将生产视为羞耻之事，藏人的妇女们几乎没什么关于生产的经验传承。

这种情况必须改变！每一个藏族妇女，每一个他们生下的孩子，都是一条鲜活的生命！都是苹果基金会竭力要去保住的生命。随着苹果基金会的宣传，一传十,十传百，慢慢的，有越来越多的藏族妇女开始接纳接生员的接生。自己躲在没人的地方或者羊圈之类地方拿把剪刀生孩子的事情正在逐渐地减少。培训接生员的工作也顺利了许多，藏族姑娘们很快就摆正了思想，认认真真地开始听课。

2008 年的一次，王秋杨随着苹果基金会下基层来到普兰县人民医院实地看了接生员的培训情况。一进教室，大家静悄悄的，没有人注意他们的到来，大家都认认真真地听讲，渴求吸收更多的知识。到这一年，阿里的 143 个村都培养起了合格的接生员。这次培训的接生员是最后一批，一共有 113 名，培训在各县的人民医院同时进行。

一行人悄悄坐到后排去，也认真听了一会儿。县人民医院的医

苹果赤脚医生工程——苹果阿里新法接生培训班开学典礼 （十一郎　摄）

生正在向十几个学员教授现代接生的理论知识，之后是模拟操作，情况不错。接生员的培训到这一期全部完成，这意味着，从 2009 年开始，阿里的每一个村都有一名合格的苹果接生员了。

不过吉宗姑娘并没有止步在“接生员”上。她有更大的目标：真正的藏医。

“你丈夫支持你吗？”毕竟，在藏区还是男人赚钱养家的占绝大多数，女人去当藏医？总有些不可思议。

“支持！可支持了！”吉宗笑着说。

对女人来说，在当地，女人的地位还是不如内地。丈夫的支持可谓难能可贵。有了这件“法宝”，吉宗正式踏上了学医之路。

㊀ 苹果基金会捐助的冈底斯藏医学院 （十一郎 摄）

冈底斯藏医学院就位于神山冈仁波齐脚下，学校的面积很大，不过校舍并不多，建筑风格很像是一座小寺庙，主要由石头和泥土筑成。中间的经堂里摆放着很多藏文的典籍，墙壁上是药师佛的画像。另一边墙上挂着历届学生送来的锦旗。这里最初主要是针对当时阿里农牧区缺医少药情况而建的，同时也会安置孤儿和贫困失学儿童，让他们能够有机会上学。

从汶川地震之后，搜狐的董事长兼 CEO 张朝阳就一直在和张宝全、王秋杨探讨为藏区“做点什么”。后来，苹果基金会确定了援建藏医学院和藏经书博物馆两个项目后，张朝阳立刻加入了进来，并捐助了 500 万元资金。

藏医学院全体师生大会

2010年12月4日，在严冬的西藏阿里地区首府狮泉河镇，北京苹果慈善基金会与阿里行署举行了合作兴办“冈底斯藏医学院”的签约仪式。阿里地委、行署、军分区的主要领导和首长出席了签约仪式。阿里地区边巴专员作为代表签署了协议。彭措副专员代表地委、行署对苹果基金会一直以来在阿里开展的公益事业表示支持和感谢！

正是在苹果基金会的大力推动下，张朝阳等社会爱心人士对冈底斯藏医学院的发展都给予了鼎力支持。目前，冈底斯藏医学院是阿里地区唯一一所藏医学院，开设有藏医理疗、人体解剖、药理诊断等专科。这里已形成集教学、制药和医疗为一体的藏医学体系，并在当地深入人心，深得信赖。

吉宗姑娘来到这里，首先就接触了丰富的藏药资源。“近100平方米的药厂，几十种藏药材分门别类地晾晒在地上……”那是吉宗最初的印象。藏茴香、山莨菪、藏党参、藏紫草、雪莲花等等，等等。后来，她逐一学习、辨别那些药材的特性和他们的疗效，要牢牢地熟记和懂得运用。不但是这些常见的药材，更有鹿角、葫芦、紫草茸等平时难得一见的珍贵药材，给他们实践的机会。

吉宗滔滔不绝地跟我们历数着她的专业知识：

藏医、藏药，正如同苯教一样，是深入藏族人民骨髓的东西，是需要传承和发展的。实际上，藏医兴起于松赞干布至赤松德赞时期，是在藏族传统医学理论的基础上，吸收和借鉴汉医、印度医学理论而形成的。其最早的发源地正是位于西藏阿里地区的象雄文化产生地。

藏医的诊断方法与中医有许多相同之处，但也有自己的特色。中医的望、闻、问、切，藏医都有。采用的治疗手段也有多种形式，除了服药外，还有穴位放血、穿刺术治疗腹水，冷暖敷针拔白内障、导尿、熏蒸治疗、油脂疗法等。这些方法至今仍有临床应用价值。藏医药是祖国医学宝库的重要组成部分，已有三千多年的悠久历史，为藏族和整个中华民族的繁衍昌盛做出过巨大贡献。藏医药学科学研究和教育工作越来越得到重视。各级藏医机构积极开展藏医药科学研究，搜集整理近百部藏医学文献、专著，在继承前辈藏医学家的实践经验和理论精华的基础上，在藏医史、藏医药文献、医药学理论、医德与师承、藏医本草等方面的研究都有新的成果问世。

老狼、尤尼、孙冕等志愿者了解藏药生产（十一郎　摄）

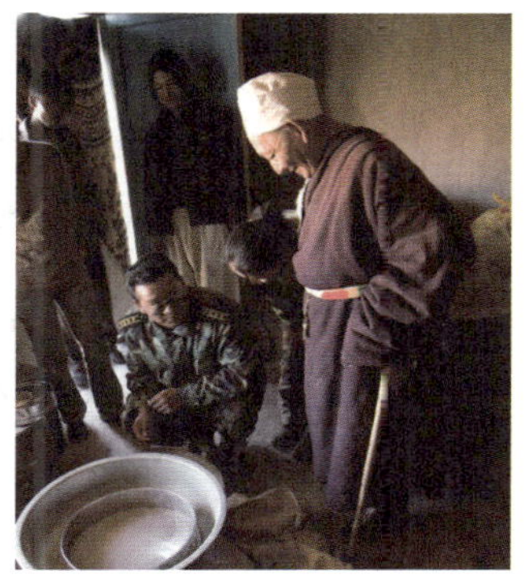

王秋杨和阿旺副司令专程拜访老藏医嘎玛楚成（十一郎 摄）

目前，国内对藏医药的研究日渐成熟，由西藏、青海、四川、甘肃、云南、新疆 6 省区合编的《藏药标准》，已制定了统一的藏药用药规范，共收载藏药 227 种，其中植物类 197 种、动物类 17 种、矿物类 13 种。而冈底斯藏医学院，无疑应该成为这一个大系统中珍贵而不可或缺的一环。

这么复杂的知识，在她说起来好像就如同她家里的油盐酱醋瓶子放在什么地方一样自然随意，信手拈来。

吉宗去藏医学院学习的过程中，冈底斯藏医学院被重新修缮一新，同时重新规划、分区。学习场所、制药场所、诊疗场所、宾馆（远道来求医者住宿用）等全部分开，各自不会互相打扰。

从 2010 年开始到现在，藏医学院历经数次翻新，但建筑依然延续传统建筑样式，没有新增突兀的现代派建筑。采用的是“修旧如旧，建新如旧”的建筑思路。和塔尔钦苹果小学那种奔放的开放式结构不同，藏医学院更讲究小小的院落感。虽然本身面积相当大，但在规划建设上，却凸显出医学院的庄严和安静。

另外，苹果基金会派同事与当地老师对学校资产、学生资料等资料做了系统性的重新整理；扩大与发展了学院原有的制药规模与水准；完善了学院门诊，为当地百姓看病提供了更多便利；全面传承了藏医药方与诊疗技术；提高了阿里职业教育水平，并加强培养了专业人才。

在全新的管理模式下，吉宗姑娘学习到的是最先进的知识，和藏人自己最传统的文化。随着学院的不断发展，苹果基金会与院方协商，是否可以将西医的部分内容引进，从而将藏医从之前的“保护性继承”向未来的“发展式继承”转型。目前，双方已经初步探讨决定引入西医的诊疗仪器和治疗方法，未来还将邀请西医学者前来教学，并与学院的老师们共同对藏医未来发展进行研究探讨。

随着藏医学院的兴起，当地人越来越认可，这里几乎变成了当地编外的正规医院。还吸引了相当多的游客，形成了学院创立之初未曾想到的“旅游效应”，而这对藏医学院未来的发展也开始起到一定的支持作用。

吉宗自己说，冈底斯藏医学院最成功的地方正是在于，用藏人的语言、文化、思维方式，去传播藏人自己的文化。与此同时，也传播现代文明、内陆的文化、语言、思维方式。要用这种本民族的方式，来建立良性的、温暖的链接。

听到这样的话，苹果基金会的工作人员十分感动。不仅仅是感动于吉宗姑娘的学识，已经足以让她能理性地分析、总结出这样高屋建瓴的观点来，更重要的是，她无意识的一番话，竟道出了苹果基金会发展职业教育的初衷。

现在，吉宗在当地相当有威望。她和丈夫很恩爱，不再是单纯的家庭妇女了。这在当地可是很了不起的事。她自己虽然并不想炫耀，她的妈妈可不肯放过这个难得的机会。在姑娘倒酥油茶的空当赶紧插进话来："你们知不知道？我现在也住在示范村了，每次出门都有人认出我来，还会说：'这就是藏医的妈妈。'那说得我，别提多开心了。"

吉宗回来了，轻声的阻止了妈妈的炫耀，但她嘴角淡淡的笑容还是透露了心头的喜悦。靠着苹果基金会的扶持和帮助，和她自身的努力，她从认为"生孩子是脏事"的无知少女，成长为受人尊敬的藏医，她的人生已经彻底的改变了。现在他家有卖羊的收入，还有一个人每年 5000 块的边境补贴，一家生活相当富裕。

可以说，藏医学院已经开始见成果了。典角村的吉宗姑娘是藏医学院毕业的。这样的例子在多油村也有。而且，有些学生在毕业后还有更高的目标，他们还希望到西藏大学甚至北京的医学院深造，再回来造福家乡。

在典角村，有些家庭已经买上了轿车。虽然没看到吉宗姑娘他们家是不是有车，但苹果基金会的工作人员看到了文明，不仅仅体现在物质上的充裕，更体现在精神上的进步。

这里是整个阿里未来的缩影。更是阿里妇女未来的缩影。

20 用爱心编织出节日

2013年的春节前夕，按照机构工作惯列，苹果基金会的工作人员走访一年来对基金会工作给予支持的方方面面，其中对北京建国门街道的走访，是以座谈会的方式进行的，一个由基金会赠送给街道的牌匾，说明了两家不同寻常的关系。

建国门街道外交部社区的“益和爱编织组”，是苹果基金会的老相识，该编织组的发起人杨阿姨，是王秋杨的母亲。

王秋杨第一次自驾车去阿里的时候，为不让父母担心，出发的时候没有告知家里。回来后家里人当然还是知道了。那时父亲把王秋杨好一顿数落，说小姑娘自己往那跑，被人拐了可怎么办？不过王秋杨表示：拐什么啊？我们每次能看见个人得兴奋半天。地方太大了！人太少了！再说那儿的人都好着呢。

后来，随着女儿年年往山沟里跑，苹果基金会不断展开的公益慈善工作和援助项目的持续投入，老人也开始和她一起关注阿里，再后来，也开始被这片神秘的土地所吸引。甚至，年逾古稀的老人还不顾风险地亲自去了趟西藏。

杨阿姨——王秋杨的母亲，母亲因女儿了解了遥远的西藏、遥远的阿里，知道了阿里的年平均气温是零度，平均大风天气超过半年。阿里的孩子们不容易啊！

于是，杨阿姨做了一个决定：她要为阿里塔尔钦苹果小学的孩子们编织御寒的帽子、手套、围巾……开始只是在社区的活动室里编。很快，社区的几个老人都参与了进来。杨阿姨一看，索性大家一起成立个编织组吧！

这个编织组的组员们的平均年龄超过了 70 岁，却热情如火，仍保持着年轻时的精气神儿。每天用自己的退休金买来毛线，几个老姐妹就坐在社区活动中心里，编啊编啊，认认真真，一针一线，细细密密地给孩子们织了一件又一件……就这么从 2006 年一直持续了下来。

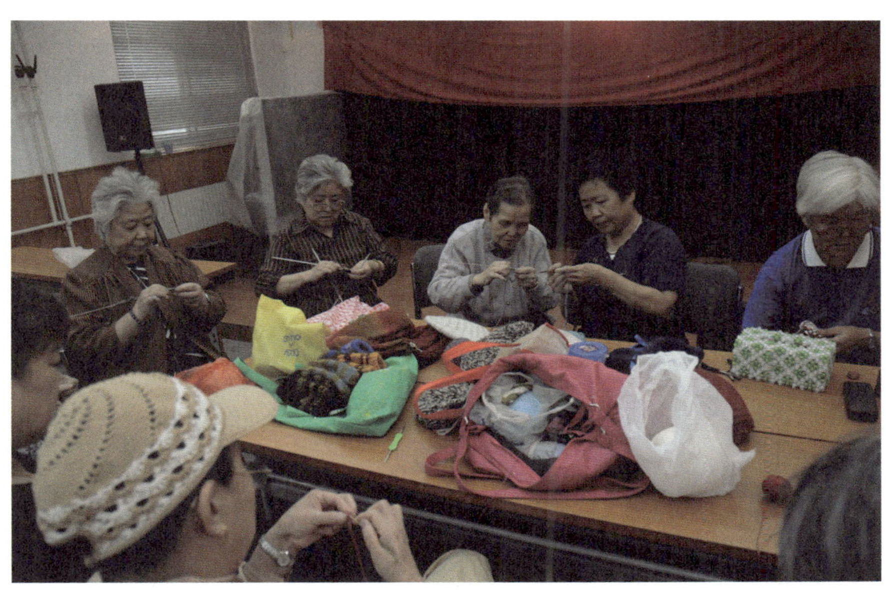

“益和爱编织组”发起人杨瑞英阿姨和编织组的姐妹们

从那以后，每年王秋杨上高原去，都多了一个任务：把妈妈和阿姨们的这份暖暖和和的爱心也一并带上高原去，由基金会带去阿里分发给学生和牧民们。

就这样，老人们默默地织了7年，奉献了7年，已经无偿捐献给西藏阿里牧区孩子们帽子3918顶，围巾2023条，手套3918副……

到了2013年的春节，基金会和街道在一起回首这些年“益和爱编织组”为阿里地区做出的贡献时才发现，老人们的编织赠品俨然已经成为苹果基金会的一张名片。

在一次冈仁波齐环保活动中，参加环保转山捡垃圾的王秋杨和

女主人手中的帽子是万里以外老人的爱心

尚方秘书长在公益编织节闭幕式上致谢

几个志愿者进到一个藏族同胞的帐篷里喝水取暖，女主人得知王秋杨是苹果基金会的人，就小心地拿出一个毛线帽子，告诉她，这是苹果基金会送的。

其实，老人们发挥的光和热又何止这些？这次座谈会给了基金会一个很大的启迪：编织组的活动是可以复制的，可以推广的！为什么不让其他社区的老人们也参与进来？既丰富了他们的业余文化生活，促进各个社区之间的交流，又能给老人们的爱心一个传播的渠道。甚至，说不定可以让更多的人参与到公益慈善活动中来。

这个想法立刻就得到了建国门街道的响应，时任秘书长尚方找到他们时，办事处主任李卫华当即表示“支持！全力配合！”

杨阿姨的一顶手工编织帽子，历经 7 年，竟结出了一个温暖的果实，演变成了一个盛大的“公益编织节”活动。

2013 年，首届公益编织节启动。藉着这个以节日呈现为特点的公益平台的搭建，公益编织更多地体现了她五颜六色、连接你我、温暖幸福，相互扶助的活动宗旨，显示出为公益慈善事业志愿服务的潜力。

第一届“公益编织节”只有两个街道参与，双方相距不远，联谊方便。可是，这个活动一搞，影响力迅速地扩展了出去。

到了 2014 年的第二届“公益编织节”，社区街道的规模一下子爆炸性地突破了 20 几家。这一次，可把尚方忙坏了。

在最终评比的那一天，尚方早早来到现场。组织志愿者，接待来访嘉宾，又热情地和各参赛队打招呼。商厦刚刚开门，比赛就正式开始了！

来自北京各社区的老人们也秉承着一贯早起的习惯，早早来到比赛场地。说是比赛，其实更像是联欢。老人们有腿脚不好的，推着轮椅、拄着拐杖也要来。还有残联的老人们，说到奉献爱心，他们更是不落人后。

过去，阿里是一个遥远的地方，而编织节上放送的阿里塔尔钦苹果小学老师与学生的歌声、话语和戴着帽子、手套的笑脸，让参与公益编织的北京志愿者们觉得阿里离自己很近。

公益组织的社会属性，决定了公益组织不是只以筹款能力为衡量标准的社会团体。她还可以成为一个可贵的社会枢纽，可以修筑公众参与公益慈善、奉献爱心的通道；可以牵一线而舞彩虹，让细细的彩线连接社区、企业、其他社会团体，连接每一个参与者的爱心，连接北京志愿者和阿里的牧民、学生，连接街道的孤寡老人与残疾人群体，并拓展培育公益慈善项目的自我造血能力，实现项目的可持续发展。

在拍卖环节，阿姨们更是大展身手。为求自己的作品可以拍出更高价位，为藏区的孩子们筹得更多款项。阿姨们又是走秀，又是拉票，现场气氛炒得十分火爆。

这座商厦的挑选颇有讲究，它临近北京站，又地处北京的核心区。来逛商场的人很多，流动性超级大。商场中庭如此热闹，很快就

头顶的温暖来自万里之外（十一郎 摄）

吸引了四周来逛商场的客人。他们倚在栏杆上，趴在观景电梯里，找所有能找到的地方，尤其是高处，凑来看：这里到底是什么活动？

就这样，苹果基金会再次将“公益编织节”的影响力广泛地扩散了出去。

通过公益编织节“拍卖”环节，由社区老人、残疾人、志愿者编织评选出来的编织精品取得收益；巧娘组织的编织精品取得收益；画廊捐赠给编织节的唐卡义拍取得收益；其他爱心人士捐赠的作品、物品取得收益；来自塔尔钦苹果小学的学生画取得收益……

这些收益最终又变成了为阿里赠送的第一辆校车、送到社区孤寡老人家的节日油米、持续着编织节的毛线……来参拍的“爱心企

神山下的学校，孩子们戴上了新围巾 （十一郎　摄）

⮚ 北京建国门街道工作人员和苹果基金会环保志愿者在拉萨接收并运送公益编织节爱心织物去阿里

业”和“爱心大使”正形成扶助公益编织节平台健康循环发展的实力支持。在他们当中，有企业，也有以老狼、王治郅、郑钧等人为代表的明星代言人。

说到在现场拍卖的画作，阿里因为海拔高，条件艰苦，学校缺少音体美老师，学生没有美术课，苹果基金会就在编织节公益拍卖中设计了“塔尔钦苹果小学学生画展拍”的环节，并为学校送去硬板纸、彩笔，让学生创作原生态的阿里藏族小学生画，还特意为这些学生画装上特别定制的刻有“西藏阿里塔尔钦苹果小学学生画”字样的画框进行义拍。

学生们收到之后，都在用心创作着要送到北京参展的作品，还相互学习交流。如果拿出第一届“公益编织节”的画作和最新一届的做比较，就会发现，几年下来，小学生的画越来越有想象力和来自阿里的别样美感。这也是编织节一个意外的收获——促进了高原小学的课外学习，提高了学生的文化素质。

在现场，看见老人们灵活的手指上下翻飞，编织出各种美美的作品，不得不感慨：编织活动本身就是有利于老人锻炼手指的灵活，协调手、眼、脑的配合，减缓脑衰退的有益活动。每周的编织聚会、专业巧娘的指导课程、街道组织的公益编织作品竞赛、公益编织作品展览等均使老人在群体活动中体会快乐，排解孤独。而富有爱心的公益捐赠主题活动的特别内涵，又使老人得到更多的身心愉悦。

公益编织节的另一个特别连接，是聚集了在北京的另一个群体——藏族大学生志愿者。每年的公益编织节，在京藏族大学生志愿者们是一道靓丽的风景，他们的出现，使北京和西藏的距离近在咫尺，使“民族团结”从文字成为眼前的现实。

在公益编织节的项目策划与推动中，苹果基金会体会了另一种快乐。提供机会，接纳发展更多志愿者、民众参与公益慈善工作，是社会赋予公益慈善组织的重要责任，也是公益慈善组织工作能力、发展能力与活力的重要体现。

当年的“公益编织组”以“公益编织节”的形式升级，是苹果慈善基金会为公益捐助项目深度耕耘、由点及面、培育一颗爱心种子向一片爱心花园扩展的成功项目实践。

人们的广泛参与和活动的多重收益，使编织节获得了认可与赞誉，得到了建国门街道全力的支持和持续的精心培育，得到了来自政府与百姓各方的肯定与支持。从 2013 年起就被列入《北京社会组织公益行系列活动》，已经吸引了其他街道的参与。双井街道将此列为政府采购项目之一，开展以来被评为社区优秀项目。

公益编织节正以每年举办一届的节奏如期进行着，并获得了更多志愿者的参与、追随，获得了来自建国门街道的持续合作和企业与志愿者组织的参与支持。

“编织温暖，传递爱心”是公益编织节的宗旨。

成长于爱心的事业强大而持久，公益编织节还会编织出什么样的精品？什么样的画面？未来可期……

21

低下头，只因我们正努力上行！

2011年，苹果基金会主办了一场宣传环境保护的活动——“冈仁波齐公益环山赛”。

这项赛事一经提出，立刻吸引了包括体育、娱乐、媒体，乃至商界大佬在内的各界社会名人的积极参与。国家登山队队长王勇峰、西藏登山学校校长、登山家尼玛次仁、歌手老狼、体育明星王治郅、设计师王晖，各界名人吴京、周韵、孙冕、曾玉、王淑琪、王涓、恰米大姐，甚至王秋杨的两个儿子贝贝、多多等，以及来自全国各地的媒体人志愿者，纷纷自发组建团队，上高原，捡垃圾！

环山赛的目的很简单：宣传环保。赛制也特别简单：沿着神山捡垃圾，哪个队伍捡的越多越快，哪个队伍就赢了。

大家都觉得，高原是一片净土。其实那里白色垃圾污染十分严重。可大部分扔垃圾的却并不是外来人。这里本地香客极多，他们又从来没有意识到自己所使用的物品是不会降解的，会对他们所膜拜的神山圣湖产生污染的，他们自然也就不会去在意。过去，这里的人不产生很大垃圾，他们吃的穿的没有那么多包装，也没有那么多化纤的衣服。突然这些新生事物涌进他们的生活之后，他们根本不知道这个东西会造成多大的危害，所以完全没有养成良好的习惯。

➢孙冕在高原环保路上 （十一郎 摄）

如果他们知道，他们一定会珍惜的，那是他们自己的神山。

所以，苹果基金会希望通过这样的活动，去宣传、去带动本地百姓去捡，也去约束外来游客，起到示范作用——看到别人那么辛苦，自己也会低头去捡。毕竟，一个人能捡多少？高原上的大风，随便吹出去就是几百米。但是有人看见了，能捡走，就是活动的成功。

这里又是边防敏感地区，少数民族地区，特殊宗教地区。它的地理位置决定了在这里搞一场活动的难度。好在，苹果基金会并不是来添乱的，而是来宣传环保、来帮忙的。是与政府协同努力，一起来解决垃圾问题的。这些年在“军地民”三方共建上一直与地方上合作愉快，所以这次的活动地方上也相当支持和配合。还特别派

规划和构建神山圣湖垃圾回收体系 （十一郎 摄）

了七个村医，由县医带队，为活动保驾护航。

部队上更是一举出了两支参赛队。事实上，最后大部分垃圾都是由部队上帮忙清运出去的。

人称“十一郎”的周行康作为领队，几乎完全没有休息的时候，必须来回折腾，更要应对一些不和谐的杂音。

有家企业看苹果基金会这次事情搞的这么大，希望在此次活动中大打广告，来找周行康。周行康一口便回绝了：“你这个是活动冠名。”而这是一场公益活动，做公益不是做广告。周行康一直这么认为。

对方不高兴了，坚决要求退赛。甚至带了三个马仔过来闹事。周行康不紧不慢、有理有节地反驳回去：“我们是做慈善的，你们有什么要求我们都可以谈。但是你们要这么搞呢，这里是边防区，你们就不怕都被抓起来？你们这才几个人？做生意就好好做。耍流氓没有用。做事总得讲讲规矩。”对方立刻就瘪了。

做公益，不能完全不算账，但商业活动到底还是算了。周行康一直在平衡，但底线却把握得很清楚：今天给他做广告了，明天别人怎么办？这毕竟还是个公益活动。大家是抱着一颗善心来的。

为了宣传环山赛，志愿者们自己设计制作了宣传画到处去分发。那画都画得跟年画似的，老百姓看了都喜欢，愿意拿回去贴在家里。旅馆也很喜欢，觉得贴在旅馆里是个装饰品，愿意贴上。于是来住店的客人们都能看见这些宣传画了，这样，苹果基金会的环保宣传

2011 年环保志愿者全家福

2012 年环保志愿者全家福

2013 年环保志愿者全家福

面一下子推得更广了。

好多的明星也都积极地参与了进来。

比如，周韵。尽管当时已经出现了比较厉害的高原反应，但她还是悄悄的，尽量不打扰到谁，全力配合完成自己的任务。周韵上高原这件事，当时非常低调，很多人甚至都不知道。周行康开始很担心她一个江南女子，能不能适应那么高的海拔？能不能吃那么大的苦？这里不比大城市，到处苍蝇乱飞，厕所都是挖的，没水没电的。一个钟灵俊秀的姑娘能受得了吗？

后来他发现，周韵是个非常要强的人。很低调地来到了山上后，没有要求过任何特殊待遇，一路就跟着队伍走。王秋杨的两个儿子——贝贝和多多，那时一个是高中生，一个是准高中生。正在满腔“侠义”的年纪，生怕周韵没人照顾，自发和周韵组了一个队，队里还有王秋杨。于是姜文这把 4 个人的队伍叫作 U4，取意 U4 for you。

周韵在环山赛的第二天，已经出现了严重的高山反应，整个口腔都肿了起来。可是她特别顽强，“很拼”。多多回忆起来的时候，这是最大的感慨。那时候，他们每人都在胸口系上一个大白塑料袋，垃圾装满了，就挪到背后去背着。再系一个到胸口。并没有人嫌脏，只想着能多捡点是点。背着抱着都装不下了，贝贝多多还拿登山杖又挑起了两个大垃圾袋，继续捡。

周韵怕人看见她脸肿，让她退赛，或者照顾她，就带了个口罩遮起来。直到回到拉萨后，做了一个小手术，把口腔里的脓放了出来，她的口腔才算是恢复。当时所有人都被震撼了。

相比起来，其他人的高山反应情况要好得多。

练武出身的吴京，酷爱骑马、开车。可是上高原的马是装备物资用的，他转山的时候尽管有腿伤也遵守纪律不去骑。但一路他都想把握一下方向盘，过一把在高原开车的瘾。可还是一样，周行康不让他开车，“有纪律的”。万一出事呢？这是他的担心。好在吴京这个人，很江湖，打起交道来很轻松。不让开就不开呗——那一辆行不行？

这次的车队，有两辆中巴车，拉物资的一辆大卡车，另外还有五辆工作车，包括打前站的，做指挥的，等等。吴京一路上就那么一辆一辆的磨过来。他也不急，就那么笑呵呵地磨。但结果通通都是不行。

老狼颇爱聊天，一路上跟大家聊音乐聊明星，特别幽默、亲切。贝贝、多多完全感觉不到他是个大明星，就是个很亲近的人，和蔼可亲的，完全没架子，谦虚低调。

王潮歌的老公徐东则热衷聊摄影。这和同样热爱摄影摄像的多多谈到了一起，两人一路谈谈讲讲，只觉路上看到的人越来越少，风景越来越美，一点儿不枯燥就到阿里了。

途中，他们还遇到了一个突发情况。路上走着走着，前方因为下雨，路基被冲坏了。有汽车被泡在水里，有个挖土机在山上，路边上很多人很多车都在等着把路通开。多多不顾危险，下去查看情况。他扛着摄像机左拍右拍，尽量多地拍回来好多现场素材。

多多当时被分配在媒体组，贝贝则是物资组的。他们两兄弟性格不同，分工不同。但都在认认真真地完成自己的工作。贝贝每天听调遣、分派物资，跑前跑后，有时候甚至要忙到半夜才能休息。

周行康也担心，虽然知道这两个孩子从小跟着妈妈满世界跑，登山不在话下。可这次毕竟还有工作成分在里面，不单纯是心无旁

泥泞不堪的前行路（十一郎 摄）

鸯的登山。都是十几岁的孩子，连续坐了两天长途车，就直接到了 4700 米，跟着与学校学生交流、服务、转山……中途根本没有休息时间。这么折腾，出点问题怎么办？换了谁家父母不心疼？

没想到两个孩子适应得都很好。那时是九月份，已经开始下雪，晚上是 0 度，可是两个孩子完全没有叫苦叫累。“都很兴奋。”多多说。“也不知道为什么，有种特别想干活的冲动。”

因为路面的这个意外，临时打乱了基金会的行程安排，他们不得不停下来先找地方住下。贝贝、多多都是自己去找行李杠。然后还要继续自己的工作。这对年轻人是很好的考验历练。周行康一直在观察。可以说，很多很多的父母都很强势，希望把孩子塑造成他们想要的样子。可是王秋杨并不是这样的。她不强力塑造孩子，而是为他们打开很多扇大门，让正在成长的孩子，去接触完全不同的环境。并不是去灌输、去要求，而是去培养、去和孩子互动。让孩子找到自己喜欢的事情。这种教育方式很开放，适合孩子。

住下后，大家互相告知：带的东西能不拆包的就不要拆包。但所有的电子设备要及时充电。话未说完，停电了。顿时谁也看不见谁了。本来在高原上，电子设备就要节省着用。这一下，大家赶忙把所有能插电的插上，寄希望于“万一半夜来电了呢？”然后才赶紧去点蜡烛，打点饭，尽快休息。可是，等到第二天早上宝贵的电还是没来。

不单是电和路况，还有些事也会突然发生，不在掌控。

第二天就要出发去环山赛了。头一天晚上，把所有队员都安顿好之后，工作团队碰了个头。

那时候已经是凌晨 2 点半了。管物资的负责人是一个不到 30 岁的小伙子，叫麦特。别人都差不多说完了，他却坐在架子床上发傻。突然，他眼泪就淌下来了："郎哥我跟你说个情况，明天要用的牦牛队，没有了。老百姓说明天不去。我得找谁去？"

那一瞬间周行康也懵了，他们预定的是 16 只牦牛的一个牦牛队啊！那要驮 100 多号人的锅碗瓢盆和吃喝用度呢。而且，因为 6 点半就要做饭、运物资，加上牦牛队走的慢，要先走。这时候才说没了？几乎没想，他顺嘴就说了句："没了你也得把东西给我背过去啊！"

这是压在麦特肩头的最后一根稻草。他哭起来了。一个大小伙子，在几天几夜连续奋战之后，不是伤心，是真的累垮了。

牦牛是一种智商相对低的动物，反应速度慢。如果它跟你狭路相逢，总要过几秒钟才有反应，要么跑，要么攻击。所以，如果你遇到了牦牛，一定要早点儿躲开，千万不要以为第一眼看见牦牛没有动静就是平安无事。

此外，它们还特别容易受惊吓，不管身上背不背东西，只要受到惊吓就会到处乱跑。马可以跟着大部队人走，牦牛却不行。

于是，周行康安排牦牛队去打前站，返程的时候因为吃喝差不多都用尽了，牦牛是空身回来的，背上背着的东西会哐啷哐啷乱响，牦牛非常容易受到惊吓。所以老百姓不愿意出借牦牛。

麦特请罪："郎哥你现场把我解职吧！"

志愿者贝贝、多多在环保活动中 （十一郎 摄）

周行康也无奈："把你解职了，活儿谁负责啊？你们物资组的贝贝？还是中学生呢。"

旁边的人也都劝。周行康也安慰他。眼看着一个大小伙子在他眼前哭出来，把周行康倒给哭傻了。物资运输的问题的确要解决，他只好大半夜的，当场一个电话打给了乡里。最后总算是把上山的牦牛解决了。麦特这才肯去睡觉。

真正开始转山的时候，老狼率领队伍抢先出发。贝贝不甘示弱，和老狼紧紧咬住。贝贝和爱玩爱闹的多多不同，他年纪大些，对比赛也格外认真。多多说："我们那一路上，看见垃圾就跟看见宝贝一样。"

老狼哪里肯落后？高原上风大，白色垃圾又轻，可能明明在眼前几米的垃圾，没等走到跟前呢，风一吹就飘去了好远。老狼不管，

（十一郎　摄）

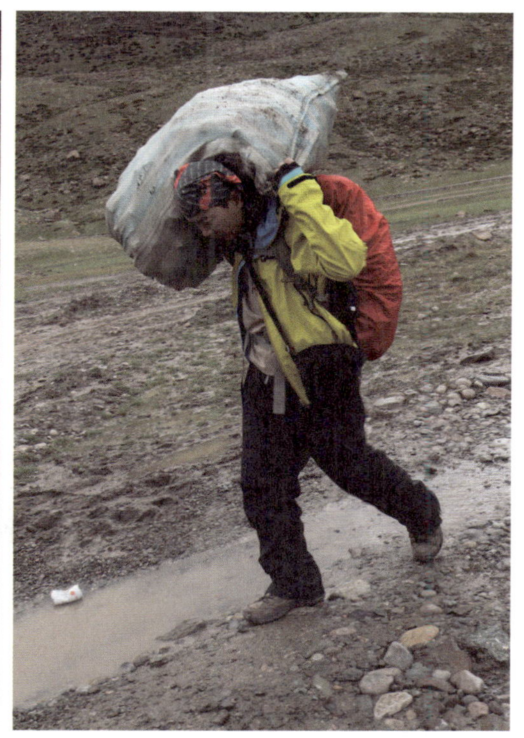

志愿者在环保活动中

照样偏离路线去追。

一开始的时候，热情高涨，还是“那有个垃圾，快去捡！”慢慢地，发现垃圾真的是多，怎么捡都是捡不完的。那么就不多说话了，各人低头自己捡。

午餐是方便面，人人都吃得特别的香，一点儿都不觉得累、苦、脏。到了晚上住宿的时候，贝贝多多居然发现住宿条件“不错”，住的房子不是帐篷。简直有种意外惊喜的感觉。即使那只是个破房子。

这里海拔又高了一点儿，但感觉还好。在希夏邦马的营地里，一帮人甚至唱起了粤语歌。贝贝躲到了一边，趁着闲暇赶紧翻开了自己的托福“红宝书”。原来他正在备考阶段，实在是连在 5300 米的高度上也大意不得。他是个很认真的人，责任心特别强。当时一

全员参与的高原环保活动

直在忙，忙到很晚也要忙完了才吃饭。

饭是冰冷的。因为天太冷，饭打完赶紧吃还是很快就凉了，不一会还会冻上。贝贝多多因为手头都有志愿者的工作，就只能吃冷饭，可他们也不觉得苦。毕竟从小就跟着妈妈去登山，早有锻炼。这一次，王秋杨又在孩子的心里多种下了一颗爱的种子。

晚上十几只队伍，只发给十几只水盆，每只队伍一盆水。这盆水要用来集体洗脸，洗手，洗脚……基本上只能是用毛巾沾湿了擦一下，最后再一起来洗个脚。没有谁嫌弃谁。大老爷们儿就不说了，斯文秀气的周韵也跟大家一起，什么都是一样的。

第二天天没亮就出发了，翻越卓玛拉山口。在那里，队员们甚至还救助了一位失温发抖的男孩，看起来像七八岁的样子。有人把羽绒服脱下来给他穿上，带他到补给点。一问，竟然已经 11 岁了。

还有一位缺氧昏迷、怀孕两个月的藏族妈妈，也被正在比赛的队员们救助了。当地百姓转山，穿的并不多，怀孕又很劳累，晕在路上。当地百姓觉得，如果是转山时死在路上，那是很幸福的事情，

高原学生环保队在捡拾垃圾

阿里首支高原学生环保队

并不悲伤的。

队员们发现了她，由藏医学院的师生们组织救治了下去。苹果基金会的工作人员小白是个文文静静的小姑娘，从内地过来，完全被当地人的信仰所震撼，像是一种洗礼。她回到营地后，眼望着神山圣湖哭了良久。

藏医学院的队伍中，有个叫普布次仁的小伙子，他长着小胡子，圆脸，长发，有点儿类似内蒙歌手的发型。看起来很彪悍的一个人。这么类似猛张飞的一个人，却做出了一件很细腻的事情——从身上摘下一块佩玉，送给了王秋杨。小伙子告诉她，自己再有两年就毕业了，现在也来参加高原环保队。看见了王秋杨，知道她是苹果基金会的创始人，所以就很激动地过来把随身佩的玉摘下来给她。很简单，很单纯，甚至有些可爱可笑的举动。却让王秋杨感到特别的意外，也特别的感动。

回来的路上，其实大家已经很累了。转山两天，垃圾袋背满了，放去回收点，继续捡，满了再想办法多背一个垃圾袋……中途在收集点露餐，吃点儿干粮，继续前进。

有人发现王秋杨的腰不好了，几乎没办法走路了。这给贝贝、多多增加了更多负担，就提议："要不，拿不动就别捡了？"

两个孩子一致表示："捡！捡！"很认真。对待比赛要认真，对待神山更要负责。能多捡点是点。他们希望他们走过的地方是干净的。

这次环山赛一共设立七个补给点，后三个都用来放垃圾。每个垃圾回收点都满满的堆着大家捡回的垃圾。跟着，各队成员再拿上空塑料袋继续出发！

这次比赛的终点是塔尔钦苹果小学。比赛结束，各队开始准备称重测量成绩。多多心性随和，到了学校十分兴奋，和学校的学生一起嗖的一下，翻墙而过。垃圾捡完了，神山干净了，这就够了。能在神山上清理那么多垃圾，"这辈子都没清理过那么多啊！"至于比赛结果，对他而言并不重要。而作为拍摄组的一员，多多没忘了自己的任务，即使在捡垃圾的过程中也坚持在拍摄，不过他自己说"第二天拍的少"，因为下山的时候，"像疯了一样捡垃圾"。不管怎么说，他感觉自己完成了一项十分重大的使命，一股强烈荣誉感充

志愿者郑钧、吴越、廖一梅在环保活动中

盈在心间，回味起来，都觉得很不可思议。

老狼和贝贝则较上了劲。这两支队伍都是捡得又多又快的。一定要比个输赢才行。贝贝凡事认真，既然是比赛，就一定要好好对待。

是的，这样的环保行动，苹果基金会一直在“好好对待”，绝不是一时的心血来潮。从 2011 年开始，每一年都会认真的举办下去。

2012 年，第二届冈仁波齐环山赛上，苹果基金会的工作人员明显发现，虽然沿途的垃圾数量还是很多，但比起去年来说，已经少了不少，尤其是刺眼的白色污染。

“快乐购队”的李泝发出感慨：“当志愿者们纷纷弯腰捡起路边

（十一郎　摄）

（十一郎　摄）

志愿者老狼、周韵、吴京在环保活动中

的垃圾，越来越多的朝圣者和游客就会加入我们。有的时候，公益具有一种表现力，用以影响他人，而环保，更像一种处世的态度。”

来自北京的环保志愿者，“天越探索队”的队长杨为民说：“我到过西藏几十趟，第一次在神山脚下参加公益环保活动，活动中，我们不仅仅是在清理神山脚下的垃圾，更想把环保的理念同时也带到这里，值得欣慰的是在清理垃圾当中我们已感受到朝圣者和旅行者们对环保的理解和支持，他们在朝圣的过程中也情不自禁的参加到我们的清理垃圾的活动中”。

当每一个参与者谈论并传播这些内容，关于公益的思考便已经开始影响与他们最亲密的人群。苹果基金会要的，就是这样的一个效果。通过冈仁波齐环山赛，向大众宣传高原环保，提高大众的环保意识。虽然象征的意味更明显，但目的也能更快的达到。

第二届环山赛比第一届规模更大、辐射面更广，参与的人群范围也更广泛。因此所能影响的人群范围也就更加广泛。

2012年8月29日，参加公益环保行动的志愿者们从全国各地向拉萨集结，并于31日在拉萨色拉寺进行拉练，以提前适应高原环境的能力。国家登山队队长王勇峰亲自带队，来自各行各业的志愿者及当地政府、驻军、武警、企业和百姓共同参与，志愿者们沿途参与了清理垃圾，宣传环保理念等公益活动。

这一年，王治郅也在队伍中，两米一四的他，在哪里都是“鹤立鸡群”。由于高海拔的原因，阿里当地的人们，很少能看到那么高的人，大人们还好，孩子们简直被这个“巨人”迷住了，对他好奇得不得了，大郅所到之处，总是围着一群孩子，而他也总是很开心地和孩子们闹成一片。

他当时还是八一队的成员，战士们看见他都特别亲切，兴奋得不得了。尤其是小战士们，仰视着偶像，犹如神仙落地的感觉。王治郅带来了他签名的篮球，发给战士们、孩子们。作为这次冈仁波齐环山赛的“志愿者代表”，他又与80多名来自全国各地、各行各业的志愿者一起，在神山圣湖发出环保号召。

可是，当地的孩子们和战士们其实并不知道，大郅那时候正承受着严重的高原反应，强忍着痛苦在工作着，甚至还向战士们传授了篮球的传球技巧和许多实战打法。至于他的高反，后来大家总结起来，大概也跟他的超高个头是分不开的。

2012年的赛程为期还是两天，行进路程52公里，最高海拔5564米。由不同地区的环保志愿者组成了十个志愿者团队，他们分别是“行走中国队”、“快乐购队”、“麻膜队”、“天越探索队”、“华大基因队”、“丝绸之路队”、“四眼蜣螂队”、“勇者无畏队”、“唵呵吽队”和“晃悠队”。此外，还有来自全国各地的媒体志愿者组成的三个团队。

2013年9月初，塔尔钦小镇尚未结束雨季，再加上这里的海拔有4700米之高，在北京还是一身夏秋“乱穿纱”的时节，在这里，夜晚温度已经降到了0℃左右。第三届环保转山活动又按时拉开了帷幕。到了2013年，环保转山活动更加完善了。恰米大姐、于露这些志愿者盘点捡回来的垃圾时看到，一次性的废旧电池比例竟然变

（十一郎　摄）

低了。常常在高原上跑的人，都知道在高原上废旧电池绝对称得上污染的“主力军”。可是，苹果基金会这些年来在持续努力着减少这方面的损害。一直致力于废旧电池的回收项目开展，这几乎占据了他们在高原环保事业中极为重要的一环。

应该说，环山赛是苹果基金会最引起公众关注的项目，而志愿者们实际上工作做的最多的，还要数废旧电池的回收项目，包括宣传、引导、捡拾、回收、集中……除了无法进行专业上的废旧电池处理之外，简直无所不能。通过几年的高原环保宣传，确实已经起到了一些积极的作用了。

很多人都认为，像阿里这样的地方，是不存在所谓的环保问题的。这里是世界上最纯净的地方，最远离喧嚣的世界净土。这里再不干净，世界上就真的没有一片干净的地方了。

可事实上，这里其实是一个污染的“重灾区”。早在 2003 年，沿途已经被遗弃的各种废旧电池充斥。因为供电设备短缺，当时上高原，最重要的一件装备就是一次性的干电池。所以，几乎所有人都是带上几百节干电池过去的。但是，很多人，特别是摄影爱好者们，却把用光了的干电池随手抛在路边，造成了极大的化学污染。这些干电池完全不能回收再利用，对当地环境造成了极大的破坏。

即使有环保者想捡拾电池，也有很多捡不到，因为有些电池在水里，有些在非常不易发现的地方。而且这样的垃圾要一直回到北京才能被处理掉。

开始，苹果基金会采用了有偿回收电池的方法。贴出大量的宣

回收的废旧电池 （十一郎　摄）

传招贴，告诉大家只要把废旧电池拿到苹果小学，就可以一节电池换一毛钱。

这个办法相当的见效，一传十，十传百，大家都主动在外面收集废旧电池，交到苹果小学来，天长日久每所苹果小学，都有好几个巨大的白色塑料桶，里面装满了回收来的废旧电池。

当回收电池变成一种习惯，阿里的藏民已经不需要有偿交换了。苹果小学设立有专门的废旧电池回收箱，他们会自觉地在日常生活中就把电池收集起来，每次路过苹果小学的时候再把收集来的电池投入回收箱。回收箱没有人看管，藏民们也不再索取回报，最初的有偿回收已经变成了无偿回收。从点滴做起，保护阿里的环境，已经深入了藏民们的心。

电池回收的工作是做到位了，可是，那些回收来的旧电池该怎么处理？这却给苹果基金会带来了重大难题。干电池属于化学制

神山前，部分志愿者和捡拾的垃圾

品，一节5号电池可将5平方米土地重金属污染达50年。要处理，需要非常专业的技术，一个不小心，污染了水源，那就是危害一方的大事。

苹果基金会为此专门四方打听，哪里可以回收处理这些废弃的旧电池？打听来，打听去，全国只有上海的一家工厂可以处理，而且，也必须累计到一定的数量级才能送过去。于是，大量的废旧电池就只能躺在苹果基金会的仓库里，等待着涨到一定的吨位，被集体送去上海的工厂回收处理。

其实，国外一些发达国家在回收处理废电池方面已经进行了一系列积极地探索，并积累了不少好的经验。可是依然很难称得上成体系。一来，随着科学技术的进步，电池的制造技术越来越倾向于无害化，重金属的含量已经降得很低，或者被制造得很难泄露到环境中去。二来，充电设备越来越普及，电网也铺到了世界的各个角落。干电池的使用量开始逐年在下降。像日本和瑞士就各自只有 1 个废电池再利用工厂，原来主要处理含汞普通废电池，现在则主要处理可充电电池。由于废电池总量较小，设施的生产能力甚至有一部分已经闲置。而德国甚至把收集上来的废电池放置在废弃的矿坑中，连基本的处理的量都达不到了。

这些国外的经验已经很难再借鉴的情况下，苹果基金会必须重新去探索新的方向。现阶段或者因为电池的积压，的确给苹果基金会造成了一定的负担，但是在环境保护方面，苹果基金会从没有停止过探索。

因为环保实在是需要太多基础力量，需要太多的工作要做，而苹果基金会的力量还太有限，能做的更多的是一些象征性的工作，比如冈仁波齐环山赛就是这其中一项非常积极的，而且见效极快的成功探索。

环山赛的影响力，一年胜过一年，而它只是一个开始，一种象征，更重要的是，苹果基金会希望通过这个最高海拔的赛事，将冈仁波齐山脚下，乃至整个阿里地区，甚至整个藏区的环保呼吁传播出去，唤起当地民众和游客的环保意识。

回过头来说第一届环山活动，在记录成绩的时候，虽然贝贝、多多他们组捡的最多最重，可是由于他们回来得晚，加上时间因素，最终还是判老狼队获得了胜利。老狼队欢呼着抱在一起庆功。王秋杨却为儿子们感到很不服气。贝贝也颇懊恼，但输了就是输了。大不了下次再来。多多已经再次扛起摄像机，又去拍他的素材去了。

晚上回到到苹果小学里住下时，其实已经挺晚了。他们终于有水洗脚了。每个人都是灰头土脸的。小白一进门，不知为什么，却突然感觉，屋里有光投进来似的。后来她想，也许，是她心里进了阳光吧？

第二天，藏医学院和苹果小学的老师们跑来，找到周行康。说是觉得这个事特别好，他们都特别受鼓舞，“下周末，我们也自己去转个山，捡回垃圾去！”

这次环山赛，藏医学院的学生和苹果学校的老师们都参与了后勤保障，这是很辛苦的。周行康还想着，下个周末应该好好给老师们放个假了。毕竟，在这山上，老师可没有消停的时候。孩子们都是住校。吃喝拉撒睡都要管，淘气起来翻墙砸玻璃都是老师管。好容易周末放个假，不应该去县城里休息一下？

没想到，老师们却兴致极高，觉得这件事太有意义了，一定要自己多去一趟。周行康欢欣鼓舞，急忙问：“要不要保障费用？食品？补给？”

老师们笑笑摇手，回复：“不用不用！给我们多找点编织袋就行。”

很快，到了周末。老师们5点就出发了。到了晚上，周行康突然发现，老师们竟然出现在学校里吃晚饭！一问，原来他们只用了一天时间就完成了参赛志愿者们两天走完的行程，而且还捡了许多的垃圾！

2012 年环保志愿者与藏医学院师生

这就是实力的差距啊！

赛事虽然结束了，由赛事引起的公益效应却在不断发酵中。2012 年，环山赛中启动的“光明使者计划”得到了国内规模最大、专业化程度最高的民营清洁能源发电企业——汉能控股集团有限公司的积极响应。说起项目的实施，还要归功于第三届环山赛志愿者丛蕾。赛事结束后，冈底斯藏医学院的学生们在昏暗的灯光下刻苦学习的场景深深地印在了她的脑海中，挥之不去。正是在她不遗余力的推动下，2015 年 7 月，由汉能集团捐建的 21.1KW 薄膜太阳能电站在冈底斯藏医学院建成并投入使用，明亮的灯光下，学生们朗朗的读书声在神山圣湖间久久回荡……

22

天堂足球赛

2011年9月

贝贝、多多是王秋杨和张宝全的两个宝贝儿子，从小就很崇拜王秋杨，还管她叫“超级无敌妈妈”，甚至跟着她满世界闯荡。不过两个儿子性格不同，贝贝更像爸爸，沉稳，好静；多多更像妈妈，好动，精力旺盛，十岁就跟着妈妈登上了非洲第一高峰乞力马扎罗山。

等到后来慢慢长大了些，两个孩子越来越懂事了。他们开始经常看见苹果基金会的志愿者们忙进忙出的。这就是老话儿说的“言传身教”，贝贝、多多在这个氛围下也受到了很深的影响，逐步参与到志愿服务的队伍中来。

当时贝贝正在备战高考，多多则即将踏进高中。毕竟年纪还小，两个人对公益的认知还只停留在“做点儿很简单的事情：搬搬东西、留点影像资料”之类一些基本的工作层面。

妈妈说那边有个神山，要去转山捡垃圾。因为之前他们也跟着妈妈去登过很多山。多多认为“去登山就是把人置身大自然，这是修行一样的行为”，何况还可以边转山边当志愿者，边捡垃圾。在青春期的孩子看来，这是个很“酷”的事儿啊！不过哥哥贝贝相对来说要成熟一些，他更关注公益的部分，临去的时候做了不少功课。

至于另一个让多多跃跃欲试的理由，直到他上了高原才说了出来。原来，酷爱足球的多多，特别想跟高原的孩子们见一面，跟他们切磋一下，踢一场比赛！

那是第一届环山赛。

上高原之前，两个孩子还有一点儿担心，真的上去了，反而没有什么高原反应。大约是从小跟着王秋杨到处跑的关系，身体素质都锻炼得特别好。还很兴奋。一直很兴奋，很想去做事。

贝贝分在物资组，一路上跑前跑后分配物资，听训话、和人商量分配事宜，几乎每天都要工作到很晚。多多则被分配到媒体组，一路拍摄了不少素材。

去阿里的路上，大雨冲毁了路面，多多不顾危险，冲出去拍摄现场情况。汽车被泡在水里。有个挖土机在山上，旁边很多人很多车都在等着把路通开……这些珍贵的现场都被多多记录了下来。

贝贝多多记得，一到塔尔钦苹果小学，孩子们就冲出来了。跟着老师们也出来了。那份热情立刻就感染了他们，让他们感受到了西藏人的朴实、单纯、没有杂念。

吃饭时，贝贝给孩子们盛饭，多多负责盛菜。一勺米饭，一勺西红柿炒鸡蛋，一勺西葫芦，一勺肉……

有个小朋友的肉滚落回桶里，那孩子的脸上立刻就难过起来了，并没有哭出来，只是委屈、难过。

多多赶忙给他补上一勺肉。虽然那孩子没有多说什么，但那张委屈的小脸，却印刻在多多心里，让他难受了好几天。

志愿者贝贝、多多为孩子们分发食物

吃过饭，小朋友们去洗饭盘的时候，贝贝拉过孩子们的手来看，那些小手，没有几只是完好的，全是各种病，很多都烂了。还有个小孩是六个指头。他摸着孩子们的手，那是他从来没见过的，另一个世界。

来到苹果小学后，正是类似很多这样的琐碎小事，一锤一锤的敲在城里孩子的心上。

多多站在由王勇峰捐建的足球场上，尝试着呼吸，他的想法愈加明确：去转山还是一个自我的行为。而他，想去组织一个互动性的事。

于是，他拉上哥哥，挨个去说服人家参加比赛，去尝试组织起一场“海拔最高的足球赛”。贝贝平时就少开口，这会就把“逗哏”的重任交给了多多，自己充当“捧哏”。多多也很主动，别看年纪小，一点儿不怕。

其实那时候很多人刚上了高原，正在适应阶段，都处于在难受和不难受的边界上，心情烦躁。有些人已经出现高原反应了。一听说还要踢球，纷纷表示“事情虽好，奈何自己身体不行。”

两个孩子并不气馁，又去积极地游说老狼。老狼一听，只好表示：自己“一把年纪”了，够呛，又觉得这个事挺好。要不这样，守门行么？

有了突破口就好办了！

跟着又去找了奶牛。这是个活泼有趣的人，以前就和多多一起踢足球。他看见录像机，一下变得特别兴奋。自顾自地开始编故事：“自从国家队退下之后，就再也没有碰过足球。这种机会太难得了，不知道能不能发挥好。”大家笑闹之间，就算是又敲定了一个人选。

跟着，吴京、赵牧也都很积极地参与进来。尤其是吴京，他表示自己毕竟习武多年，怎么能不参与？

还有马列，他平时性格特别活泛，跑的特别快。在高原上应该也会有所作为。

还有王晖，还有……

凭着两个孩子一搭一档，竟然真的被他们把人选都说报齐了。

跟着，他们找了苹果小学的体育老师，请他组织孩子们备战。

第二天，按照常规日程安排，各支队伍纷纷出发去转山捡垃圾。比赛结束后，大家回到苹果小学，身体虽然很累，但精神上却特别兴奋。突然有种深受洗礼般的感受。在这个过程中，人人都被打动了，感受到这其中的意义所在。是的，这不是身体劳累的事儿，这是精神可以得到升华的事情。

于是，到了足球比赛这一天，几乎人人都变得愿意去了，没有叫的人也去了。突然，从找不到人，变成了首发阵容排不开了！

这一天，天高云淡。

一个北京卫视的人嫌弃在地面上角度不够好，爬上房顶去拍摄，效果堪比正式足球转播。谁也不知道他是怎么做到的。

来自 CCTV5 的解说员尤尼借用了学校的喇叭，拿起来开始解说，特别专业。

贝贝多多都快惊掉了下巴：他们两个孩子，包括苹果小学的孩子们，可都从来没踢过一场带解说的足球赛啊！

这下可更要认真起来了！

首发阵容变得特别豪华：老狼守门，王晖后卫（后替补守门），多多（也跑左边锋）和奶牛双前锋，贝贝中场，马列右中场。开赛前，还很认真地讲战术。

对方都是五六年级的孩子，差不多十来岁。只有 2 个老师。刚一开球，有两个孩子踢得特别好，但是显然不像城里的孩子有配合。他们更多是个人技术。踢得稳、准、狠，但是不脏。

踢了一会儿，踢兴奋了。多多以为自己还在北京呢，一个加速，全力冲刺冲了 50 多米。这一下，立刻就坏了，根本喘不上气。一瞬间失去意识了，当时站在原地不能动了。对方小孩跑过来，瞧了瞧他，轻轻巧巧把球拿走了。

当地小孩完全没感觉，跑起来跟贝贝多多他们在平原上跑一样。可贝贝多多他们真不行了。不动还没问题，跑起来立刻反应就上来

天堂足球赛鏖战正酣（十一郎 摄）

了。那是 4700 米的海拔啊。

很快，他们就被进一球。

老狼在后方招呼他们，说自己被压迫得不行了，压力太大。后卫也是除了一通乱抢毫无办法。

全体回防！回防！

前面只留下了奶牛一个，贝贝、多多、马列、孙斌…… 几个人全都回防了。即便这样，还是被苹果小学的孩子们摁着打。

上半场苹果小学队优势明显。

下半场之前大家很认真地开了个技术会。总结：得有技巧，绝对不能跟着小孩们跑，根本就没有抢断能力。不要卡位，抢断。要传球过人必须得跑，一跑就完了。

多多自己也总结：发挥也比想象的差多了，别跑了，把球传开。

到了下半场，换了一部分人。这一招果然好使，没多久就进了几个球。局势扳回来了！

对方一看形势不对，也紧急换了老师上来。老师踢得好多了，立刻又把局面扳了回去。

高原上的队伍，个人能力虽强，套路见的却比较少。出现了任意球的情况下，贝贝多多决定要好好利用这个机会。他们很认真地讨论布阵。你怎么站，他怎么站。多多还和奶牛来了一个穿插假跑。当地的孩子哪见过这种小套路，吓了一大跳。这个球差一点儿就进了。

双方越来越认真。还有 CCTV5 的尤尼欢乐的现场解说和北京卫视的摄像。就好像是一场专业的足球赛一样。

本来只是一个互动的小提议，结果变成了一场很大很特别的一

友谊第一，比赛第二（十一郎 摄）

场盛事。

一边是神山，一边是圣湖，中间是海拔最高的足球场。

回忆起这件事，多多还是由衷地感动和自豪，“是我组织的。”

赛后，贝贝多多给每个苹果小学的孩子们都发了个书包。他们每人跟宝贝一样珍惜地抱在胸前。

多多意识到：即使再小的事情，只要你真心实意地去为高原上的孩子们做了，总会收到他们满满的爱。他带着这份满满的爱，回到了北京。

采访的时候，多多把水放进酸奶罐子，把剩下的酸奶稀释后喝掉，动作非常自然，显然是平时一直这样不浪费。

从很小的事情做起。这是多多自己总结出来的经验。他和哥哥贝贝开始关注更多小事。这时，吕钟霖和李颖夫妇向苹果基金会捐赠维生素的事情就走进了他的视野。

吕钟霖和李颖夫妇去阿里转山，发现当地孩子相当矮小，完全和年龄不符。经过了解，阿里孩子们生活在海拔最高的地方，年平均气温都在零度以下，大风天气超过一半。因自然环境恶劣，蔬菜水果无法生长，没有蔬菜水果导致儿童缺乏维生素获取渠道，孩子们的身高普遍比内地同龄人矮小，发育不良。于是，他们通过苹果基金会连续两年向塔尔钦苹果小学的学生捐赠了维生素。

多多在踢球的时候也感觉当地的孩子特别矮小，怎么看都不像是十来岁的孩子，补充维生素确实势在必行。何况一瓶维生素并不是很贵，捐献维生素是一个以非常小的单位为基础做公益，应该会

“维生素计划”首批捐赠人吕钟霖、李颖夫妇（十一郎 摄）

吸引更多的人参与进来。

就这样，他联合贝贝、好友武思铭、高大行四个北京学生发起面向阿里孩子的“每天维生素”计划，此举实在是这一代有担当的年轻人才会做出来的。首先他们想到的是依托最先进最时尚的社交软件——微信公众号进行筹款，随后他们发表了第一篇文章进行转发宣传。在文章里，他写道，“一粒维生素5毛钱，还买不到一瓶矿泉水一根冰激凌。但是对有一群人来说却很重要——西藏阿里的孩子们……

帮助阿里孩子，从一瓶维生素开始。感谢你的爱心！”

并没有什么煽情的话，他们只是附上了阿里孩子们的照片、维生素的价格、阿里孩子与内地孩子各年龄层的身高差，以及捐赠地址电话。

简简单单的一篇小文，推送出去之后，四个学生并没有想太多，捐多捐少都是爱心，5 毛钱的维生素能募集到多少呢？

可他们万万没想到，仅仅一个晚上的时间就募集到了 5 万多善款！他们被惊到了，一方面觉得很自豪，另一方面则是感到太不可思议了。大家都那么有爱心，愿意做这件事。这本身就是对他们最大的鼓舞。

此时的贝贝已经考入国外的大学，正在留学阶段，和多多他们在国内的时差日夜颠倒。这一下，大家可放了心。4 个人排了班，24 小时轮守为捐款人答疑解惑。

苹果小学的学生领到了姜文周韵夫妇捐赠的爱心书包

回想最初那段对着手机的日子。兴奋、开心、感激……孩子们激动得忍不住又在微信里写下了一篇文章：

自从去过阿里，我们就一直想为那里的孩子做点儿什么。8月19日晚上8点半，“维生素计划”通过微信如期发布了。我们的初衷是希望引起更多人关注到这一群常年吃不上蔬菜的孩子，通过组织捐助维生素片，为他们做点儿务实的事。

其实，对于微信发出去究竟能有多大效果，起初我们心里没有底。但是，当晚手机上陆续接收到一个个问询时，我们哥几个瞬间就兴奋了！虽然，传递这份善意的只是一条条微信，我们看不到背后的人到底都是谁，但却真切地感受到了心里涌起了一股温暖。以前，低头按手机都是玩游戏，这次不一样，我们四个认真回复了每条询问，对每笔善款都做了详细记录。大家参与的热情之高超出了我们的想象，三个小时后，善款就累计到了将近5万元。

截止目前，共收到善款239,712.00元。

……

小哥儿几个是真的被网友们的热情感动了。

他们互相帮助，甚至建立了相对完整的工作体系，有Excel表格、有时间规划、有善款记录、有备注……每一笔都详尽的，不厌其烦的记录着。

许许多多的人都在留言里对他们表达了支持和感谢。这让几个中学生的心里暖暖的，动力更足了。

可是，就在这个节骨眼上，突然有人对他们提出了疑问：计划采购的养生堂维生素片是不是价格偏高，如果换一种品牌惠及更多的孩子不是更好吗？

捐赠维生素品牌这个事压根儿就没在几个孩子的考虑之中。之前吕钟霖夫妇捐赠的是养生堂，大品牌，安全可靠，阿里孩子们吃过后，没发现什么问题，那就继续用它呗。这还有什么可考虑的？

这件事，确实是孩子的思路，想得简单了。网友们提出来：虽然一颗维生素是5毛钱，可养生堂的维生素一次要吃4粒，其实价格还是蛮贵的。市面上还有不少品牌比他们便宜呢。

几个孩子想了想，感觉十分合理。立刻分头去联系、查询信息。毕竟善款都是网友一份一份通过他们的微信捐出的，他们可不想所有的辛苦都被人误解。

最后，他们收集了许多信息，联系到了多个品牌的采购渠道，有的品牌直接联系到了厂家，甚至包括去咨询了医生对小孩服用维生素药片的专业建议。他们将这些厂商的指导价全都标识了出来，公示在微信上。最后，他们终于确定了价格相对便宜的小儿善存片。

北京军区总医院的营养科、小儿科和保健科也积极为小哥儿几个提供了专业的指导和意见，并且为他们提供了更加安全的采购渠道，通过医院的采购中心来采购，价位低、安全保障高。这一下子就让几个大男孩安了心。

再次确定了维生素的品牌后，他们赶忙发了微信，不但是在公众号里发了文章，公告大家，还特意给所有捐赠过的人，一个一个的私信过去，告知对方选维生素品牌的前因后果。

维生素项目发起人张牧远与志愿者们在装车

捐助活动人员众多，每个人的款项星星点点，四个学生平时还要上课、做作业、备考……这个工作量对他们来说，过于繁复琐碎。但他们还是扛下来了，认认真真去回复了每一位捐款人的问询，消除了各种疑虑。

2015 年 9 月 21 日下午，110 箱维生素装车，发往西藏。苹果基金会组织了简单的发车仪式，一些参与了捐赠的爱心人士也来到了现场，有志愿者还义务地提供了全程拍摄记录。

截止到这一天为止，凭借着四个孩子的努力，一共募集到了 239,712.00 元善款，采购了 110 箱、5,280 瓶维生素片，能满足 880 名西藏学生一年的维生素需求。

领到维生素的学生们

接下来，苹果基金会与阿里当地的行署、地委、教委、阿里军分区一起配合，将这些维生素送到阿里的普兰县、札达县、噶尔县，一共 11 所小学。几天后，汇聚了整个网络的爱心便送到了阿里孩子们的手中。

这是多多第一次发起募款，显然，以他的经验，的确是有疏忽的地方。但他努力了，也补救得很好。后来持续捐款、帮忙转发信息的人数依然在增长。

多多在这个小小的捐赠发车仪式上发言，他说：“希望项目能一直做下去，明年再送一批维生素到西藏，一年一年做下去，去惠及更多的西藏孩子。”

从10月13日开始，苹果基金会的工作人员就在阿里跑学校和卫生局，向阿里普兰县塔尔钦苹果小学捐赠了23箱维生素，能满足184名孩子服用一年；向阿里札达县卫生局捐赠了12箱维生素，卫生局负责再发到学校，能满足札达县楚鲁松杰苹果小学、达巴苹果小学、曲松小学、萨让小学、曲龙教学点和底雅小学96名孩子服用一年；向普兰县卫生局捐赠了55箱维生素，卫生局负责再发到学校，能满足普兰县九年一贯制学校——普兰县完小、多油小学和仁贡村小学440名孩子服用一年；向噶尔县卫生局捐赠了20箱维生素，卫生局再负责发给门士乡小学的160名孩子们。

其中，爱心人士定向捐赠给札达县楚鲁松杰苹果小学和达巴苹果小学的捐赠款，在满足两校孩子服用一年维生素的基础上多出的善款所购维生素，经征得捐赠人同意后，已分发给札达县其他四所小学。

至此，2015年“每天维生素”计划的募款、采购、药品发放就初步告一段落了。这其中一笔一笔，琐琐碎碎的款项数额，全都出自四个中学生之手。他们认真负责的态度，也被高原上的孩子们深深地感谢着。

多多说，他希望维生素计划能一直做下去，如果苹果基金会能够一直把这个项目持续下去的话，那高原上的孩子们才能一年一年的长高。不管这件事是不是还由他来做，只要这是件好事，那么就值得为之付出努力和辛劳。

23
大路越走越宽阔
2013 年

越野车又跨过了一条几近干涸的水沟，炙热的阳光灼烧着沙丘，直直地穿透车窗玻璃，刺进车内每一个人的皮肤内。车里，几乎所有人都已经尽量把自己包得严严实实了，尽管汗水顺着身体的每一个毛孔倾泻而出，但比起高原上强烈的紫外线来说，多出点儿汗总比晒伤来得好些。

花明大姐珍惜地把防晒霜递给开车的小郎，但小郎犹豫了下还是拒绝了。有些“硬汉思维”的他总是认为，“男的嘛，擦防晒霜这种东西总是觉得有点别扭。”所以他还是选择把冲锋衣罩在头上充当防护。满车人都大开玩笑：“你这是要变成本拉登的节奏啊！”小郎听后，索性把衣服包满全脸，只露出两只眼睛，问：“这样会不会更像一点儿？”

于是在这趟漫长、艰辛而荒芜的旅程中，大家终于又找到了让自己开心起来的方式。

苹果基金会成立至今已经十来年了。相比一般的公益组织来说，简直可说是“元老级”甚至“骨灰级”。一路走来，搜刮到的像小郎这样死心塌地的志愿者可谓不计其数，其中不乏姜文、王治郅、老狼、张朝阳等各行各业的知名人士。

苹果基金会工作人员马晓亮在为藏医学院教职工发放补贴（十一郎 摄）

经过多年建设，到了2013年，通向青藏高原的公路越来越宽阔，越来越顺畅了。十年之前，王秋杨第一次进藏的时候，凭着一股子“不服输”的劲头，走过的那些泥泞搓板路，如今大部分都修通了正式的国道。一年一年，基金会的工作人员和志愿者们，眼看着自己的工作随着大环境的不断改善也在变得简便起来。比如，从前需要走7天的路，现在可能1天1夜连续开车就能到了。

早先苹果基金会的志愿者们上一趟高原，绝对是一次体力、毅力乃至对生命本身的挑战，那时进藏的人，谁不是一路开车，一路修车，颠簸得胆汁都快吐出来了才拼命走过来的？如今的青藏高原，世界之巅，虽然依旧遥远，但在历经多年不计成本、不惜代价、前仆后继地援建之后，在很多地方几乎已经可以和内地的许多城市一样自由的旅游行走，而不必如探险家一样需要背负大量的生存装备了。现在不刻意走很深的村寨的话，都通了柏油路。只要你有一辆车，哪怕只是一辆排气量只有 1.0 的夏利汽车，一样可以顺顺当当的沿着公路开上高原来。这在十年以前还是根本无法想象的事情。从前只能靠专业的越野车、大卡车送上来的物资，现在普通的车型也运来了。无论人员、物资、条件……年年都在改观。在基金会服务过几年的人，感触尤其深。

小郎包着头，尽量保持着视野的畅通无阻，把握着方向盘在沙

苹果基金会工作人员夏毅在环保活动中

地上一路狂奔。是的，尽管已经是 2013 年的夏天了，但在世界屋脊的屋脊上，依然还有许多地方细微到公路一时还无法延伸进来。可苹果基金会却早就远远的走了进来——这一次，他们是要例行探望几个苹果小学的师生们。

漫无边际的戈壁滩，只能靠 GPS 的指引前进。渴了，就小口小口的喝一点水。没办法，在高原上，水几乎是和生命一样宝贵的资源，只能尽最大的努力节约着使用。突然，一个姑娘朝着远方尖叫起来，“驴！野驴！”果然，就在远方，一群野驴正飞奔前行。顿时，已经默默开了整整一个上午车，极度疲乏的人们立刻来了精神。

苹果基金会工作人员旦增吉美在环保活动中

此时，小郎已经和刘璐调换了司机的位置，刘璐握紧方向盘，脚下一轰说：“嘿，今天下午全靠它们了！”跟上野驴的节奏，飞驰在野驴队伍的附近。

这个下午，在这条拉萨奔往阿里的“必经之路”上，就只有苹果基金会的这一辆车在奔驰，陪伴他们的，就只有这一队突然路过的野驴群。

更多的时候，他们只能独自前行。三百公里，四百公里……只有他们自己。刘璐回忆说：“那时真的是，路上看见一个村镇，不管饿不饿，先扑进去吃一顿。因为不知道下一顿饭要什么时候才能吃上，能在哪里吃上。看见一个加油站，不管车里还剩多少油，一定过去加满，因为不知道下一次要到什么地方才能遇到加油站……”

生活在巨大的、拥挤不堪的大都市中的人们，总是很难想象这样的画面，他们单纯地鄙薄都市的臃肿，向往大漠黄沙的开阔爽朗。他们义无反顾地投身进来，被他们所向往的大漠黄沙拍了个灰头土脸。很多人出于对藏区的热爱，坚定不移地登上高原。可是，现实从来都不美好——藏区孩子们脸上的高原红从来都不是因为害羞，而是实实在在的日晒风吹造成的。所以，当他们真实赤裸地感受到这一切的时候，往往难以承受这样沉甸甸的重量。

苹果基金会的志愿者们，很多也家境相当好。毕竟选择做慈善的人，愿意亲身上到高原上的人，一般来说家里条件都不会差。尤其是在早些年，也只有家里条件好些的才有能力既保障自己上去还有力量去帮得了别人。可就是这样的一群人，头一次上高原的时候也难免倍受打击。但他们的眼中毕竟还有苹果小学的孩子们，他们知道自己的使命，知道就在全世界离海最远的地方，离天最近的地方，那个叫阿里的“世界屋脊的屋脊”，还有孩子们在等着他们。

“说实话，男人要好很多。”基金会的工作人员夏毅说这话的时候并不是大男子主义，因为你不得不承认，公共设施极度不发达的地区对女性的确是相当的不友好。这从国外来转山的女人们曾经在塔尔钦遭遇过的如厕难问题就可以看得出来。

从拉萨到阿里的狮泉河，2003 年苹果基金会刚刚筹备的时候，基金会第一批人上去，还都是石子路，一趟需要走 7 天，而且还得是起早贪黑的努力开车，还得保证车的质量超级棒，路上不要坏。现在连夜开的话一天就能到了，或者路上休息的话两三天也能到了。这是公路带来的极大便利。但是再向阿里的深处走，那又是另一番天地。就像一棵大树的躯干，总又分出无数细小的枝桠和叶片，公路未曾延伸到的地方，正是 10 年来苹果基金会伸出援手的地方。

到了晚上，苹果队一行人终于赶到了县城住下。高原地带，昼夜温差极大，中午还是那样强烈的日晒，到了晚上竟然就有零下 10 度的气温。“大风一起，能迅速带走身上的体温。这时候如果不立刻找到房子住下来，可是真的有性命危险的事”，工作人员崔杰如是说。

就算住在宾馆里，和大城市的生活也完全不能相比。小郎和刘璐在所谓的“标准间”里发现了一只很大的塑料桶，桶里差不多装了大半桶水。这是干什么的？两个人蹲着桶边研究开了。

世界上海拔最高的3D电影院——天堂电影院 （阿里军分区 摄）

刘璐是电影放映技术方面的专家，这次来是因为苹果基金会和今典集团联合向阿里地区捐赠了价值50万的电影院设备，他来做调试方面的工作。一想到在离天最近的地方终于也有电影院了，这是名副其实的“天堂电影院”啊！刘璐打心眼儿里激动。

大概是沾了些电影的文艺气息，他眼中的这只塑料桶肯定跟藏区的宗教习俗相关。不过实在的小郎就很怀疑这个说法。就在他俩犹豫不定的时候，服务员端着暖水瓶进来了，他们赶忙上去请教。服务员像看外星人一样看着他们，回答：“冲厕所，刷牙，洗脸……哦，你们省着点儿用啊，就这些了。”

“哦——谢谢啊——”两个尴尬的外乡人不得不再次正视自己正

处在缺水、少电、几乎是另一个世界的世界之巅。尴尬地送走服务员，小郎想赶紧岔开话题，忙抄起桌上的暖水瓶说："来，喝点开水吧。"大概是真的有点儿走神了，刚刚送来的开水竟哗啦一下洒在自己的手上！

"哎呦！"这下，两个人注意力全都集中到烫伤这儿来了。可左看右看，也就稍微红了些，并没有特别高温烫伤的迹象。

刘璐试探着伸手试了试水温，也就50多度？哈？这不是刚刚送来的开水吗？两个人你看看我，我看看你，都是一副"别问我，我不知道该说点什么"的表情。

第二天，出现高原反应后，赵永平很不服气，蔫蔫地缩在角落里吸氧，看着远处有人骑着摩托车拉水来了。

这里还不通自来水，一切生活用水还都是靠人背或者摩托车、拖拉机和汽车运输。也难怪昨晚他们对着一塑料桶的水那么奇怪了。现代人确实很难接受没水没电的环境，作为志愿者，唯有尽自己最大的努力，让藏区一点一点地变好吧。

所以，他们也决定不能再等下去了，尽早出发。刘璐开车，前方不远还有个可以歇脚的地方，他们可以选择在那里过夜，明天再到塔尔钦。能往前走多远就走多远。

总算有惊无险地到了旅店。大家一致同意：今后再也不能让任何人疲劳驾驶了！刘璐自己则表示："你们都快去住店吧，我要缓缓。"

这时候太阳还没下山，刘璐坐在驾驶室里，贪婪地眯起眼睛看那斜刺来的太阳光，把自己紧紧裹在衣服里，缩了起来。

十一郎　摄

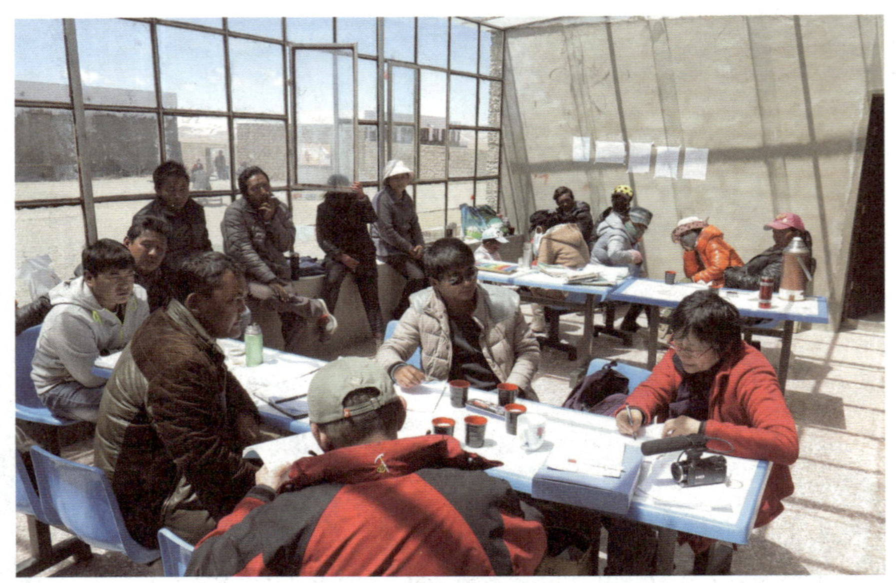

苹果基金会工作人员尚方、赵永平与塔尔钦苹果小学扎西校长

全车人都欢天喜地进了旅店，根本就是在庆祝自己还活着。其实在高原地带，想控制完全不“疲劳驾驶”，也是挺难的一件事。到处都是上坡下坡，脚就在刹车、油门、离合器之间不停的转换，“开车是个力气活啊！”小郎会这么感叹。“哦，对了，还有缺氧……”

因为含氧量太低，苹果基金会的队员们每次上去一趟，都要恢复很长时间。所以他们会尽量选择4月份以后上去，那时的阿里地区会有65%左右的含氧量。一旦进入冬天可就不行了。

2014年的时候，西藏发生过一起很轰动的重大交通事故。在尼木县一个旅游团的大巴车坠入了悬崖，死伤惨重。小郎听后，摇了摇头，并没有太多评论，只说：“尼木县，我们总走。”那一次的事故，就是司机因为整天开车，一会儿上山一会儿下山，思考也是耗氧的，踩刹车都是耗氧的，最后踩刹车踩得都没有制动了，又辛苦，只是走神了一秒钟而已，就翻了车。

刘璐已经连续开了几个小时的车，可想而知他现在的辛苦。他蜷缩在驾驶室里，贪婪地享受着不用开车又能晒太阳的短暂时光。周向晖跑出来了两次叫他，他总是不肯进屋里去。周向晖就趴在车前好奇地问他：为什么呢？刘璐只回答了一句："敞亮。"就又把衣服裹得严一些，身子蜷缩得紧一些，竟然合上眼准备睡起来。

"喂！喂！这儿哪能睡啊？"深谙高原环境恶劣的周向晖焦急起来。刘璐不理会，他实在是太享受这一刻了。藏式建筑和内地有很大的差异，最大的特点要求挡风、避寒，所以有一道道的长廊和墙，可同时窗又极小。挡风，但黑，是很黑。而且为了节约能源，通常只有一个小灯泡。

没错，刘璐受不了那种压抑，就算晒爆了，也要坚持在车里呆着。就算夜里要冻僵，他也宁可住在车里。

周向晖劝不动他，赶忙跑回去请出资深的苹果队员来。不过，大家联合评估了下刘璐的状态，最终还是决定，就让他在车里吧，"多给他保暖的东西。"

夜里，刘璐透过车窗，伸出手，漫天星斗几乎触手可及。他想哭，但是不能，因为眼泪很可能会冻在脸上啊。

这就是寂寞的志愿者们，苹果基金会的志愿者们。他们怀揣着一股子美好的热情登上世界屋脊，并且将这股子热情传承了十年。

赵永平说：“你真的看见孩子们的时候，什么苦什么累都值得了。”原来就是这么简单。

从塔尔钦往回返的时候，日喀则是队伍休整的必经之路。这里就好像丝绸之路上的驿站一样，会有商铺、饭店。近年来因为旅游业的发展，这里也显得日益繁荣起来。连饭店都有好多家了呢。有饺子馆、牛肉拉面馆……

大家一进了日喀则，看见什么都是好的。冲进拉面馆，小姑娘们一边吃一边眼泪汪汪的。曹峻听见身边有人轻声感叹，“这里居然还有牛肉拉面呢！真香！”

塔尔钦的平均海拔是4600多米，从这样的海拔往回走，状态自然不同。呆在世界屋脊的屋脊，好像红孩儿被捆上一样。这些曾经在拉萨就高原反应的平原人，从阿里返回拉萨，一个个呼吸畅快，浑身轻松，像到了天堂。

24

一页经卷与一座博物馆

2005—2015年

十一郎 摄

让我们回到2005年的9月，那时，王秋杨为了给4所苹果小学揭幕来到阿里，途经著名的古文明遗址东嘎皮央和古格王朝。

东嘎皮央其实是“东嘎”和“皮央”两个相邻的村子的名字组合在一起，位于札达以北40公里处，是一处直到1992年才被发现的石窟壁画遗址，就位于这两个村子附近的土石山崖上。到目前为止，这是中国发现的规模最大的佛教古窟遗址。这组石窟群分布在东嘎村，而遗址分布在皮央村的部分，是一处由寺院、城堡、石窟和塔林组成的大型遗址，总规模比东嘎还要大些。

根据初步考证，东嘎遗址属于古格王朝仁钦桑布时期所建的八大寺之一，建于10世纪，一度是古格王朝重要的文化中心。由于石窟壁画是用矿物颜料绘制的，因此色泽完好，经久犹新，永不褪色。壁画题材主要有佛像、菩萨像、护法神、力士像、供养人像以及佛传故事、说法图、礼佛图，还有孔雀、龙鱼、双龙相缠绕、双凤对立等各种装饰图案纹样及密教曼陀罗等。壁画中龙、凤、狮、马、羊、牛、雁、鸭、象等动物中的有些动物并不是阿里高原所有。各种天女图案最多，造型生动，变化丰富。东嘎壁画展现在我们面前的是一个多姿多彩，形象生动的大千世界。这样丰富的洞窟壁画在当今实为少见。

它的形成及其年代，在众多的西藏历史、宗教、文化档案中都没有记载，洞窟壁画有近千年的历史，考古、研究价值极高。给我们这些后人们，特别是研究历史的学者们，留下了无尽的未解之谜。

上世纪 30 年代，意大利著名藏学家杜齐来到这个秘境中的庞大王朝遗址群时，被深深震撼，感慨在生存条件如此恶劣的地方，生命的禁区，居然存在过一个如此辉煌灿烂的文明。杜齐徜徉在阿里先人留下来的文明之中，在宫殿、寺庙、城堡的遗址间流连忘返。由于种种原因，他的调查没有深入下去。他和他的印度摄影师拍摄了大量图片，但他并没有意识到脚下的废墟就是古格王朝都城，只是将其作为一个大寺院遗址，介绍到西藏以外的地方。

杜齐临走的时候预言，古格的后来人和古格的未来，虽然要经受艰难困苦，但经过努力，古格终有一天会为世界所知，并成为世界上最吸引人的地方之一。

在东嘎皮央，王秋杨被这里曾经的繁华所震撼，被西藏阿里曾经灿烂的文明所感染。她多么希望这份古文明可以一直流传至今，从未间断。

可是，实际上，由于古代战乱加上千年的风化，东嘎皮央遗址被发现时，已经是被破坏得很严重的样子了，只能看出建筑群的规模相当宏大而已。

当地一位叫“老王”的人给她留下了深刻的印象。老王专做东嘎皮央的文物研究，自称是“文物局的”，但实际上没有任何一个单位给他正式开支。他就凭着自己的兴趣，在这里一门心思地钻研起来。

虽然也算是做研究的，但老王并不孤僻，性格很开朗，用他的话说，跟王秋杨是“特别聊的来”，王秋杨对老王说的任何事都一概点头，表现出极大的兴趣，既不居高临下地批评他，也不粗暴地打断他，就任由他撒欢似的滔滔不绝的讲下去。

其实，王秋杨也听出来，这个老王讲的内容，有很多杜撰的成分，更接近历史小说，而不是真实的历史考据。不过，因为关于阿里的文物史料方面，本来就没什么人研究，也没什么著作，所以老王说什么也就无从反驳——根本无从论证。但是老王讲得真好听，故事里起承转合的，特别吸引人。特别是他对那些保存在这里的历史资料研究得太透彻了，好像还没有哪个研究员能像他一样，几十年如一日的守在这里，每天就只是和这些资料为伍，揣摩、研究、分析、解构……大概连做梦都是历史那些事吧？王秋杨心想。

跟着老王的故事，东嘎皮央遗址里那些洞窟、佛塔、寺庙、殿堂、民居、城墙、碉楼……全都在王秋杨的眼前鲜活了起来。让她感觉，这才是古格。古格是有着千年历史的文明古国，这里有迷人的故事，有辉煌的王国，而不是只有那些破败的城砖。

她问老王：金粟山藏经纸是什么？

老王引经据典地回答她，说，金粟寺是三国时代建的。传说里面藏有北宋年间的数千轴藏经，每轴后头都有小字写着“金粟山藏经纸”。后来，一直到清代，说是这种纸有黄、白两色及厚薄两种。还有人说是唐朝的纸，纸上还能看见梵文。据说这种纸，有麻纸，也有桑皮纸，皮纸居多。是一种硬黄纸。质量相当好。有人得到，都舍不得用，层层揭开用，才有了厚薄之分。

她又问老王：那些碑刻上写的是什么？

老王也说不太准确。他说，现在的研究资料说的，他并不十分赞同，但是他自己缺乏更多的研究资料，当然，也缺乏相关的知识体系，所以，很难开展这方面的研究。

老王自己是认真的。他对古象雄文化做了大量的研究，至今王秋杨依然保留着老王给她的一大摞研究成果的复印件，以期将来有一天，可以真正派上用场。

尽管有着老王这样的热心人，但必须承认，对于阿里地区历史

亟待拯救的古经书（十一郎　摄）

在西藏阿里札达县开展古经书原地保护项目，拯救千年金汁古卷 （十一郎　摄）

文化的研究，目前还是非常初级的。

阿旺副司令也曾用自己的亲身经历证实了这一点，他在皮央的一个大殿里看到一堆文物残片，其中有一块类似奠基石的碑刻，上面的藏文记载着关于该王朝的历史及该建筑的建造年代、建造人及经历的时间等等资料。阿旺副司令发现其中一处字迹有破损，拼读中少了一个字音。

那么，按照他的推测，其实这里应该是叫作“其旺”才对，而不是人们一直传说的“皮央”。

对于阿旺副司令的说法，当地的看门人也十分赞同。可是，由于历史的原因，越来越多的文字资料把这里记录成了“东嘎皮央”。

王秋杨可没有那么深的藏学造诣，而她的关注，也早就被大殿里随意堆放、完全没有任何保护措施的各种文物残片给吸引了，心里很不是个滋味。

而随后阿旺副司令给她讲的故事更令她心痛。他说，曾经在这附近看到一个山顶上在冒烟，于是带了几个战士上去查看，一看竟然是几个外来民工在一个山洞里，正在用一大堆经书烧火取暖！

都是几百上千年的古经书啊！王秋杨坐不住了。

藏地的经书，独具特色，造纸过程中加入了狼毒草，虫子不蛀，可以保存千年。关于藏纸，还有一段历史典故，是当年文成公主赴藏和亲带来的工匠们，发明了独特的藏纸。

众所周知，在内地，造纸原料一般为竹子、稻草和破鱼网。但工匠们意想不到的是，他们熟悉的造纸术在雪域高原居然会“水土不服”：其一，高原上根本没法找到大量的竹子、稻草和破渔网；其二，即便是千辛万苦找到了这些原料，他们造出的纸，也会因过于柔软而只适合毛笔书写，但藏地的书写工具不是毛笔，而是硬笔。

这样，这批藏地造纸先行者们必须克服的困难就是，如何因地制宜地寻找到制造纸张的新原料，并保证新原料造出的新纸张能够适应硬笔的书写。

据说，经过长达九年的探索实践，工匠们不仅找到了新的造纸原料，而且逐步形成了独特的藏纸工艺。对此，《中华造纸两千年》明确记载：“吐蕃650年开始生产纸张。”这种纸张，就是狼毒纸。它的得名，源于这些造纸工匠在雪山草地之间寻找到的新的造纸原料：狼毒草。

狼毒草在藏语中称为“阿交如交”，也就是毒草的意思。这是一种在藏区分布非常广泛的草本植物，它有着发达的根系，能够适应高原上干旱而寒冷的气候。每当草原因放牧过度而呈现衰败景象时，狼毒草就会如火如荼。就像大多数有毒的植物都会开出美丽的花儿一样，狼毒草也是如此。当狼毒花还是花苞时，它的颜色是红色的，完全盛开时，则变成了晶莹的白。大片大片的狼毒花簇拥在一起，给人一种生机勃勃之感。但在这美丽的花朵背后，却是狼毒草饱含的毒液。千百年来，高原上的人们很少有人去碰狼毒草，并因为它的毒性而给它取了这么一个名字。但是，恰好就是狼毒草的毒性，使得它有机会变化出世界上最神奇的纸张。能够用来制作狼毒纸的是狼毒草的根，狼毒草的根系越发达，制作出来的纸张质量也越高，

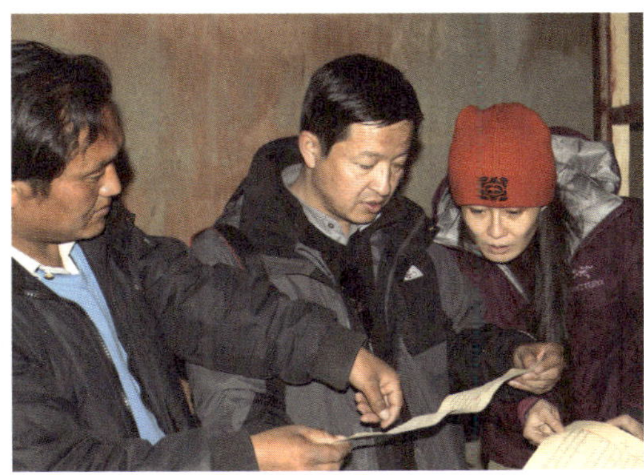

苹果基金会理事长王秋杨、理事张宝全、汪建、王晖、秘书长周行康在札达调研藏经书博物馆项目

而越发达的根系，其毒性也越大。

正是它的这种毒性，使得狼毒纸成为身怀绝技的经书保镖，它防蛀、防潮、防腐，可以留存千年。西藏的人们深信，只有用狼毒纸印制的经书，才能在与时间的对抗中赢得胜利，而佛祖的思想，必须写在不被虫子和鼠辈接近的最圣洁的纸上。

藏经书留存下来的，通常有几种：

黄颜色的最为普遍，主要是印制的。有印模，是在寺庙中由僧人印制的，所以存世数量比较大。

其次是藏蓝色的，为手抄经书，存世相对少一些。

还有一种为玫瑰红色，这种就更罕见些了。

还有一种为贝叶经，也就是一种草的叶片制作的经书。那种就更稀少了。

现在藏经书收藏最全的是在萨迦寺，共有3万多册，收藏在整个佛像后面，很多尊佛后面，整整一面墙都是，非常震撼。

而东嘎皮央地区，其实也散落着大量的藏经，据估计，数目不会少于3万册，只是不大为人所知，而又严重缺乏保护措施。

对于藏经，信徒们一直有“伏藏”的习惯，东嘎皮央地区的山洞里几乎都曾经有经书被小心地埋藏。时间流逝，这些山洞逐渐被侵蚀，甚至出现倒塌，经书就会暴露出来——这还是比较好的情况，还有一种情况下经书的出土更为令人心寒。

在阿里札达有很多一人多高、白色的小塔，大约三四米高，里面都有经书。这些塔里都封着高僧去世后留下的遗物，只要是还没有找到合适的人来流转的，都会选择用塔来封存。因为阿里是藏传佛教的圣地，高僧很多，所以这类的塔也留存了很多。于是就有很多文物贩子去偷，把塔毁掉，把山洞挖开。但是他们只偷那些容易卖钱的金银器、象牙之类，而在他们眼中一文不值的经书就被弃之不顾，随意抛在一边。实际上，这些经书的人文价值是无可估量的，只是那些文物贩子们根本不认识而已。

王晖清楚地记得，有一次，他在阿里，就行走在路上，一阵大风吹过，就在脚边捡到了一片经书，是玫瑰红的经卷，王晖珍重地将它放到了当地寺庙里。

王秋杨亲眼见过，有人一页一页收集整理这些古老残破的经卷。但是，在阿里，条件有限，包括这些古经书在内的绝大部分经卷就直接暴露在大自然的环境中。任何有点考古知识的人都知道，在那种过分干燥、昼夜温差极大、紫外线过于猛烈的自然环境下，暴露在外的经书是根本无法保存的。但这些古经书是属于阿里的瑰宝，它们必须长长久久的保存下去。

正是因为以上种种“刺激”，王秋杨一直想要为阿里当地的藏经书保护做点什么。苹果基金会创立之初，条件还不成熟，她只能尽自己个人的努力，做一些经书的收集和保护工作，但和当地不断被发现的经书残片相比，这样的工作实在是“杯水车薪”。

可是同时，这些美丽的瑰宝又是属于西藏，那都是古时候的藏族人为了当时的藏人写的，包含了藏族人民的习俗、医学、宗教信仰等。是和当地的文化传承连在一起的，它们必须待在西藏。那是

行走的僧人，传承着千年的文化

属于它们的地方，哪里也不能去。

王秋杨想来想去，又找来专家论证，唯一能做的就是和当地政府一起，在当地创造一个足够好的环境，在当地进行收集、保存、研究。要有真心爱它们的人为之努力奋斗一生，就像她看到的那个穷其一生都在一页一页整理经卷的人一样。

阿里地区条件异常艰苦，使得来到这里接触古格文化的人更多是探险者、猎奇者，甚至有些人只是匆匆一过就据此成书，这是不可能做出充分的研究的。能够留下来踏踏实实研究古格、研究藏经的专家学者有如凤毛麟角。对古格藏经的系统研究，需要古文字学家、历史学家、地理学家、民族学家、人类学家、佛教专家等多方面专家携手作出长期而大量的实际工作。

随着苹果基金会的发展壮大，建设一座藏经书博物馆的设想，已经被提上了议事日程，并开始了选址和设计工作。

建立藏经博物馆，不但可以为各方面专家学者搭建起完善的资料库，更可以提供一个便捷的研究与交流平台。让藏经古卷不再受到地域的限制，让更多的有志研究者真正接触到珍贵的第一手资料，促成更多研究成果的问世。

其实，有些藏民家里也藏有经书，但不懂如何收藏管理。对他们来说，如果有好的地方收藏，他们非常愿意贡献出来，他们认为，这是一项善举。

当地政府对此相当支持，札达政府表示，会把当地最好的一块地让给他们用以建设藏经书博物馆，那里相当于札达的CBD的位置。

具体负责设计工作的王晖一看，这不行啊！那么繁华的地段，被一座博物馆占据了的话，对札达的未来发展是不是一种阻碍呢？而且，如果藏经书博物馆里真的藏有经书宝贝的话，藏民会自发地来朝拜，来转圈。到时候会影响 CBD 的正常运转。

他更希望藏经书博物馆是一个相对独立的存在，而且自身又能够承载一定的休闲旅游功能，从而渐渐实现自我造血式的持续发展。

经过几轮选址，最终，王秋杨和王晖在通往古格王朝的路旁看中了一块湿地。

这块湿地正对着象泉河，处于札达县城和古格王朝中间，距离古格王朝大约不到 2 公里的位置。从札达县城去古格王朝的人，通常分为看日出的和看日落的两种。恰好都可以将此次当做落脚点。既可以休憩，又可以同时饱览经书故事，了解西藏历史。

在设计理念上，这座藏经书博物馆的设计概念源于藏地的“自然、生长、神性”。它位于湿地一侧，建筑采用源自藏式传统设计的筑台及周边式围合的空间方法，最大限度地采用当地材料，再以土林为大背景的自然空间里，“生长出”水平的建筑体量和台基，仿佛建筑是大地的一部分。同时，台基和建筑体量所形成的水平肌理也与略显竖向的土林形成呼应。

台基是高于基地 4—6 米的开放平台，高起的平台空间可以有效地对外部景观进行水平剪裁，让进入者有某种“离地感”和向上的视觉状态，使人们产生了相应的心理状态——与天相近。这样，自然生长出的建筑空间也就有了“神性”。

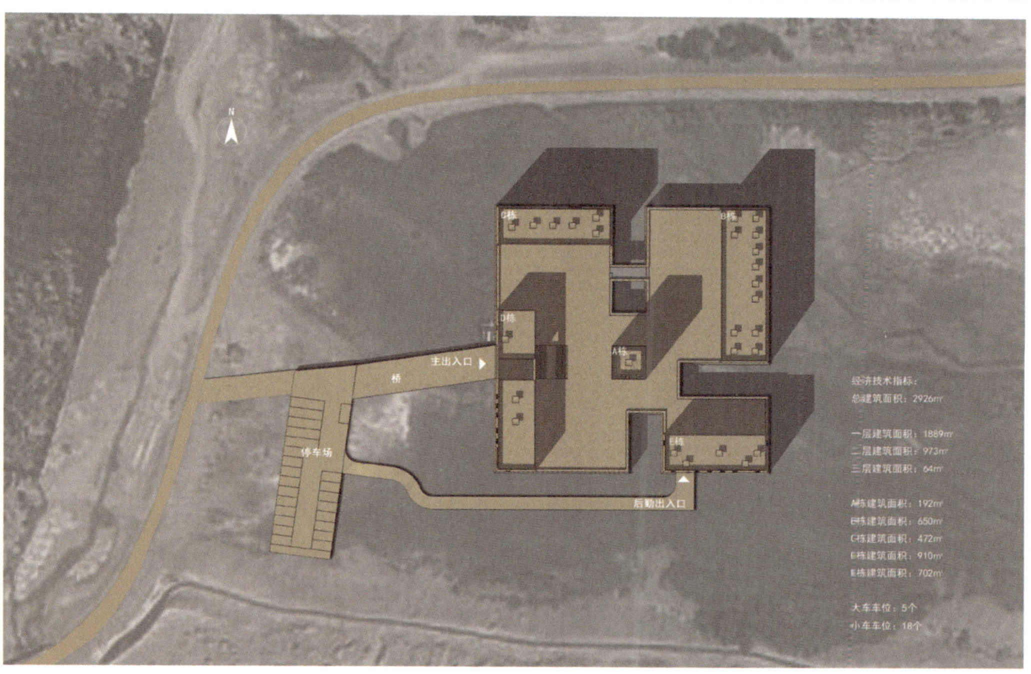

藏经书博物馆效果图

建筑由台基的四个功能体及位于中央的藏经阁组成，总建筑面积约 2500 平方米，四个功能体分别为展览区、科研区、服务配套区及内部后勤区。

中央的收藏、研究区，并不对外开放。只有一座白塔，内藏宝贝真经，可供人转经。

科研区是藏经书研究的核心区，未来，会有真正有资质的研究员进驻这里，对浩如烟海的藏经书进行专业的分类整理。或许未来的某一天，古格王朝最后的藏地密码，就会在这里得到“破译”。展览区展示现代复制出的经书古卷，以及以 3D 技术等高科技手段还原的古经书原貌。

内部后勤区为工作人员办公之用。

服务配套区可供游人茶歇，或买一部真正的现代复制品经书。

说起印制经卷的匠人，还有个小小的巧合。当王晖他们最终确定了藏经书博物馆的选址后，去拜访藏学专家。藏学专家很诧异，问他为什么要选那里。王晖老老实实地回答：那里距离札达县城和古格王朝的距离都很合适，风景又好，等等。

结果藏学专家却告诉他，就在那个位置的旁边，有一个小小的村落，全村人因为贫困，都是不久前才从很远的地方迁居过来的。那个村子的先人都是印经书的。现在那个村子的人都还会印经书。“你们选了这里，等于是给了他们一份工作。”

印经可不是个简单的事情。王秋杨就曾参观过著名的德格印经院。经版要经过复杂细致的防腐、防裂等技术处理，每道工序都有严格的质量标准，规定十分细致、严密。完成的经版字迹清晰准确，经久不变。

印刷时，一人来回奔走取送书版，另两人相对而坐，书版置于两人之间，一人用擦板蘸墨涂版，一人放纸，用磙筒一滚、揭下，一页书当即印成。根据熟练程度和印书份数多寡，每天每组印 700 至 1000 多页不等。

印好的书页晾晒在各组固定区域的绳子上，干后收起，交给巴仲、由巴本（印经院总管）等 3 人进行最后一次检视校对，质量合格的，才能送齐书室理齐、磨平，四周涂上红色，捆扎起来，即为成品。

想不到，藏经书博物馆的选址居然还能和一个印经世代的村子紧邻在一起。这个巧合令所有人都振奋不已，仿佛冥冥中自有天意。

这个设计的特点，从头顶看去，四个功能体与相应的平台，恰恰组成了一个佛教里的卍字形，在“卍”字形台基的外侧及藏经阁周边设有转位的甬道。平台也为以后的发展预留了空间。

建筑的自然生长也体现在了技术方面。主要材料采用当地的自然材料，使大的台基具有很好的疏水性，建筑的布局方式考虑了朝向和具体功能之间的关系。在各个单位建筑的屋面设有太阳能装置，提供最为绿色的能源，其他有关能耗的技术问题也采用了基于“基本技术”的环保设计。

虽然，现在仅仅只是整个项目的开始而已。但，还是王秋杨很爱说的那句老话：“事情总要有人去做啊！”

那么，哪怕是先把那些精美的藏经书收集起来，放在一个地方妥善保存，以后再慢慢研究。就像我们对待秦始皇陵的态度一样，

古格王朝遗址 （十一郎　摄）

也许，现在我们的力量还达不到，那么，就先保护起来，等到力量达到的那一天再做研究，不着急。对考古的人来说，时间是他们最好的朋友。

但另一方面，苹果基金会的力量是有限的，因此，藏经书博物馆未来应该有自己的“造血”机制，与当地的旅游文化发展结合起来，让藏经书博物馆自身运营起来。

当年在玉树地震发生后，王秋杨便奔赴救灾前线。搜狐董事长兼 CEO 张朝阳当时第一时间专门致电张宝全和王秋杨，表达想和苹果基金会“共同做点好事”的心愿，并愿意拿出 500 万元捐赠给苹果基金会用来帮助藏区。可以说，这是对苹果基金会的信任，张朝阳与张宝全、王秋杨几经探讨，最后共同决定将这笔善款投入到藏医学院与藏经书博物馆的建设中来。

藏经书博物馆所珍藏的，是藏民族文化的历史传承，承载着他们的精神力量。苹果基金会十年以来都在努力做的，正是要藏族人民接受属于他们自己的教育与文明，同时认知这个广大的世界。只有这样，他们的灵魂才能承载他们自己独特的文化，真正成为这个世界精彩的一部分，而不是被盲目地同化。

2010 年 12 月 12 日，一个振奋人心的消息传来，古格王朝遗址保护维修工程开工，这项工作由西藏地方政府组织实施，保护维修工程主要有白殿、红殿、大威德殿、度母殿、坛城殿五大殿的壁画保护修复，残墙遗迹、洞窟、边坡加固，山体排水治理等文物建筑整体保护、修缮。

如今，非政府组织苹果基金会，将为古格藏经博物馆投资 2000 万元，现选址、设计、勘测工作已告一段落。因涉及文物保护等诸多问题，现正同当地政府进一步接洽和研讨。

25 一碗免费的酥油茶

2005—2015 年

王秋杨从第一眼在电视里看见纯净到晃眼的珠穆朗玛峰之后，就一直对西藏有种莫名的归属感。这种感觉她一直说不清是怎么来的，直到她真真切切的踏上了西藏的土地。

扎起藏人常扎的发辫，挂上藏人常戴的藏饰，随身挎好包，一头睡在大车店里……王秋杨在西藏的土地上行走得太过自如，显然和那些来西藏朝圣的小清新背包客们彻底沾不上边。不仅如此，甚至她还常常被误会为当地人，而导致“语言障碍”的发生。

2005 年 9 月，王秋杨带着左右间工作室的设计师于露一起开车前往阿里。入藏后，她们照例住进一家往来司机常住的那种大车店。这样的店里，通常是没有“标准间”一说的，不过就是大通铺，谁来了就往铺上一躺，不分男女。胡乱睡一夜，明早还要赶路的。

厕所也很简陋，门根本栓不起来。王秋杨和于露两个女人，只能互相为对方看着门方便。

至于水电设施，更是金贵得不行。一天就那么一两个小时允许充电。所以她们两个都是随身备好电池，再有就是尽量减少使用电器了。

即便有如此多的不便，王秋杨还是觉得这样的店里挺好，挺自在。每次进藏，还是会顺路就走进公路边这样的店里歇下，脚步十

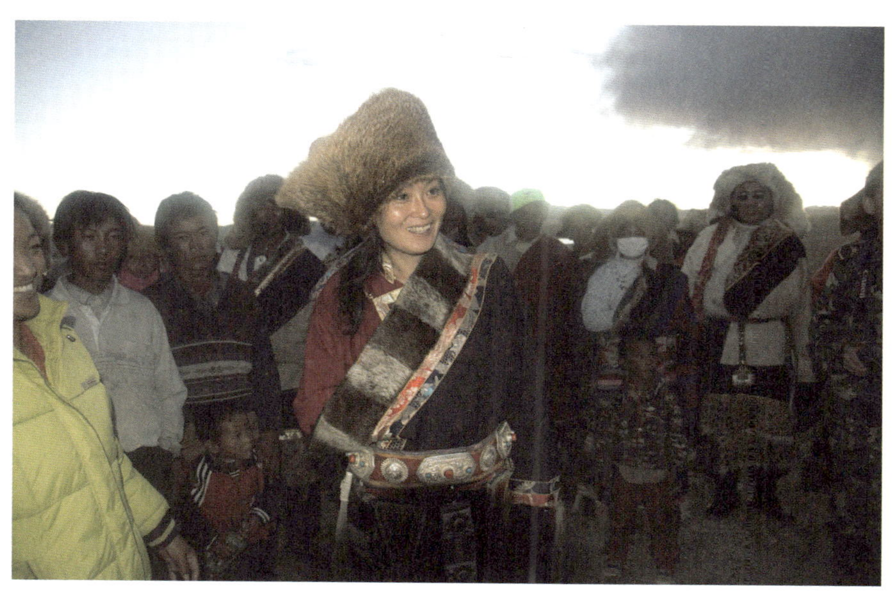

阿佳冈措（十一郎 摄）

分轻快。

这次她们俩一进店，店主瞄了王秋杨一眼，就开始叽里咕噜地跟她说藏语。于露惊呆了，而王秋杨显然是应对这种场面有经验了，只是轻描淡写的表示了一下“我不是藏民”而已。大车店的老板很惊讶，改用了汉语，说王秋杨看起来太像藏民了，不管是戴的藏饰还是长相。

在这一点上，于露表示赞同，她也觉得假如王秋杨是一辆越野车，从进藏的那天起，就好像自动挂上了“西藏人”这一档。

王秋杨自己也特别喜欢被当做西藏本地人，有种‘回到前世的家”的奇妙感觉。她告诉于露，有一次在医院，难得生一次病、输一次液的王秋杨刚把点滴打上，旁边一个藏族大妈过来，冲着她叽里呱啦地说了一大堆。她一下愣住了，对方也愣了。还好刚才给王秋杨看病的医生这时候过来，嘱咐她注意事项。那大妈听见他们说汉语，这才转向别人，又去叽里呱啦地说了一堆。那个人听了，哈哈哈的大笑了起来。转回头对着王秋杨说："她以为你是藏族人呢。刚才问你：去哪拿药？你没理她。"

王秋杨这才反应过来：原来自己被误会是藏族人了。听了藏族大妈的小误会，她心里很开心，因为她自从第一次来到阿里后，就对这里有种深深的迷恋，仿佛自己上辈子就是来自这里的。

"还有一次，"她说，"去参观寺庙，就有游客对我说：你们当地人怎样怎样……听得我开心死了。"那时候是阿旺带队，王秋杨当时乐得直朝阿旺连比带划的说："看来我上辈子一定是你们西藏人，你赶都赶不走了。"

"也许我上辈子就是西藏人呢？"她再次触动了这个意识。"那么，就在阿里，好好的扎根吧！"她告诉于露。

于是，就有了好几所苹果小学、各类职业教育、完整的医疗工程体系、藏经书博物馆项目……苹果基金会一路踏踏实实地走到了今天。

而王秋杨本人却依然十分低调。除了自己登山、旅行留念外，很少照相，宣传也很少做。苹果基金会也一直奉行"做实事"的原则，不会竖起一个偶像的大旗来到处去招摇。所以在阿里，虽然几乎人人知道苹果基金会和王秋杨的大名，见过她模样的却不多。王秋杨总说：这样挺好，就让她自由自在地好像一个"本地人"一样，行走在阿里的土地上，就像从前一样。

一次，考察间隙，热爱酥油茶的王秋杨和几个苹果基金会的工作人员随意走进一座寺庙旁边的小茶馆里休息。她们坐下来，要了

藏式小茶馆

一壶酥油茶，边喝边继续探讨着下一步的工作。

小茶馆不大，一共也才两三张桌子而已。这个季节又不是旅游季，并没什么游人往来。茶馆里就他们一桌子客人。所以虽然他们说话的声音并不高，茶馆的女主人却把他们的谈话听得一清二楚。

女主人一面在茶炉前通着火，手里捏着糌粑，一面不经意地就听见苹果基金会的工作人员们聊起来，小学最近要更新几台电脑啦，上次孩子们的画已经做成画册了呢，对了对了，太阳能热水器又到了年检的时候了，勤查着点儿，别等坏了再修，耽误事儿……

女主人便忍不住放下手中的活儿，走上来攀谈，问："你们是苹果基金会的吗？为什么一直在说苹果小学的事？"

于是大家就哈哈哈的笑，和女主人聊起天来。

茶馆的女主人叫卓玛，家里有四个孩子，都在苹果小学。她一听说眼前的客人们正是为她的孩子们建设了苹果小学的恩人们，立刻兴奋地搓了搓手，深深地施了一礼。

王秋杨赶紧对面也还了个礼，她觉得自己现在已经很有资格把自己当成藏族朋友的“自己人”来这么做了。阿旺副司令向卓玛介绍王秋杨，说她喜欢西藏，就是她来塔尔钦建学校的。

卓玛立即站在王秋杨面前，目不转睛地看着她，显得非常激动，过了好一会，她才讷讷地说，听说政府没有资金搬迁学校，老百姓都搬过来了，学校还在巴嘎乡。后来听说北京来了一个好心人帮助我们修建学校，后来发现还是个好漂亮的大学校！乡亲们都很感激，想见见这位好心人，我是有福气的女人，终于见到你了，真的和菩萨一样的面容和心肠。

这话说得王秋杨特别不好意思，她知道藏人的赞美一直都是这么

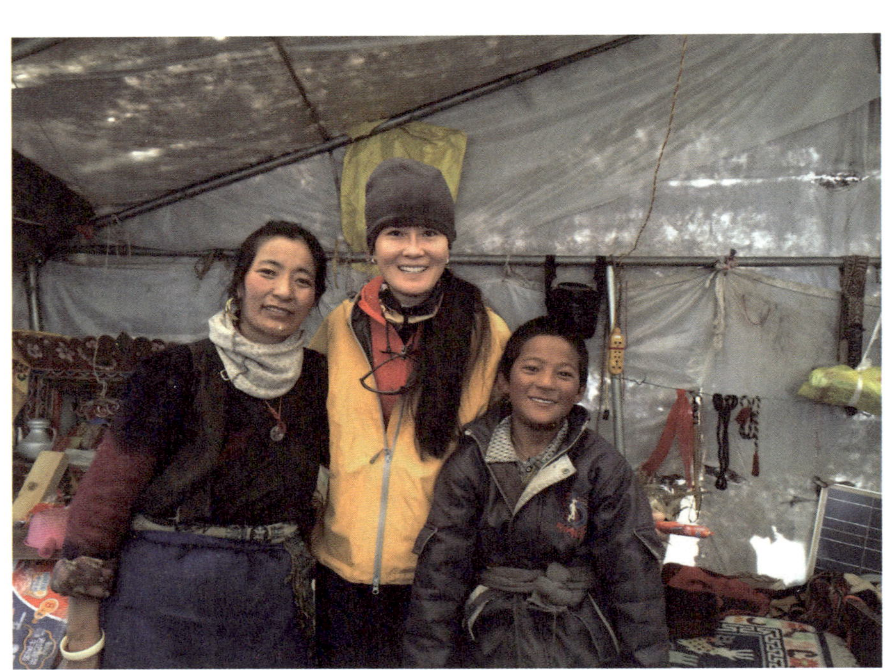

卓玛与王秋杨的十年不解缘

朴素直接，但真的轮到自己头上还是不习惯的。她这个人，慈善的事情呢，做了也就做了，之后人家怎么夸她，她总归是习惯不起来。

她一时窘起来，转回头轻轻朝座位上摇摇手，赶忙说："低调！低调！"工作人员们连忙都捂着嘴轻笑着表示："是！是！"连阿旺也哈哈哈的笑着点了点头。

卓玛又说，她希望自己的孩子们能在苹果小学里好好读书，不辜负好心人的恩宠。他们今天的酥油茶作为她的答谢，免费赠送，她只能做到这一点。

这一下王秋杨可更承受不起了，她用力摆着手解释说："阿里的孩子，都是苹果基金会的孩子。自己的孩子，当然要照顾好。不能分彼此的。你在这里开个小茶摊也很辛苦的，每一个路过的客人都是你的收入来源。我们当然不能白喝你的酥油茶。"

卓玛坚持，"你们不是普通的游客，你们是阿里的尊贵的贵客。对待贵客，我们是一定要敬上一碗酥油茶的。"

后来，双方推让了几回，王秋杨还是拗不过卓玛，接受了这一碗免费的酥油茶。这碗热乎乎的酥油茶喝到嘴里，她只觉得全身上下都暖洋洋了起来。

2014 年，王秋杨照例又进了阿里。在例行探望了苹果小学们的师生之后，又连着工作了很久，已经很累了。她随意走进一家小茶馆想喝碗酥油茶休息片刻。

突然，隔着老远，她就听见有人在喊："你是不是冈措啦？"开始她以为自己听错了。因为她这个人一向很低调，在高原这种资讯相对闭塞的地方就更是没什么人能认出她了。

可是，对方依然在喊："你是不是冈措啦？还记得我吗？"

她抬起头，帐篷里乌泱泱的，好多人，隔着挺远，她看见店主女人正热情的朝她使劲儿的挥着手。

哎哟，这不就是当年那个免费送她一碗酥油茶喝的那个卓玛吗？

王秋杨也很兴奋，赶忙越过人群，和她拉着手问长问短。家里怎么样？孩子怎么样？当年说好的上学，现在怎么样了？

卓玛看见王秋杨，可高兴坏了。她说她一看见王秋杨进帐篷，是一眼就把她认出来了。跟着，又急忙的把自己的孩子也拉了过来。这是她家那个小一点儿的孩子。

"还有个大的，已经去拉萨读书了！"卓玛说起来，一脸的骄傲和感激。

王秋杨也很激动：要知道，一个茶摊子，每年来来往往要接待多少客人啊！她竟还记得自己。一想到这，心底里顿时升起一股温暖的感觉。

卓玛不容分说，一定要再送给王秋杨一壶免费的酥油茶。王秋杨喝着这酥油茶，心里甜甜的，暖暖的。感觉这十几年在高原上做的事，总算是没有白费。

26 前线，还在向前

苹果慈善基金会自2003年进入阿里，那时阿里的道路尚未修通，塔尔钦还是不发达的原生态高原小镇。而近年来，随着藏区道路交通的不断发展完善，游客越来越多，旅游业也迅速发展。塔尔钦也面临着中国其他原生态小镇发展曾面临的问题。

每年到了神山的夏季，这里就会突然变得热闹起来。本来很空旷的山谷会在很短的时间里挤满了从全世界各地前来朝拜的虔诚的人群。于是，这些人的各种需求也会因此瞬间膨胀了许多许多倍。小小的山村会立刻变成一个庞大的集市。各种买卖店铺都会在这个时节开张。来转山或者旅游的人们一定会选择买几幅手绘的唐卡，或者精美的藏饰。然而一旦到了冬季，转山和旅游的人群逐渐散去，这里又恢复了平静，几乎没有什么人留下来，整个山村都消失了一样。只有遍地的白色垃圾告诉人们，这里的确存在过一个村落。

到了第二年的夏季，当转山的人群再次涌入神山的时候，做买卖的店铺主人们当然也要回到山村里来。可是，他们看到的往往是自己家的店铺已经变得面目全非，荒废了整个冬天的店面，加厚的窗玻璃被人拿走，屋子里的日用品也被拿光。

淡旺季过于分明，没人居住的时候，别说物品，就是房屋本身都无法妥善地保存。每一年，集中来此的人们都不得不耗费大量的资源去重复建设那些基础设施，以保障旺季到来时，整个神山脚下，村子的正常运行。

这样年复一年，曾经宁静甚至有些萧疏的小镇，已经显现出很明显的“无序开发”。因为发展太快，需求太多，所以“功利性”必然被摆在第一位。而这种无序开发对原生态环境、自然景观和环保造成的影响已经凸显，塔尔钦小镇越来越不像一个藏族小镇，更不像是神山圣湖环抱中的一片小小的净土。

这促使苹果基金会去思考解决之道。无论从节能减排，还是从发展的角度，到底什么才是对塔尔钦最好的办法？如何解决建设中的保护，完成保护中的建设，使一个古老原始的小镇，在发展中保持其历史文化的独特风格？呈现鲜明的民族文化特点？促进当地的可持续发展？邀请王晖等著名设计师参与进来，经过两年的设计论证，最终，苹果基金会拿出了一整套《塔尔钦国际小镇概念规划设计》与模型。

这是一个非常宏大的构想，整个山谷将分成几大片区，全部使用环保材料建设，依山势分别涂成藏族服饰的数种代表性颜色。远远看去，就像氆氇一样，给整座山都披上了藏饰。

这些片区被规划为生活区、广场区、娱乐区、休闲区等。特别是购物街区，商家的店铺设计相当有特色。主体结构只是一排排的墙面，纵深设计的非常深，高度也相当的高。这样，每年到了旺季，商家来到自己的店铺，只要在两排墙面的顶上搭上自己带来的厚厚

王晖的《塔尔钦国际小镇概念规划设计》

的毡子，或者透明的塑料薄膜，立刻就形成了一间店面。由于空间足够的高，空气流通性好，保证了房间里的舒适度。同时，纵深足够，保证了前面是店面，后面是住房。一家人安安心心地就住在自己的店后面，直到旺季结束。不管是画唐卡、做木碗，还是敲铜壶的商人，都可以在此安然经营。等到旺季结束后，也不用携带过多的行李，撤掉软质的毡子、塑料，随身带上，即可以保证明年再来时使用。而村子这里则完全不用留下任何值得留恋的物品，不过就是和邻居公用的两堵墙而已。

这个精彩的设计彻底颠覆了房屋的概念，在节约建材和防止重复建设上几乎做到了极致。虽然现在还不清楚这个设想最终能够实现到什么程度，但苹果基金会有信心让自己的环保理念走得更远。

对那些有信仰和皈依佛教的人，是一定要给他们以充分的尊重和有充足的地方来膜拜他们心中的神山圣湖的。比如藏医学院，现在很多人知道那里有活佛，千方百计地想进去拜一拜。但那毕竟是一家学院，是不对外的。所以，未来的藏医学院也会考虑规划出一部分对外参观。如同很多大学城一样。

此外，针对那些来此转山的游人和转山间隙的藏人，也要配备“神山音乐节”和“露天电影院”来丰富他们的生活，提升他们在塔尔钦的生活、旅行品质。能最终让人们流连于小镇的生活，让塔尔钦变成一个以转山为目的的旅游目的地，而不仅仅是转完山扭头就走。

另一方面，在转山的人群间，也有一些不大不小的问题在困扰着他们——在山上买的手杖，其实回到平原上就没有什么用处了，千辛万苦背上山的装备，在身心俱疲之后，难道还要再千辛万苦地背下去？很多时候，这些人的选择就是丢弃。把鸡肋装备索性丢弃在山上，结果就是造成大量的浪费和污染。为了处理这些丢弃掉的装备，每年苹果基金会都要耗费大量的人力来帮助当地政府来共同完成清理工作。怎么解决这些事，都在未来规划的考虑之中，有些甚至已经在实践之中了。

比如快递站点，如今的阿里已经不再是那个连上山都很难的边陲小镇，在军地民三方的共同大力建设下，阿里通了公路，也通了飞机。

苹果基金会的公益理念一直非常清晰，从来不赞同为了保持所谓“纯净”，所谓“原生态”，就不开发，不建设，不发展。“凭什么让阿里的人们封闭在一个小环境里过着原始落后的生活，就为了满足你们旅游者的猎奇心理？”

所以，苹果基金会所有在小镇规划设计和基础设施建设方面的设想，都是从这样的理念出发，让这里的人们在自己的土地上，以最适合他们的方式发展、建设故乡小镇。一方面让他们多多地看见外面的世界，同时也让外面的人们看到最普通、和他们过着同样生活的阿里人——比如可以随时叫一个快递。

现代化的生活不可阻挡，既然如此，何不让现代化的生活来得更有活力，来得更有地域特色，来得更有远见？

有了快递站点，装备再多都不是问题。来登山、转山、旅游、探险……的人们，只要在远隔万里的家中把装备打好包，直接叫一个快递，把装备快递到阿里的神山脚下就可以了。临走的时候，也不用再为背装备犯愁，扔去快递站点，自己就可以轻松去坐飞机或者汽车，无形中，就会减少许多环保工作者的压力，无论是人力上的还是财政上的。一个看起来很普通的服务项目，在这里却很可能带来无限的资源再利用空间。

同样的，利用越来越便捷的服务，吸引更多的旅游者来到阿里，让转山的季节变得更加丰富多彩。用音乐节等形式把外来者迅速和山融合在一起。用现代化的设施管理那些传统的转山者们，希望将来能不再看见满地的牛羊粪便。更希望未来，恶劣的天气不会成为转山的阻碍，每个虔诚的转山者都能平安地完成他们的夙愿。最重要的，只有现代化的统筹管理方式，才能从根本上慢慢地去治理这里的污染。

欧阳旭，国风集团董事长，2012 年参加了苹果基金会组织的转山环保行动。活动中，他弯下腰去捡垃圾，对白色污染给神山圣湖带来的破坏有了更深的了解。在和苹果基金会进行了深入交流后，他决定为塔尔钦小镇建立一套全新的垃圾回收体系！

感谢苹果基金会众多的公益合作伙伴

感谢苹果基金会众多的公益合作伙伴

普兰县政府已经将环保项目列入国家“十二五”规划的项目申请中，预计将申请到700多万元专项资金用于神山圣湖的环境保护中。其中，欧阳旭的垃圾回收处理体系被排在了首位。目前在建的有垃圾深埋填埋场，接下来还要引入先进的垃圾可回收处理系统，在神山沿线近200处布点的垃圾收集系统，改变神山旅游区垃圾从收集到回收处理等一系列环节出现的问题，改变垃圾由于长期滞留在水源地而造成的水源污染问题，力争将塔尔钦小镇建设成为环保示范点。

建立新的垃圾回收体系的同时，还将建立一套可同时服务于垃圾运输和高山应急救援的体系。为了塔尔钦小镇的长远规划，对神

感谢苹果基金会众多的公益合作伙伴

山下的塔尔钦小镇进行全方位重新规划并定位，希望通过社会各界的力量，彻底实现神山圣湖的可持续发展。

王秋杨始终记得，一个在阿里土生土长的小女孩，曾经坐在她的膝盖上，瞪着清澈的大眼睛问她：“冈措妈妈，树是什么样子的？”

她也记得，听到过的故事里，那个阿里人，从阿里长途跋涉来到拉萨，平生第一次看见了垂柳，竟然激动地在树下睡了整整一晚，完全不顾西藏高原上昼夜巨大的温差。

当然，印象里最深刻的，第一次上高原，看到有树被层层围住，保护起来，不是旅游景点，只是为了防止被羊啃了。因为那一点绿色是阿里最最宝贵的资源。

这样的事，绝不能再发生在他们的下一代身上了。这就是苹果基金会的梦想，是他们十年来不断前行，迫使自己做出更多努力的目标。

“我们要真正给阿里带来什么？”

这就是王秋杨和苹果基金会一直在思考和试图解决的问题。而且，这个想法还在不断地进步。

苹果基金会的理念在这个过程中也在不断地变化着。最早是“关注普通人的基本幸福”。到了后来，就变成了“奉献爱心，分享成果，传递幸福”。

幸福是什么？在王秋杨看来，幸福既不是要把阿里建设得多好，也不是要让孩子们多么的出人头地，个个都去北京读书做教授，或者都像那个曾经质问过她的家长说的那样，去做县长。

常规意义上的“出息”并不能代表幸福，王秋杨希望看到的，阿里孩子们的幸福，是希望他们能踏踏实实的，按照他们想要的生活方式去自由自在地生活。有选择权利的幸福。

于是王秋杨和苹果基金会停留在了阿里，一停就是十年。这十年，也是中国慈善事业大发展的十年。当年慈善事业发展的初期摸索阶段，大家都是两眼一抹黑，摸着石头过河。

开始真的只是一腔热血，掏了钱出来，就去做了，是很感性的。“那时候根本不会多想，只知道事情一定要有人去做，既然是我王秋杨看见了，那么就由我来做。”

在这个过程中，收获过、得到过，但也迷茫过、甚至痛苦过，渐渐地，苹果基金会的发展进入了理性的阶段。大笔的资金投入下去，是需要很好的规划的。这时候才会意识到，其实慈善是一项需要人奋斗终生的事业。

苹果基金会和一线工作者们的日常工作，没有酒肉饭局，没有歌功颂德，全是琐琐碎碎、直来直去。而苹果基金会就在这些琐琐碎碎中继续摸索着前进的方向，为阿里、为整个慈善事业的未来尽一份力。

事实上，任何只想在各种赈灾晚会上掏几百万出来，秀一下存在感的人，是做不了慈善事业的。因为他无法投入全身心的精力和爱去真的把自己放在里面。直到“大量的投入不再是仅仅出于爱，而成为本能。”

可是，慢慢的，单纯的、大量的投入会很快拖垮一个机构正常

阿里地区历史上的第一批校车

的运行。怎么办？必须要想办法，让机构自身产生出造血机制，好让它自身可以进一步的发展。这些探索，不但是苹果基金会，一个非公募基金会的十年，也折射出整个中国慈善事业十年的发展以及它未来发展的道路。我们必须继续向前探索，找到真正为历史所认可的那一条道路。

与此同时，苹果基金会也一直不断地在向社会各界宣传阿里，举办冈仁波齐环山赛等等活动都是这样一种号召。借助苹果基金会这个平台，连通阿里和内地，连通需求和供给，让更多的人能够投入到慈善事业中来。

2009 年 11 月 4 日，中国工商银行通过苹果基金会向阿里地区卫生局捐赠的全西藏第一辆雪域流动体检车开进了村里，正式为村民展开了体检。

苹果基金会另一个重要合作伙伴，时代今典集团，公益放映覆盖全国 21 省市，占有全国三分之一的公益放映市场，平均每年为全国农村观众放映电影约 25 万场。

与当当网合作，在阿里和周边地区建起 55 个苹果图书馆和阅览室，共有来自 34 个出版社的 12 万册书。

2012 年 5 月 15 日，苹果基金会与成龙慈善基金会、西藏民族团结发展促进协会共同签约，正式开展“贫困家庭儿童包虫病救治”慈善项目。这是苹果基金会第一次与成龙基金会合作，第一次将“儿童大病救助”项目带进雪域高原。

2012 年 6 月，中航文化股份签约成为苹果基金会的媒体战略合作伙伴。中航文化股份有限公司向苹果基金会捐赠了价值1000万元的央视公益广告播出时段用于阿里地区开展的公益慈善项目的品牌传播。为了让更多的人了解阿里，了解慈善，贡献了力量。

有很多人不理解，世界上有那么多地方需要慈善力量的进入，为什么苹果基金会只专注做阿里一个地方？

王秋杨很明确地表示，她知道自己的个人能力有限，甚至一个基金会的能力也有限。与其像撒胡椒面一样到处做一点，不如踏踏实实地做好一个地方。

其实，如果每一个慈善机构都可以像苹果基金会这样，专注做好一个地方，那每一块被慈善力量关照的土地，一定都是十分美好的。

现在，如果你在西藏迷了路，只要说自己是苹果基金会的工作人员，藏民们就会非常热情无私地给予帮助。苹果基金会，在藏区甚至已经成为一个符号，一种信任和温暖的象征。

十年过去了。时至今日，苹果基金会还是有太多的困惑和迷茫。很多时候还是会不知道该怎么做，还是很努力地在往前探索着前进。

不过，基金会的原则是：遇到问题了，就试着去做一下看看，就这样在不断地探索甚至“试错”的过程中，直到最终把问题给解决掉。

如果现在解决不了，就继续尝试。同时向社会发出呼声，让大家都来关注这个问题。

苹果基金会的选择和努力，绝不是个例。在整个中国非公募基金会的发展历史上，苹果基金会绝对是一个缩影，一个象征，一个代表。和全世界的基金会发展历史比起来，中国的非公募基金会还只是刚刚认识自己定位的小孩子而已。未来还有太多需要摸索的事情。路是一步一步走出来的。苹果基金会的选择就是，一步一步，踏踏实实地走下去，绝不放弃。

必须客观地说，在很多问题上，苹果基金会至今还没有找到一条最好的路，一切都还在探索之中，但同时，我们每一个人，都清楚地看到、也相信，因为有了苹果基金会，地球上这片小小的雪域高原，会有更美好的未来。

只要有这样一个信念，日渐深入人心，所有的付出都是值得的。那些曾经把汗水和泪水留在这里的人们，无论是来自藏区还是内地，无论是最终离开，还是在继续奉献……就像藏族那美好的传说，泪水会化作珍珠，心血会化作红宝石，而那梦想的乐园，会越来越近，直至你我身边。

谨以此文：

致敬创始人王秋杨女士！

致敬苹果基金会十余年的艰辛付出！

致敬倾情奉献的姜文周韵夫妇、张建胜、康武生、刘格平、尼玛次仁、王勇峰、陈骏池、陈泽刚、顾霞、于露、陈芳、马晓威、吕钟霖、李颖、张朝阳、赵牧、吴京、老狼、郑钧、王治郅、孙斌、孙冕、李国庆、俞渝、吴越（女）、欧阳旭、廖一梅、王淑琪、曾玉、曹峻、汪建、秋微、王云鹤、王晖、花明、黄鹗、藺彩虹等爱心人士及所有志愿者！

致敬历来给予苹果基金会支持和配合的西藏自治区党委、政府，阿里地委、行署以及阿里军分区和武警部队！

致敬所有在苹果基金会的发展历程中，付出过心血、努力、时间和财物的人们！

扎西德勒！

十一郎等摄

十一郎　摄

“苹果”大事记

2003年

王秋杨第一次进藏

设立“苹果教育工程”，投入1000万元人民币，全额捐建塔尔钦苹果小学、达巴苹果小学、楚鲁松杰苹果小学，捐助普兰中学

开展“冈拉梅朵助学计划”

组建苹果基金会

2004年

苹果基金会王秋杨理事长入选“2004中国十大慈善人物榜”

2005年

苹果基金会在北京市民政局完成注册

3所苹果小学交付使用

设立“赤脚医生工程”

王秋杨理事长、张宝全理事荣获“阿里荣誉市民”

2006年

苹果基金会联合阿里军分区开展“免费送药”项目

2007年

在西藏阿里地区的普兰、札达、改则等地设立了11个图书室

与西藏登山学校合作兴办“苹果高山职业技能培训班”

捐建阿里军分区军史馆

2008年

启动“神山圣湖环保计划”

苹果基金会救援医疗队第一时间奔赴汶川抗震救灾现场

“苹果赤脚医生工程”被民政部授予“2008中华慈善大奖·最具影响力慈善项目”

2009年

第一个苹果医务室——科迦村苹果医务室落成

启动“苹果雪域流动体检车计划”

苹果基金会理事长王秋杨女士获得民政部颁发的“中国十大慈善家”荣誉称号

2010年

苹果基金会投入2000万元全面捐助冈底斯藏医学院

与“当当网”携手，为阿里55所中小学建立图书阅读室

向阿里军分区基层连队捐赠图书

携手搜狐积极参与玉树地震灾后重建工作

在北京市民政局社会组织等级评估中被评为4A级基金会

苹果基金会理事长王秋杨女士获得中国社会工作协会授予的“第二届中国社工年会荣誉社工”称号

2011年

举办“第一届冈仁波齐转山环保行动”

“阿里苹果17.5影院”落成并投入使用

完成赤脚医生年度培训

仁贡村苹果医务室落成

获得“第六届中国户外金犀牛奖·最佳公益环保精神奖”

获得“京华公益奖·优秀公益项目组织”

2012年

举办“第二届冈仁波齐转山环保行动”

启动“每天维生素计划”

完成赤脚医生年度培训和新法接生培训

启动“光明使者”计划

完成古格藏经书博物馆选址

被北京市民政局评选为“北京市首批社会组织示范基地”

2013年

举办“第三届冈仁波齐转山环保行动”

吕钟霖、李颖夫妇携手基金会实施“每天维生素计划”

主办“首届公益编织节”并入选“2013年北京社会组织公益行系列活动”

启动“苹果环保小栈发展计划”，发展97家苹果环保小栈

成立冈底斯藏医学院和塔尔钦苹果小学高原环保队，在阿里建立第一支学生环保队

著名演员周韵捐建普兰县细德村和赤德村陈伟苹果医务室

完成古格藏经博物馆地质及水文勘测

苹果基金会理事长王秋杨女士被华语榜样明星名人会评为“优秀公益领袖”

2014年

举办“第四届冈仁波齐转山环保行动”

吕钟霖、李颖夫妇再次携手基金会实施“每天维生素计划”

主办“第二届公益编织节”

完成塔尔钦小镇概念规划设计并捐赠给阿里地区行署

完成古格藏经书博物馆设计工作

捐赠两辆按高原需求改装的特制校车，填补了阿里学校没有校车的空白

向阿里苹果17.5影院捐赠3D放映设备

与北京市民政局联合举办“公益慈善+”慈善展

2015年

举办“第五届冈仁波齐转山环保行动”

北京四名学生携手基金会实施“每天维生素计划”

主办“第三届公益编织节”

参加首届“慈善北京”展示会

向阿里地区43所中小学捐赠《关爱青少年健康成长》系列丛书

持续8年捐助音乐盲童刘浩学习钢琴，刘浩已成功举办个人钢琴音乐会

携手汉能集团为冈底斯藏医学院捐建21.1 KW太阳能电站

获“2015年度双井街道政府购买服务优秀团队”奖

北京苹果慈善基金会是一个开放的公益慈善平台，成立以来得到了众多公益伙伴的支持。我们欢迎更多的朋友携手，共同支持藏区公益慈善事业！

图书在版编目(CIP)数据

苹果，苹果：王秋杨与西藏的十年慈善故事 / 杜文娟著. -- 桂林：漓江出版社, 2016.4 (2024.8重印)
ISBN 978-7-5407-7771-5

Ⅰ. ①苹… Ⅱ. ①杜… Ⅲ. ①纪实文学 – 中国 – 当代 Ⅳ. ①I25
中国版本图书馆CIP数据核字(2016)第055688号

苹果，苹果
——王秋杨与西藏的十年慈善故事

作　　者：杜文娟
摄　　影：北京苹果慈善基金会及志愿者
策划统筹：符红霞
责任编辑：张　芳　关士礼
责任监印：周　萍

出 版 人：刘迪才
出版发行：漓江出版社
社　　址：广西桂林市南环路22号
邮　　编：541002
发行电话：010-85893190　0773-2583322
传　　真：010-85890870-614　0773-2582200
邮购热线：0773-2583322
电子邮箱：ljcbs@163.com　　http://www.lijiangbook.com
印　　刷：天津画中画印刷有限公司
开　　本：710 × 960　1/16　　印　　张：24.25　　字　　数：120千字
版　　次：2016年 6 月第1版　　印　　次：2024年8月第3次印刷
书　　号：ISBN 978-7-5407-7771-5
定　　价：78.00元